居残り方治、鵺月夜

鵺狩三善　Mitsuyoshi Ukari

ALPHAPOLIS
WEB CITY SINCE 2000
アルファポリス文庫

https://www.alphapolis.co.jp/

目次

三猿殺し

半円の月が出ている。

冬の高い空は星に満ち、提灯《ちょうちん》も要らぬほどの光を地上へと投げかけていた。

しんと澄む夜気を乱して、酒臭いおくびが漏れる。銀色に照らされた道筋を、ひとりの男が酔歩していた。地に引きずるほど長い刀を帯びた浪人者である。

彼が蹣跚《まんさん》するのは、色街から相沢藩《あいざわはん》の城下へ向かう街道だった。さしたる距離ではないとはいえ、大門が閉じようという頃にこの道を行く者は珍しい。斯様《かよう》な刻限まで遊んだならば、そのまま妓楼で朝を迎えるのが大抵だからだ。浪人がそうしなかったのは、折悪しく目当ての女が捕まらなかったためだった。思わぬ大枚を得ての登楼《とうろう》であったが、さりとて流れで適当な女を買える身分ではない。

ふらつく足取りが、ふと止まった。しばしの思案ののち、彼は主街道を外れ、闇に溶けるような脇道へと踏み込んでゆく。これは忍んで遊郭を訪れたい者が用いる横枝《よこえ》だった。ただでさえ人気《ひとけ》の絶える時分である。本来、わざわざ裏道を使う道理などありはしない。

だが浪人は最前から、夜の内よりひたひたと殺気が押し寄せるのを感じていた。

――何者かが我が背を追ってきている。

男とて一廉《ひとかど》の使い手だ。如何《いか》に痛飲しようと、敵意を悟るだけの剣士の本能は残している。道を外れたのは、つまるところ確認であり、誘いであった。後をつけてくる者の狙いが己であるや否やを確かめ、場合によってはそのまま決着をつけんという腹づもりだ。腕に覚えがあればこその振る舞いだった。

浪人の挑発に応えるように、気配も続いて横道に入る。しかし、いっかな詰め寄る様子はなかった。つかず離れず、一定の距離を保って追跡を継続するさまは、獲物の弱りを待ち受ける狼の狩りに似る。

じわりじわりと増す重圧に、浪人の額へ汗が滲《にじ》む。その耳が、気づけば笛の音を聞いていた。

いつから奏で始めたものか。物寂しくも幽玄な音《ね》が、どこか葬送の気を孕《はら》んで浪人の手足に絡みつく。それは毒のように侵蝕して、彼の呼吸を妨げた。どれだけ足を速めようとも、笛はぴたりと追ってくる。歩きながらの奏楽なれど、息を切らす様子はまるでない。やがて耐えかね、浪人はついに振り返った。

「これなるは東和流《とうわりゅう》、金目万代《かなめばんだい》。意趣を受ける覚えはないが、人違いをしてはいないか」

口上と共に、腰の物を抜き放つ。長大な刀身を造作なく鞘払いする手並みは、優れた剣腕の証左であった。

「いいや、御当人さ」

応じて、笛が止《や》む。月下に歩み出て囁くように告げたのは、総髪《そうはつ》の着流しだった。歳は二十を幾つか超える程度だろうか。腰に長脇差ひとつをぶら下げた痩せぎすである。

追っ手の正体を目視して、万代の心に安堵が生まれた。貧相な体格は、如何《いか》にも食い詰め浪人めいてる。腕の立つ人間には到底見えない。

「身に覚えはないと申したが」

「あァ、そうだな。しわくちゃの婆様ひとり斬り捨てただけの話だ。お偉い剣士様のご記憶に残ることじゃああるまいよ」

万代の眉がぴくりと跳ねた。男の言葉には、心当たりがある。

過日、街道筋で老婆を斬った。茶屋の払いの折、媼《おうな》がずしりと重げな巾着を出すのを見たからだ。東和流とは、斯様《かよう》な振る舞いをするならず者の寄り集まりだった。身に覚えがないなど、当然空言《そらごと》である。

「雇われ者か」

夕暮れのことであり、周囲に人影はなかったはずだが、どう嗅ぎつけたかこの痩せ犬は、万代の仕業を承知するものらしい。

ならばこの男は、老婆の縁者より頼みを受けた人間であろう。

下手人は知れれども、訴え出るだけの証拠がない。本来ならば泣き寝入りするばかりのこうした状況に際し、恨み骨髄《こつずい》の肉親が、金で報復代行を雇い入れることがままあった。

「あの程度に、ご大層な話だ」

だがこの種の遺恨を請け負うのは、大方が勢いと口だけの無頼である。正しく剣を研鑽《けんさん》した身には及ぶべくもなく、敵わぬ相手と見れば前払いの金だけ掠《かす》めて行方を晦《くら》ますような輩と相場が決まっていた。

造作なく追い散らせる手合いと踏んで、ますます万代の余裕が大きくなる。

「やーれやれ」

東和流の応対に、男は呆れ果てた、とばかりの嘆息を漏らした。

「その程度がどの程度か、さっぱりご存じねェと見える。そいつはよ、俺らのような外れ者がよ――」

声が途切れたと思った刹那《せつな》、抜き打ちが来た。まさに抜く手どころか踏み込みも見せぬ一閃であり、もし万代の刀が鞘の内にあったなら、この一刀で彼は首を断たれていたことだろう。

「――断じて、言っちゃアならねェ台詞だぜ」

戦慄と共に噛み合わせた刃の向こうで男が囁く。その顔を間近で目にした万代が、あっと叫んだ。

「き、貴様、篠田屋《しのだや》の居残りか！」

「当たーりィ」

声色を使った返答と同時に、立て続けの刃が閃《ひらめ》く。しかしその数太刀を、万代は悉《ことごと》く凌《しの》いでのけた。

恐ろしく速い。が、軽い。

それが東和流の得た感触だ。ただ太刀筋を塞ぐのみで、いずれの剣も容易《たやす》く防げる。身に浴びたとて、肌を浅く裂くばかりに終わる斬撃だった。

急所以外ならば、斬らせても構わぬ。そう見極めて、前へ出た。斬られつつ、斬り捨てようという勢いである。捨て身めいて強引な攻めであったが、この勇み足を読み切ったように、首元を狙う横薙ぎが来た。

咄嗟に剣を立てて受け――しかし、予想を超えて、この一刀がずしりと重い。

これまでの剣威は全力でなかったのだと、欺《あざむ》かれていたのだと気づいた時にはもう遅かった。何をする暇《いとま》もなく受け太刀が弾かれる。万代の刀で跳ねた居残りの剣が、薙ぎから突きへ軌跡を変じて無防備を晒す喉へと走る。

「……っ⁉」

切っ先は、ひと息に盆の窪《くぼ》までを貫き通した。声にならない苦鳴と、一瞬の硬直。ぐいと刃をこじりつつ、居残りは押しのける形で万代の腹を蹴った。首の肉から刀身が抜け、鮮血と、笛の音《ね》めいた末期《まつご》の息とが漏れる。

万代の体が力なく横たわるのを見届けて、居残りは長脇差をひと振りした。どのような身ごなしか、その身には一筋の血色《ちいろ》も浴びてはいない。

この男の名を、方治《ほうじ》という。

金目万代が看破した通り、その身の上は妓楼の居残りだった。居残りとは遊興の費《つい》えが払えず、見せしめとして妓楼に留め置かれた者を言う。色好みの上に素寒貧《すかんぴん》なのだから、それはもう相当の恥晒しである。

おまけに、居残る先がまた振るっていた。篠田屋と言えば、榎木三十日衛門《えのきみそかえもん》の御座所である。

三十日衛門は二本差しどもの目を掠《かす》め、相沢の城下からほど離れた土地に色里を築き上げた老人だった。いわば相沢遊郭の生みの親であり、この太平の世に己が才覚ひとつで一国一城の主《あるじ》と成り果《おお》せた人物なのだ。その看板を嘲弄《ちょうろう》してのけたのだから、本来ならば膾《なます》に叩かれてもおかしくはない。

だが方治のどこをどうお気に召したか、三十日衛門は彼が居残りとして店《たな》に尻を置くのを許し、雑用で借銭を返済することを認めた。

以来、方治は居残りとして、篠田屋に居座りを続けている。小器用な彼はたちまち周囲に馴染み、或いは多芸多才ぶりから先生と、或いは笛を能《よ》くするがゆえに笛鳴らしと呼ばれ、親しまれていた。

——と、ここまでが世に知られた方治の来歴である。無論、おおよそが虚偽だ。

有り体に述べれば、方治は三十日衛門が囲う人斬りだった。

色街の顔役である三十日衛門の下へは、大なり小なりの恨み辛《つら》みが、血の匂いを纏い舞い込んでくる。方治はこの種のことに用いる牙として、篠田屋に飼われているのだ。

笛鳴らしの異名も器楽の達者たるに非《あら》ず、彼の振るう酷薄無慙《こくはくむざん》の斬法にこそ由来する。

剣閃の狭間《はざま》に詐術を織り込み心を晦《くら》ませ、生じた死角を盗んで首を断つ。方治が得手とするこのかたちを犬笛といった。深く裂かれた喉首から漏れる最期の息を、笛の音《ね》に擬《なぞら》えた剣である。

三十日衛門が方治に笛の所望を告げたなら、それは即《すなわ》ち、人斬りの符丁であった。取り出した布切れで、居残りは刀身を拭う。赤鰯《あかいわし》にはしたくない刀だったから、次いで懐紙で血脂を落とした。丹念な作業を続けつつ、彼は刀身にこの殺しの依頼人の姿を見ている。

それは、迎えが入れ違いにならなければと身を揉んで泣く、万代に斬られた老婆の息子だった。相沢での商売が殊《こと》の外《ほか》上手く運び、郷里から母を呼び寄せたところだったのだという。

下手人が死したところで、彼の悔恨が消え去りはしまい。それで死人が返るではないからだ。

だが少しはその傷が癒えやすく——つまりは立ち向かいやすく、或いは忘れやすくなればよいと居残りは願い、そのように偽善めく己の心持ちに気づいて微苦笑する。

そうするうちに、声がかかった。現れたのは妓楼で雑用をする牛太郎《ぎゅうたろう》たちだ。笛鳴らしの後始末を担《にな》う篠田屋の面々であり、彼らに任せれば、路傍に埋まるか川面に浮かぶか、いずれにせよ骸《むくろ》は綺麗さっぱり方《かた》が付く。街道筋を外れてのちの笛は万代への威圧ではなく、この連中へ方治の居所を告げるべく奏でられたものであった。

「先生」

「頼む」

「へい」

短く言い交わして納刀すると、居残りは足早に立ち去った。

素っ気ないその挙措《きょそ》は、偉ぶって反り返る類《たぐい》ではない。後ろ暗い仕業の最中《さなか》に、無用の口は障ると知るがゆえだ。

相沢の遊郭は、城砦めいてぐるりと周囲に厚く板塀を張り巡らしている。

唯一の出入り口となるのが大門だが、これは夜四つ（午後十時）には閉じて、暁七つ（午前四時）までは決して開けない取り決めだった。刻限を考えれば、ひと仕事終えた方治の出入りも叶わぬが道理である。

が、しばしののち、居残りの姿は色里の内にあった。

板塀には災害と市《いち》の折にのみ開かれる木戸が存在する。本来は固く閉じられ、常に寝ずの見張りが立つ戸口であるが、今宵はたまたまそのひとつの施錠が忘れられていた。更にはこれもたまたま、そこの木戸番が高鼾《たかいびき》をかいていたのである。

無論、仕組まれた偶然だ。全て承知の笛鳴らしは何食わぬ顔で木戸を潜り、遊里に舞い戻ったのだ。

無縁仏を弔《とむら》う寺脇を抜け、二本ほど通りを過ぎると、そこに見えるのが篠田屋だ。立地はよいが、周囲の派手な妓楼に比べれば質素と言っていい店《たな》である。

しかし心得ある者ならば、たちまちこれを堅城と見抜いただろう。たとえば門構えから庭木の配置、明かり取りの窓に至るまで、その悉《ことごと》くが人の視線、矢弾の射線を意識して構築されている。そこには、いざ事あらば刀槍を持って立ち向かうも辞せずという矜持《きょうじ》が透けていた。

男女の夢舞台でありながら奇妙に憂き世と地続きなるこの店こそが、榎木三十日衛門の居城である。

「戻ったね、先生」

斬り合いの気配など毛ほども残さず、遊び人めかして暖簾《のれん》を潜る方治にかかる声があった。やや掠《かす》れ、そのぶんだけ艶《なまめ》かしい音声《おんじょう》の主は、篠田屋の遣手《やりて》を務める志乃《しの》である。

妓楼の女たちを取りまとめ、客流れを円滑にする者を遣手《やりて》と呼ぶが、彼女の役割はそれに留まらない。表のみならず、楼主の裏の顔をも知悉《ちしつ》して、万事一切を取り仕切る。三十日衛門の右腕と呼ぶべき女が志乃であった。

「首尾はどうだい?」

咥え煙管《きせる》の女は方治を手招き顔を寄せ、囁くように問いかける。額に流れた髪一筋が、ぞくりとする色香を醸《かも》した。

「割れ笛なら砕いてきたぜ。うるさく鳴り響きゃ世の障りだからな」

「重畳《ちょうじょう》だよ。じゃ、お疲れのところすまないけれどね」

言い止《さ》して、志乃は内所の奥へと顎をしゃくった。

内所とは人流れを一望できる場に設《もう》けられた、いわば楼主の居間である。三十日衛門はこの奥に、密談のためのもう一間《ひとま》を誂《あつら》えていた。わざわざそこへ呼び立てられるとなれば、笛の所望のような内々の話があるとみて間違いはない。

「なんだい、きな臭ェな。よっぽどの喫緊《きっきん》か?」

「御前から直《じか》にお伺いよ。又聞きはよくないからねえ」

ひと仕事終えたばかりの笛鳴らしは怪訝に眉を寄せて尋ねたが、遣手ははぐらかすのみだ。やれやれと頭を掻いた方治が襖を抜け、後へ続く志乃が音もなくそれをぴたりと閉じる。

　閉め切られた密室に、行灯《あんどん》の明かりが揺れた。ぼんやりとした光明の中で、鶴のように痩せた老人が好々爺《こうこうや》然と微笑んでいる。

「お呼びたてしてすみません。急ぎの案件が届きましてね、方治さんの戻りをお待ちしていたのですよ」

　物腰やわらかなこの翁《おきな》こそ、篠田屋楼主、榎木三十日衛門だった。温厚で篤実《とくじつ》めく風情《ふぜい》だが、笑顔の裏に針と毒を併せ持つ人物でもある。

「随分と急ぎのご様子だがよぅ、御前。一体全体何事だい？」

　促されるまま腰を下ろして方治が問うた。気忙《きぜわ》しいねえと毒づく志乃を、三十日衛門が所作で宥める。

「火急と言えば、まあ火急ではありますな。噂程度はご存じと思いますが、お隣で惨《むご》い殺しが続いております。しかも下手人の得体がまったく知れない。この一件の解決を、なんとも高いところから頼まれましてね」

　方治に猪口《ちょこ》を勧めると、そう前置きした老人は仔細を語り始めた。

最初の骸《むくろ》が見つかったのは、この冬の初めのことである。

武家屋敷の裏手で見つかったのは、まだうら若い娘の無残な死体だった。どのような恨みを買ったものか、唇を楓蚕《ふうさん》の糸できつく縫い閉じられていた。縄で縛られていたと思《おぼ》しき手首足首の他に外傷は見当たらず、死因は自らの吐物《とぶつ》を喉に詰まらせたことと診立《みた》てられる。それを裏付けるように、娘の死に顔はひどい苦悶で覆われていた。

隣藩たる北里《きたざと》は、屋形町《やかたまち》といえども治安が悪い。

名君として知られる藩主、矢沢義信《やざわよしのぶ》が江戸にある隙を狙い、王子屋徳次郎《おうじやとくじろう》とその一派が蠢動《しゅんどう》したがためである。

一味は猖獗《しょうけつ》を極めたが、ついにとある親子とそれを援《たす》ける者たちの働きで成敗された。が、藩に刻まれた爪痕は深く、藩主が帰還し王子屋らが死に絶えた後も、北里の動揺は治まらなかった。

これは王子屋の暴力装置として機能していた椿組《つばきぐみ》壊滅の影響が大きい。睨みを利かせていた強さが消え失せ、無法の空白が生じてしまったのだ。

無頼悪漢どもの目に、人心の乱れた地が格好の餌食《えじき》と映るのは当然である。

王子屋と椿組の後釜を狙い、腕自慢の武芸者や宗教家、そして鼠賊《そぞく》が群れ集い、今や北里は混沌と化していた。これらの流入と横行により、藩は平穏とは遠い状況にある。死んだ親蜘蛛の腹から、四方八方《よもやも》に無数の子蜘蛛が走り出たようなありさまだった。

ゆえに、この娘のような悲惨な死に目も、稀《まれ》ながら起こりえぬものでは決してない。

しかし、一度ならず凶行は続いた。

次の犠牲者は茶屋の看板娘だった。気丈な性質《たち》で、誰にでもぽんぽんと明け透けにものを言う。揉め事を起こすことも多々だったが、それ以上に人好きのする愛嬌の持ち主だった。もし江戸暮らしだったなら、茶屋娘見立番付にもきっと名が載っただろうと言われた器量よしでもある。

こちらは両のまぶたと耳を、やはり楓蚕の糸で閉じられていた。特に耳の側が惨憺《さんたん》だった。耳孔に耳たぶを押し込め、横面にまで針を突き通すような強引な縫い口であり、娘はこの痛みで自ら舌を噛み切った様子だった。

三人目は、まだ十《とお》にもならぬ女の童《めのわらわ》。

これは壊れた人形めいて、背中に折れた首をぶら下げた状態で発見された。片目が縫われる途中であり、作業の際、押さえつける力を誤って殺《あや》めたものであろうと考えられた。ひとり娘を凄惨に奪われた母は入水し、残された父も後日首を吊っている。

以後も日を置いて、犠牲者が見つかった。

被害者に共通するのは女であること。そして目、耳、口のいずれか、もしくは複数が縫い閉じられていること。それぱかりである。

異様にして無残な殺しざまから、いつしか人はこの下手人を三猿《さんざる》と呼ばわり恐れた。庚申《こうしん》の使いとして知られる、「見ざる、聞かざる、言わざる」の三匹の猿に擬《なぞら》えたのだ。

流行神を奉じる奴輩《やつばら》は特にこの恐怖心に着目し、「これは北里を呪わんとする呪術である」と賢《さか》しげに触れ回った。やがて訪れる災厄を避けたければ我が神に祈れ、というわけである。

領内を戦《おのの》かせる殺しに対し、矢沢義信は奇手を打った。役方らを説き伏せ、とある筋を頼んだのだ。

彼が白羽の矢を立てたのが、隣藩相沢の妓楼、篠田屋だった。

尋常ならばあるべくもない沙汰《さた》である。しかし篠田屋は、王子屋の一件について陰ながら功のあった店《たな》であり、義信の信はここに端を発している。

矢沢義信は藩主の常として、年の半分を江戸で過ごす身だ。どれほど国許《くにもと》の荒廃に心を痛めようと、その対応に手を尽くすを望もうと、幕府の差配には抗えぬ。よって自国にあるうちに、王子屋という蠹毒《とどく》に食い散らかされた体制を一新し、自らが不在の間、藩を任すに足る強固な体制を築いておかねばならなかった。賊徒の跳梁《ちょうりょう》を許し続ければ、家中不行き届きの科《とが》による改易もありうる。

しかし人を集めて選別し、信の置ける組織として機能させるには、半年という時間はあまりに短かった。一から作り上げるなど、到底間に合うものではない。

——ならば、あるものを持ち込めばよい。

結論として、義信はそう思い定めた。三十日衛門という領土の切り取りと統治に実績のある人物を呼び込み、互いの実利を餌に自陣に引き込もうとの腹である。

北里の政治は、最早虫食いだ。王子屋に抗う気概を備えた者は凡《おおよ》そが落命し、災禍ののちに残ったは人畜無害の顔ばかり。藩の存亡に関わる危急において、毒にも薬にもならぬこうした輩こそが最大級の害である。早晩倒れるしかないのであれば、いっそ篠田屋なる猛毒を用い、死中に活を求めんとしたのだ。

無論、これは取り込み前の一手に過ぎない。義信とて、いきなり未知を呑み下すつもりはないだろう。まずは縁を作り、人間を見極める心算に違いなかった。

三十日衛門への依頼は、斯様《かよう》な思惑の上に横たわるものである……

「私としてはこの話、志乃さんと方治さんに携《たずさ》わっていただきたいのです」

内情を余さず告げた上で、三十日衛門は両名の顔を見渡した。

ここまでのこととは聞き及んでいなかったのだろう。遣手《やりて》もいつもの無表情に、いささかの驚きを滲《にじ》ませている。

「頼みの筋は殿様からかよ」

反射的に吐き捨てた居残りへ、「ですが」と三十日衛門は微笑んだ。

「先の一件で、方治さんは北里に思うところもありますでしょう」

「北里ってよりも、菖蒲《あやめ》様にあるだろうねえ」

ちくりと志乃に刺されて、方治は苦虫を噛み潰したような渋面を作る。

菖蒲とは、かつて篠田屋に逗留《とうりゅう》した少女の名だ。

彼女は王子屋一味と敵対し、父を殺められた娘だった。徳次郎の魔手より藩を救い、また仇討ちを遂げるべく、単身逃れて三十日衛門を頼ったのである。

菖蒲という名は、仔細と家名を秘した彼女のために、笛鳴らしが与えた仮初めのものだった。

この娘の素性を、方治はろくに知らない。

けれど、己と似通う境遇にありながら、羨《うらや》むほどに眩い不幸を背負《しょ》いながら、決して俯かぬそのありさまは、居残りの芯に強く触れた。懐こい菖蒲の香《か》は方治の頑なな皮膜を踏み越え、世を嫉《そね》み見るばかりの彼を変えたのだ。

――お前はそのまま咲いててくれ。陽の当たるとこで、綺麗に咲いていてくれよ。

やがて笛鳴らしはそう願い、娘は笑んでこれを容《い》れた。

方治は眩く思い続けた不幸を憎む心を得て、灯火にも似たこの花の長久を願いながら、初めから約束された別れを迎えた。

そののち、彼は思い定める。彼女のように日を向く花を、せめて悪風から守らんことを。どうしようもない居残りの野良犬が、そうすることで少しは胸を張れるようになろうと信じた。方治は菖蒲によって、己のかたちを見定めたのだ。

思い返せば慙愧《ざんき》の限りで、到底余人に語れる話ではない。

そしてこの礼拝《らいはい》めいた感情がゆえに、以後、居残りは自身が菖蒲に関わることを許さなかった。

手のひらに載せた雪が消え果ててしまうように。己の温度は、彼女に障りを為《な》すばかりだと信じたのもある。

だが何よりも好《よしみ》を続けることで、真っ直ぐに己を慕う瞳がいつか幻滅に曇ることを彼は恐れた。我が身はあのような憧憬《どうけい》を受けるに値しないと、笛鳴らしは意固地に決め込んでいる。楼主と遣手の言い口は、これを指摘するものだった。

「俺は居残りさ。仕事の選《え》り好みなぞできやしねェよ。やれと言われりゃやるだけさ」

途端、志乃に物言いたげな視線を注がれ、居残りは鼻を鳴らして他所《よそ》を向く。見るとはなしに、欄間《らんま》に透かし彫られた花を仰いだ。

「……だがよ、ほっときゃあいつはやらかすだろうな」

菖蒲は共感と同情心に富む娘である。いっそ甘いと言い切ってもよい。おまけに、恐るべき律義者だ。居残りの弱く浅ましい懇願を受諾した以上、三猿殺しを聞き及ぶなり義憤に燃えて駆け出すのが目に見えている。

しかし、相手は奇怪な仕業を為し続ける妖人なのだ。軽率の先に、死が待ち受けていることも十分にありえた。己のつまらぬ泣き言が、あの娘を死地に追いやるなど以ての外だと方治は思う。

「分別なしに首突っ込んで下手に往生されちまえばよう、前の骨折りが台無しじゃねエか。……まったく、めーんどう臭ェなァ」

焦慮《しょうりょ》を押し隠しつつ、口早に理屈を捏《こ》ねた。気もそぞろなのは明らかで、三十日衛門が笑いを噛み殺したのも見取らぬ始末である。

「なるほどねえ。聞けばあんたの憂慮もごもっともさ」

見栄と意地を張る滑稽《こっけい》さには目を瞑り、志乃は得心の顔を作って頷いた。

菖蒲が率先して災禍の渦中へ飛び込みかねぬ娘だとは、この遣手《やりて》も承知している。

だが敢えて笛鳴らしの顔をとっくり眺め、もう一度、「なるほどねえ」と繰り返した。

「……なんだってんだよ？」

「あたしにはそこまで察せられなかったと思っただけだよ。犬には、飼い主の気持ちがわかるものなんだねえ」

「おい」

強く抗議を込めたふた文字だったが、志乃は耳も貸さない。堪え切れずに三十日衛門が笑声を漏らし、居残りに睨まれて手を振った。

「いやはや、なんとも。ですが菖蒲さんのご気性については仰る通りだ。売りつけた恩の払いを取りそびれれば、商人《あきんど》の名折れとなりましょう。万一を避けるなら、やはりこの件は迅速に解決すべきですな」

居残りの論旨を借り受けて、老人は両名を見渡す。

してやられた心地になって、笛鳴らしは顔を顰《しか》めた。どうも三十日衛門に、上手く結論を誘導された感がある。

「御前の思《おぼ》し召しですからね。あたしに異論はございません」

「乗せられちまった格好だ、今更後には引かねェさ。ただし」

志乃の承知に方治が続き、一度言葉を切って腕を組む。

「このおっかねェ女との道中だ。酒手《さかて》は大いに弾んでくれよ？」

ぴしゃりと、すかさず志乃に膝を打たれたが、居残りは涼しい顔だ。

「はいはい。もちろんですとも」

孫に小遣いをやる気安さで三十日衛門が頷き、かくて篠田屋より北里へ、ふたりが赴く運びとなった。

＊　＊　＊

斎藤弥六郎《さいとうやろくろう》は甚《いた》く慷慨《こうがい》していた。

彼は町方与力、芹沢頼母麾下《せりざわたのもきか》の同心である。剣は田殿《たどの》に而今《じこん》流を学び、融通は利かぬが、それを差し引いても頼るに足る硬骨として周囲に知られる巨漢だった。王子屋と椿組に首根っこを押さえられた過去の町方を恥じ、今は蔓延《はびこ》る浪人者や淫祠《いんし》邪教の類《たぐい》の取り締まりに精を出す人物である。三猿殺しの下手人の捕縛に、最も力を入れているのも彼だった。

彼の赫怒《かくど》は、藩主が遣わした助っ人たちが原因である。

矢沢義信の執政以前から、北里は城下を取り仕切る町方と、農村を受け持つ地方《じかた》の二奉行職を設《もう》けていた。この奉行の下役として与力、同心が配されるのは、およそ江戸に倣《なら》う形だ。

この同心たちが、私的に雇用するのが御用聞きだった。所謂《いわゆる》目明かし、岡っ引きの類である。

目明かしとは悪事を犯した者を説諭して、町方に尽くす密偵としたものをいう。蛇《じゃ》の道に通ずる彼らは、犯罪との対峙において有益であったのだ。しかしお上《かみ》の権力を笠に着る目明かしは数多く、民衆からは強く忌《い》まれ疎まれる存在だった。その害は著《いちじる》しく、幕府が繰り返し目明かしの使用を禁ずる令を発したほどである。

この禁令ののちに現れるのが岡っ引きだ。つまりは名を変えただけの目明かしであり、その実態に相違はない。背に腹はかえられなかったのだ。

なお、岡っ引きの「岡」の字は、「岡惚《たずさ》れ」「岡目」といった語と同じく、「当事者でないもの」との含みを持つ。事件に携わる正当性のない者であることを示す、一種の蔑称《べっしょう》だった。斯様《かよう》な経緯と名づけを持つ者たちが如何《いか》に振る舞ったかは、更に後年、岡っ引きの雇用を禁ずる触れが出たと述べれば十分に知れよう。

以上を受けて北里では、この種の民間の協力者を御用聞きと称していた。

公《おおやけ》の用を承《うけたまわ》る者の意であり、役目柄、弥六郎もこの御用聞きを数名抱えているのだが、このところ彼らの意気が著しく軒昂《けんこう》なのだ。理由は明確で、治安維持を重視した義信が御用聞きの存在を公認し、帯刀を許したことにある。

先も述べた通り、目明かしは民間の協力者、つまりは町人だ。お上《かみ》の御用を務めつつも、士分とは明確に一線を引かれていた。これが突然、殿様の尊重を受けたのだ。なんのかんのとひねくれた口を叩きつつも、彼らの顔には一様に、強い喜びと誇りとが見て取れた。弥六郎が一際《ひときわ》役目に奮《ふる》ったのも、こうした表情に後押しされた部分が大きい。

三猿殺しは難件であるが、我らが一丸となって当たればいずれ解けぬものではない。そう考えていた。

けれどそこへ水を差すように、当の殿様が助太刀を送り込んできたのである。

やって来たのが武家ならば、まだ我慢も利いた。だが聞けばその素性は隣藩の、しかも妓楼の人間であるという。あの篠田屋の者だというが、色街の人間風情《ふぜい》に何ほどのことができようかと弥六郎は憤激し、自分たち町方がそれ以下と断じられたことにまた業《ごう》を煮やした。

ゆえに彼は、この両名の来訪を待ち受けたのだ。

助っ人どもは北里に到着後、役宅を訪れる手筈となっていた。聞き書きの写しをはじめとした事件の調べを取りまとめ、引き継ぐべくである。この応対の任を受けたのが弥六郎だった。彼の気性を危惧した頼母は、どうにか別の者を割り当てようとしたのだが、「某《それがし》よりも三猿に通じる者がおりますか」の一言で沙汰《さた》止みとなっている。

この直接の顔合わせを好機に、弥六郎は助っ人どもへ大喝をくれてやるつもりだった。己が咎めを受けるばかりの仕業だろうと、それでも下の者らの鬱憤が少しなりとも晴れればよいと腹を括っていたのだ。

が、できなかった。

夕暮れに姿を見せた篠田屋のふたりは、どちらも一筋縄でいかなかったからである。

『仰せつかりまして、相沢は篠田屋より参上しました志乃、そして方治と申します』

小者の案内を受けて頭を下げた女は、驚くほどに美しかった。

遣手《やりて》の多くは、年季の明けた遊女である。ゆえにてっきり萎《しな》びた年増であろうと決め込んでいたというのに、それがどうだ。物見高く様子を窺っていた連中が息を呑むのがわかるほどにいい女ではないか。

ほんの少し細めた目が微笑の代わりなのだろう。愛想愛嬌の類《たぐい》は欠片もないが、ふとした仕草が香り立つほど婀娜《あだ》である。わずかに掠《かす》れた声音すら、耳を撫でざまにぞろりと背骨を抜き取っていくようだった。これが色香、これが傾城《けいせい》というものかと、弥六郎は額を拭う。

見続ければ目が眩《くら》むと、視線を転じた。

連れ立つ男は、今にも西日の影に溶け込みそうに見えた。背丈は志乃よりもいかほどか高い。が、総体として痩せぎすの印象である。髪は総髪《そうはつ》、腰には長脇差ひと振りのみを帯び、長着の上に羽織を纏うばかりの着流し姿。どうにも貧乏浪人めいた風体だが、それもそのはず、この男は居残りであるという。

こちらならば容易《たやす》かろうと、弥六郎にやや余裕が戻る。

『その方らが——』

精一杯、居丈高に仰け反り、胴間声《どうまごえ》を発そうとした瞬間。

居残りが、ついと顔を上げた。弥六郎の視線を炯々《けいけい》とした眼光が絡め取る。

それは虎狼の眼差しだった。腐肉死肉を食らったり、ましてや飼い慣《な》らされたりした獣では絶対にない、自ら獲物を仕留め、その血肉を食らういきものの強烈な精気だった。居残りなどという惰弱な生きざまの目では断じてない。

咄嗟に柄《つか》に伸びかける手の動きを、同心はどうにか抑えた。代わりに臍下《せいか》へ力を込めて睨《ね》め返す。すると感心したように、獣の眦《まなじり》がにいと笑みを形作った。

『お捨て置きを。うちの方治は、礼儀を知らない野育ちですから』

耳打ちの形で志乃が囁き、少し遅れて弥六郎は首を振った……。


このののち、三猿殺しについての情報共有は恙無《つつがな》く行われた。

上役の頼母は弥六郎の暴発がなかったことに胸を撫でおろし、自余は皆、これは弥六郎が志乃の艶に誑《たぶら》かされた結果であると信じて疑わなかった。訳知り顔に弥六郎の肩を叩いたり、篠田屋で遊ぶ算段を始めたりする輩までいる始末である。居残りの剣呑を察したのは、弥六郎ひとりであるようだった。

ますます警戒を強め、弥六郎は翌日から方治を見張り始めた。

遣手《やりて》の方は、ひとまずよいと考えている。

着いたその日から志乃は役宅に詰め、調べ書きを検分していた。稀《まれ》に、与えられた用部屋を出て弥六郎の下を訪れ、質疑を行ってもゆく。この折の問いの中身から、彼女の武器は知恵であろうと見当がついていた。知識学識もさることながら、荒野に道を拓《ひら》くように、物事の因果を突き詰め、明白な一本の理屈を探り出す術《すべ》を熟知する風《ふ》情《ぜい》を感じる。

その怜悧《れいり》さに、時に冷たさを覚えるのは、遣手《やりて》という生業柄、志乃が人を物として扱うのに慣《な》れるからであろう。だが如何《いか》に冷眼下瞰《れいがんかかん》とはいえ、知恵者は道理に通じるものだ。わかりやすい損得の勘定があるから、無闇矢鱈《むやみやたら》な暴発をしない。そのような安心感がある。

猪突を揶揄《やゆ》される弥六郎であるが、役目柄、人を見る目は肥えていた。肝心要を踏み誤らぬのもこれがゆえだ。十中八九、己の観察眼に外れはないと自負している。

だからやはり、問題は居残りなのだ。

聞けばこの男は、笛鳴らしと呼ばれる器楽の達者であるという。客に好まれ座敷に出ることも少なからぬそうだから、気難しく見えて幇間《ほうかん》の如く、人あしらいにも長《た》けるのだろう。事実この数日で、方治は役宅の空気に溶け込んでいた。中間《ちゅうげん》小者どころか同心与力たちにも馴染み、「おい居残り」と気安く声をかけられるまでになっている。笛鳴らし云々も、方治と親しんだ者らから聞き及んだことだった。

わざわざ篠田屋が遣わすのだから、王子屋の一件で田殿の姫御前《ひめごぜ》を助《す》けた一人《いちにん》やもしれぬとする向きが当初はあった。が、居残りの風体はそうした強者《つわもの》として期待外れが甚《はなは》だしく、この見当は立ち消えている。おそらくは遣手の情夫《いろ》であろうというのが、専《もっぱ》らの見立てとなっていた。

そうした次第で、「偏屈めくが、話せば口の回る愉快な奴」といった辺りがおおよその方治評である。志乃の詰める用部屋の障子に背を預けて胡坐《こざ》し、日がな一日欠伸《あくび》して過ごす姿が油断を誘ったものらしい。

顔出しのたびに団子や饅頭《まんじゅう》などを持参し、如才なく方々《ほうぼう》へ差し入れるさまだけを見れば、先の獣臭は勘繰りであったかと弥六郎も思わざるをえない。

しかし深く剣を学んだ彼の目は、方治の立ち居振る舞いのそこここに、油断ならざる陰を見た。目の配り、足の運び、志乃を送り迎えする折の佇まい。ともすれば見逃しそうな所作の端々《はしばし》から、弥六郎の知るものとは異なる武の術理が香るのだ。わずかの期間に役宅の人間関係を把握してのける手並みと併せ、やはり得体が知れない。

また安閑と日を送るように見えて、方治はどこか焦れている。彼の焦慮《しょうりょ》が何に由来するかがわからぬだけに、これが爆《は》ぜた場合の予測がつかない。志乃にはない怖さが、この男には蟠《わだかま》っていた。

幸いというべきか、現在の弥六郎は常の役目から外れ、篠田屋の両名に合力する立場となっている。これを利して密かに笛鳴らしを監視せんとしたのだが、無念にも、試みはたちまち露見してしまった。

『お暇かい、旦那』

手製と思《おぼ》しき竹笛を吹くでもなく、くるくると指先に遊ばせていた方治に、当然の様子でそう声をかけられたのである。

図体の大きな弥六郎だったが、張り番や尾行の経験を積み、身の隠し方を知らぬではない。勝手知ったる役宅だから、物陰の位置も心得ている。その気配を察してのけた笛鳴らしの勘働きは非常のものと言えよう。やはり油断がならぬと渋面を作り、その日は引き下がった。

日を跨ぎ同じ振る舞いを数度繰り返したところで、とうとう方治に手招かれた。

『密なるを良しとすなんてェ代物は、お互い不得手だろう？　いっそ真っ向から角突き合わすのはどうだい』

多分に根負けを含んだ声音である。そんな言い口をされて引き下がるのは、逃げを打つようで癪《しゃく》だった。同心は板張り廊下を踏み鳴らして用部屋へ寄り、長脇差を抱いて座る方治の横にどっかと腰を据える。

『やーれやれ。難儀な御仁だよぅ』

節をつけて歌うように笛鳴らしは言い、小さく肩を竦めた。弥六郎の陣取りは、方治を抜き打ちするのに具合の良いものだ。しかしそうと理解しつつ、居残りはそれ以上の動きを見せなかった。

『で、旦那は俺の何が気に入らねェんだい？　言っとくがこちとら根っからの山犬だ。行儀についちゃア諦めが肝心だぜ？』

『礼は庶人に下らずだ。度が過ぎれば躾けもするが、そこを責めるつもりは毛頭ない』

ふんと荒く鼻息を吐き、弥六郎は首を横に振る。だが、ただの直感から貴様を見張るのだとは続けがたかった。代わりに、体《てい》のいい鬱憤を心中に探し、拾い上げる。

『見ればお主、お志乃に働きを任せてここで呆けるばかりではないか。同輩を手助けする気概はないのか』

『旦那も暇だねェ』

『なんだと』

詰問に呆れ声で返され、弥六郎は鼻白む。

『日がな呆けるその俺を、旦那も日がな見てたんだろう。こいつを暇と言わずして……おっと、そう憤慨しなさんなって』

満面を朱に染めた弥六郎を宥めるように、笛鳴らしは片手をひらつかせた。

『役割分担ってヤツさ。調べ物だのなんだのは、俺の領分じゃあない。そもそも志乃は気難しくてな。手前の順序やら予定やらを乱されるのが大嫌いときてる。俺は帳面から逃げたんじゃなく、あいつに追い出されてんだ。いるだけ邪魔だ、ってな』

『しかし──』

『無駄に鼻面を突っ込まぬが吉だぜ。昔、助太刀のつもりで志乃の仕事に手ェ出した奴がいたんだがよぅ』

思わせぶりに言葉を切って、笛鳴らしは弥六郎の顔を見上げる。ごくりと唾を呑んだ同心が、『どうなったのだ』と促すと、

『終《しま》いにゃ火鉢を投げられてたぜ』

『ひ、火箸とな？』

弥六郎の声が上ずった。志乃のたおやかな佇まいからは想像もつかぬ振る舞いである。

『いいや、火鉢さ』

訂正してから、おーっかねェだろう、と節をつけ、くつくつ喉を鳴らして方治は笑う。

『流石《さすが》にそんなもの持ち出したのは一度きりだがな。ま、だから旦那も、あいつから訊く時以外は邪魔しねェでやってくんな。他力本願のようだがよ、この類《たぐい》は志乃に専念させとくのが一等早い』

太い信頼がある様子だった。こうまで言い切られてしまっては、弥六郎は二の句を継げられない。

『承知した。ではお志乃に疑念あらば疾《と》く応じられるよう、某《それがし》もここに侍《はべ》ろう』

しばし考え曖昧に頷いたのち、同心はもっともらしく結んだ。主目的たる方治の監視がやりやすい位置を、ぬけぬけと確保した格好である。

彼の魂胆をやはり見抜いてか、笛鳴らしはもう一度肩を竦め、大きく欠伸《あくび》をしてのけた。

＊＊＊

「……ってな塩梅《あんばい》でな。斎藤の旦那には大分気に入られちまったよ」

役宅にほど近い一膳飯屋で、そうぼやくのは方治である。

「いいことじゃあないか。仲良くおやりよ」

同じ床机《しょうぎ》に腰掛け、志乃は常の如く、ほんのわずかばかり口の端を上げた。

両名が逗留《とうりゅう》するのは役宅ではなく旅籠《はたご》である。殿様のお声がかりとはいえ、他藩の、しかも色里の人間に助力を乞うたなど、とても公《おおやけ》にできたことではない。方治らの存在は藩の上層部と町奉行所の者以外には伏せられ、そのために夫婦《めおと》の旅客を装《よそお》ったのだ。

方治も志乃も寝床に頓着する気質ではないから、このことは構わない。だが旅籠《はたご》が供する朝夕の膳にだけは辟易していた。彼らも口が奢っているわけではないのだが、硬い飯と薄い汁物、痩せた干し魚に季節外れの萎《しな》びた山菜という献立が連日となれば興も削げる。

かつての北里は脇往還《わきおうかん》を懐《ふところ》に抱え、旅人で賑わう藩だった。宿稼業も繁盛を極め、それぞれの旅籠が腕自慢の包丁人を抱え、粋《すい》を凝らしたもてなしで客を引きつけたものである。

しかし隣する相沢藩が湊《みなと》を整え、街道の整備を推し進めたことにより、北里はこの人と物の流れをそっくりそのまま奪われた。林立した宿も煽りを受けて次々と廃業し、料理人をはじめとする多くの働き手たちが相沢へ身を移した。この旅籠のありさまは、北里が上げ続けてきた悲鳴の残響とも言えよう。

だが状況を把握したとて、膳の味わいが好転するものではない。いい加減堪らずに愚痴を漏らしたところ、御用聞きのひとりに勧められたのがこの飯屋だった。

屋号を、亀鉄《きてつ》という。

元は鋳物師《いもじ》だった亭主が飯屋の娘に惚れ込んで包丁を握り、独り立ちののち所帯を持って開いたのがこの飯屋だった。屋号は開業までの経歴から、亭主が自負を持ってつけたものだという。義父から鈍亀《どんがめ》と罵られつつも食い下がった男の腕は、その性根のぶんだけ確かだった。

一膳飯屋の名の通り、昼は盛り切りの桜飯を安価で出す。夕を過ぎればこれに煮しめと豆腐汁をつけ、別勘定で煮魚や酒の類《たぐい》も商《あきな》った。奉行所の近くという立地から御用聞きのみならず同心までもが多く出入りし、繁盛のわりに客の行儀はよい。またいずれの品も簡素に見えてひと工夫が利いており、切り盛りする者の気働きのよさを感じさせた。呑気に酒を飲めぬのだけが残念だとは、偽りのない方治の感慨だった。

彼の舌が独りよがりでない証拠に、夕からの客には酒を求める者が多い。酔漢は周囲にお構いなしで声音が大きいのがお定まりだ。紛れて密談を交わすにも、この店は具合がよかった。

ゆえに日暮れを過ぎて町奉行所を辞した後は、この店で夕餉を取るのがふたりの習いとなっている。

「他人事と思いやがって。思わぬ足を引かれちゃ敵わねェから、目の届くとこに居てもらおうと目論みはしたがよ。朝五つから暮六つまで、延々語りに付き合わされるとは埒の外だぜ。あの旦那、ご友人はいらっしゃらねェのかい?」

方治のぼやきも無理からぬところで、弥六郎が告げた「ここに侍《はべ》ろう」との言葉は、まったく嘘偽りのないものだった。以来、志乃の詰める用部屋の前には、男ふたりが連日、益体もなく座り込んでいる。笛鳴らしがなまじっか聞き上手なものだから、弥六郎の舌もよく回るのだ。当初は奇異の目で眺めていた役宅の女衆が、今では円座《わろうだ》と茶を運んでくる始末だった。

更に厄介なことに、弥六郎は積み上げた努力は必ず報われると信じる種類の人間なのだ。方治からしてみれば、純朴かつ単純で羨《うらや》ましい限りである。この羨望が隔意の壁とならなかったのは、弥六郎の気質が、居残りに誰やらを連想させたためでしかない。

「与力同心には付け届けがつきものだってのに、四角四面らしいからねえ。ご同輩は煙たいだろうさ」

声を落として囁き交わし、志乃は自らの帯を撫で、空《むな》しく手を戻した。常ならば煙管《きせる》を差す辺りである。役宅では吸わぬからと置いてきたのを失念していたのだろう。

「で、そっちはどうだい?」

「さっぱりだよ」

見慣《な》れぬ者には気づかれぬ程度に、遣手《やりて》は柳眉を寄せた。

「ま、町方だって精の限りに働いてるんだ。あたしらが来たからって、すぐさま捗《はかど》るものじゃあないよ」

「猫の手でよければ貸すぜ」

「うるさいね。また、ぶつけられたいのかい？」

剽《ひょう》げて首を竦める方治をじろりと睨み、志乃は深く嘆息する。

「とにかく、何のために殺すのかさっぱりなのさ。普通なら怨恨なり口封じなり、理由があってすることだろう？　なのに攫い方からして、どうにも行き当たりばったりなんだよ。ちょうどそこに手頃な相手が居たから事に及んだ、って感触しかなくてね。まるで通り魔の手際だよ」

「なら、その通りなんじゃァねェのか」

「違うね。三猿は未だ影すら見られちゃいない。とはいえ、人間のやることだよ。思いつきの独り身で、やり果《おお》せる仕業じゃあないんだ。統率された複数人が関わっているとしか思えないのさ」

言葉を切って煮しめを摘み、志乃は天井を仰ぐ。

三人目の犠牲者となった童女が消えたのは、挫《くじ》いた足を診てもらいに行った帰りだった。ぐずる我が子の機嫌を取ろうと母が甘味を購《あがな》い、その払いの折に目を離したわずかの隙に、履物だけを残して娘は失せたのだという。人目の多い昼日中《ひるひなか》の出来事であり、神隠しとしか思えぬ消失だった。

「だけどね、そんな気ままを手伝って得する集団がどこにあるって言うんだい？　身代金狙いってのならまだわかるさ。でも身内には一報すらなく、攫われた女は例外なく殺されているんだ。まるで鵺《ぬえ》だよ。捉えどころがありゃしない」

「ならよう、ああいうのはどうだ？」

豆腐汁を啜ってから、方治は顎をしゃくった。示した先にはちょうど店先を行き過ぎる一団がある。

先頭を切るのは、まだ若い巫女だった。年の頃なら十五、六。猫を思わせる吊りがちな目を胸元に掲げた手のひらに落とし、祝詞《のりと》を吟じながら花魁《おいらん》道中のようにしずしずと歩を進めている。彼女の両手の上に載るのは、小さな黒い像だった。刻限もあり、店明かりでは仔細な形は見て取れない。

彼女に近侍するのはひとりの大男だ。茫洋と前を見るようでいて、その実、八方に気を配っている。相当の腕利きと見えた。体躯のみならず、帯びる刀もまた特異なものだ。反りの一切ない直刀である。刃渡りは長く、鞘の形状からして、両刃。刀剣というよりも、槍の柄を短く切り詰めたような代物だった。

だがそれらにも増して方治の目を引いたのが、彼の歩みだった。体重をまるで感じさせない、影の如く滑《すべ》らかな足運び。三寸の距離まで寄って耳をそばだてようと足音ひとつ聞こえぬだろうそれは、方治の知る忍びの技に酷似していた。

しかも、これを用いるのは大男のみではない。

或いは両手をすり合わせ、或いは鉦《かね》を打ち鳴らしながら巫女の後へ続く信者の中に、同様の歩法をする者が幾人かいる。いずれも農民めかしてはいるが、到底百姓輩《ばら》の身ごなしではありえなかった。長い鍛錬により染みついた武の気配は、どうしようもなく振る舞いに滲《にじ》むのだ。同種の技を学んだ方治が、これを見落とすはずもない。

「ダイコク様、ってんだとさ」

目を細めつつ一行を見やり、方治は伝聞を披露する。

「大黒？　福の神の信心かい？」

「いいや。大国主《おおくにぬし》の上《かみ》二字で大国《だいこく》だってよ。斎藤の旦那が言うには、今、一等勢力のある連中だそうだ」

この流行神の本尊は、巫女の掌上の神像だ。これを奉じる彼女は、本《もと》を正せばただの村娘だという。

ある日、この娘が薪《まき》を取りに里山へ入ったところ、急に目が眩《くら》み手足が萎え、一歩も動けなくなってしまった。このまま死ぬのかと思っていると、どこからか水の波立つ音がする。ようようそちらへ這い進んだところ、深さ一尺（約三十八センチメートル）ばかりの水たまりを見つけた。窪《くぼ》みに溜まっているかに見えて、水はしんと澄み渡り、触れれば指先が切れそうなほどに冷たい。何かに急き立てられるようにして、娘はこれを口に含んだ。途端、くらくらと朧《おぼろ》だった視界は安定を取り戻し、すくった清水で擦ってみると、手足にもたちまち力が戻った。

ほっと人心地がついた娘の耳に、またちゃぷんと音がした。凪もないのに不思議なことだと水面《みなも》を見やると、なんとその底に小さな像が沈んでいる。

霊験を感じた彼女はこの像を持ち帰り、その夜、夢枕に託宣を受けて巫女となった。

病人があれば、神像を浸した瓶の水を飲ませる。するとどんな業病もたちどころに癒えた。また神像を掲げて祈ればどんな失せ物もすぐさま見つかり、大国の巫女は千里を見通すと評判である。武家にもかぶれる輩が多く、芹沢頼母を手始めに、招く者、庇護する者が引きも切らない。配慮を知らぬ弥六郎とて、迂闊《うかつ》の手出しができぬありさまなのだという。

三猿の件を抜きにしても、方治が最もきな臭く感じる一団であった。王子椿を思わせる、明らかに精兵を擁する集団なのだ。腹中にどんな企《たくら》みを抱え、懐中にどんな毒を忍ばせているか知れたものではない。

じろりと睨《ね》める、その気を察したか。ふと、大男が足を止めた。

頭《こうべ》を巡らし、亀鉄の店内を透かし見る。目を伏せる暇《いとま》はなかった。両者の視線が、火花を散らして絡み合う。片眉を上げた方治の膝へ我が手を置いて、志乃が制した。

反射的に凝りかけたこわいものを霧散させ、居残りは剽《ひょう》げた仕草で首を竦める。

男はなおも胡乱《うろん》げに方治を注視していたが、彼が行動を見せるその前に、遅滞を訝しんだ巫女が振り返った。何事か声をかけられ、男は頭を振って歩みを再開する。

「あんた、ねえ」

詰めていた息を吐き出すと、志乃がぴしゃりと方治の膝を叩《はた》いた。

「だがまあご覧の通りの物騒ぶりだ。ああした手合いからすりゃアよ、不安の種は飯の種だろう？」

反省の素振りもなく、居残りはしゃあしゃあと自説の披露を再開する。それは一連の凶行を、流行神を奉じる一味による人心惑乱と見る向きだった。民衆を慄《おのの》かせ、揺らいだ心につけ込んだ商売を目論むのだろうと彼は言うのだ。

「帳尻が合わないね」

しかし方治の語る憶測を、志乃は言下に否定した。

宗門の求める利と言えば、即《すなわ》ち信者の獲得であろう。だが今の北里には、規模の大小こそあれ同業の神が多数ある。つまり恐怖と不安をいくらばら撒こうと、怯えた民草が縋るのが、自身の奉じる先とは限らないのだ。

目的をこれとするならば、三猿の仕業は非効率の一言である。冒している危険の度合いに対し、見返りの確実性がまるでない。

「……だがよ」

遣手《やりて》に理屈を返されて、方治は唸って顎を撫でた。

「信じがたい馬鹿をするのが、馬鹿の馬鹿たる所以《ゆえん》だぜ。あの類《たぐい》は、手前の都合のいいことしか見ねェし聞かねェもんだろう」

方治の言う通り、信仰は時に人の目を閉ざし耳を塞ぐ。損得を顧みない短慮さがありえることを考え合わせれば、無視できぬ程度の可能性は残るだろう。

しかし志乃は、また首を横に振った。

「だけれどね。もしあんたの言いが正鵠《せいこく》を射ているとしても、少しも進捗《しんちょく》には繋がらないのさ」

そもそも遣手が犯行の動機を求めたのは、そこから三猿の正体に迫り、捜査の対象を絞り込むべくだ。だが根にあるものが信心となれば、雨後の筍《たけのこ》の如く蔓延《はびこ》る流行神の全てがこれを備えることとなる。それらをひとつひとつ、抱える信者までもを含めて調べ上げるなど、とても手の回る仕業ではなかった。

「それにご宗旨の全部を調べるとなれば、姫御前一派も洗わなきゃならないからねえ。先生はお嫌だろう？」

「何だよ、その姫御前ってのは」

幾分皮肉げな遣手の言いに、方治は怪訝に眉を寄せる。

「……お聞き及びじゃないのかい？」

「少なくとも、斎藤の旦那の話にゃ出なかったぜ」

「ああ、斎藤様にしてみれば、これは宗門じゃあなかろうね」

得心して志乃は頷き、それから底意地悪く片目を瞑った。

「随分と気を持たせるじゃねェか。ご存じなら、勿体ぶらずに頼まァな」

促す笛鳴らしに、志乃は「仕様がないね」と肩を竦める。

「跋扈《ばっこ》する王子椿にお父君を殺《あや》められ、けれど自らは凶刃を逃れ、助太刀を得て見事仇討ちを遂げられたお方がいらっしゃるだろう？」

「……ああ」

「北里を牛耳らんとした悪漢どもを駆逐した、このお方こそが姫御前様だよ。そも御《おん》血筋《ちすじ》を遡《さかのぼ》れば――」

「御託はいい。一派の意味だけ聞かせてくんな」

途端、方治は不機嫌の半眼になり、遮られた志乃は目を眇《すが》めた。

彼は彼女にまつわる風聞を、我から遮断している。気になって仕方がないくせに、意地を張って他所《よそ》を向くのだ。

「一派ってのにも語弊があるけどね。その姫御前が落ち延びた折のお召し物が白小袖だったものだから、多くはないがいるんだよ。死装束めかしたあの装《よそお》いで、市中をうろつく連中がね」

北里の民にとって、彼女の白は希望の象徴だった。民衆は奇跡の再来を祈ってやまずにいる。王子屋という暗雲を打ち払ったように、もう一度、姫御前がこのどうしようもない現状を打破してくれることを願い続けているのだ。

やがて一部の者が、彼女の装いを模倣した。

今はまだ現れずとも、いつか必ずやって来る。その先ぶれとして、確かにある正義の幻想として、白を纏って或いは辻に立ち、或いは小道を歩く者たちが現れたのである。誰もが偽りと知りながら、それでも誰かが演じるその姿に、ほんのわずか心を救われた。

　だが北里に満ちるのは、そうした心根に頓着しない無頼どもである。大きな悪事を働く知恵も度胸も持ち合わせず、少しばかりの暴力を得意げに振りかざす奴輩《やつばら》が、斯様《かよう》に奇矯な出で立ちへ食いつかないはずがない。早速刃物をちらつかせ、白装束に絡む者が出て、たちまち袋叩きの憂き目を見た。平素は無頼が何をしようと恐る恐る遠巻きにするばかりだった民衆が、この時ばかりは猛烈に牙を剥いたのだ。

　同様の顛末がそこここで起き、思慮分別の少ない無法者たちも、ようやく集団心理を刺激する愚を理解した。白小袖は、触れてはならない聖域と悟ったのである。

　こうして仮初めの姫御前は、生半《なまなか》ならぬ抑止力を備えるに至った。以来、藩内の随所に白い影は立ち現れ、悪心に制止を加え続けている。民衆が一種の自助を成し遂げた例とも言えよう。志乃が敢えて一派と述べたのは、信仰めいたこのありさまを指してのことだった。

「どうも扱いが違うんじゃねェか」

　聞き終えた方治はむすりと口を結び、明瞭に不機嫌である。

「……なんだい、お気に召さない顔だね」

　志乃の指が、すいと己の帯を撫でる。またも煙管《きせる》を探る動きだったが、愛用の品は生憎《あいにく》ながらそこにない。空《くう》を掻いた手を膝に戻した彼女が瞳に浮かべるささやかな不満の色は、しかし空振りに由来するものではなかった。

「あん時のことはよ、あいつが体ァ張ってのたうちまわって、どうにかこうにか手に入れた結果だ。神仏を頼って得たもんじゃねェ。だってのに、それを神輿《みこし》に担いでどうするよ。あいつは拝めばご利益をくれるいきものじゃねェんだぞ」

「なんとも肩入れおしだねえ、先生」

「真っ当に考えろってだけさ」

子供の駄々のような言いだった。嫣然《えんぜん》と目を細め、遣手《やりて》は口元を隠して笑う素振りをする。

「近くで具《つぶさ》に見たじゃあないんだ。仕様がないさ。遠からん者は、音にご活躍を聞くばかりだもの。それに評価だのなんだのは、見方と立場で千変万化だよ。幕府を開いた神君だって場合によっちゃ狸扱いされるんだから、当たり前とお思いよ」

「だがよ、志乃。たとえばお前は知恵が働くが、別にそいつは天与だけじゃあないだろう。冴えごとおぎゃあと生まれてくるはずもねェ。そっから後の生きざまと培《つちか》いがあって、はじめて今のお前になるわけだ。後生の部分を切り捨てて、全部御仏のお導きだと言い切られたら腸《はらわた》が煮えくり返るぜ。確かに天佑《てんゆう》としか思えない出来事ってのはある。とはいえ、その一瞬を掴み取れるのは、それだけの下地があればこそだ。何もかもが御加護で片付くんじゃ、人間、信心する以外の意味が失せちまわァな」

「ご辛辣だね。神頼みはお嫌いかい？」

「ああよ。俺は鰯の頭をありがたがらねェ口さ。日の本に流行らせたまう岩清水、ってな。味わうんなら身の方だ」

冗談めかしつつも、笛鳴らしはきっかりと断言する。何故ならば過日、彼の狭窄《きょうさく》を、羨望を救ったのは、ただの小娘であったからだ。

加えて、思う。

人とは、自分の信じたいものを信じ込むいきものだ。斯《か》くあれかしという願望で己すら騙してのける。そちらの方が気が楽だから、多少の引っかかりには目を瞑って流されるのだ。

現実が夢想通りになればいい。だが大概において、物事はそう上手く運ばない。すると今度はその責を、信心先へ転化して罵ってのける。「信じていたのに裏切られた」、と。

なんともいけ好かない話だった。手前勝手に持ち上げて手前勝手に幻滅するなぞ、振る舞いとして最悪であろう。

方治はここに、弱者のしたたかさと酷薄を透かし見る。そも口先ばかりで身を切らぬ安い信頼を対価に、何を得ようというのか。

などと、さんざ信心のありさまを腐す彼だったが、同様の心持ちが己の内にあることは承知している。彼女へ、理想を押しつけたとも理解している。これはいささかならず覚えのある心のはたらきであり、要するに他所《よそ》を言えた義理ではない。

「参らぬ人はあらじとぞ思う、かい。先生は一体、何に参ってるんだかねえ」

皮肉げにわずかばかり口の端を上げ、志乃はゆっくりと瞬きをした。この一瞬に方治が浮かべた思考と面影はお見通しである。

あのこと以来、笛鳴らしは少し変わった。

如才なく人付き合いをこなしながら、かつての彼は常にその心を、孤独と諦念の川向こうに住まわせているようだった。しかし王子屋の一件ののちは、おそらく彼生来のものであろう親しみが、此岸に顔を出すかに見える。

あの娘との関わりが生んだ前進であり、あの娘の残した薫香であろうと思うと、志乃の胸の奥が不思議に疼いた。

「そこを憤る優しさを、ちょっとは御前に振り分けてやったらどうだい？」

小さく鼻を鳴らし、生じた感情のうねりとは裏腹の、平淡な掠《かす》れ声で遣手《やりて》は囁く。

御前こと榎木三十日衛門は、色里では誰しもに一目置かれる老人である。ために揉め事が生じれば、真っ先に頼られるのもまた彼だった。好々爺然《こうこうやぜん》としていて尻を持ち込みやすい上に本人の腰が軽く、対応から解決まで著《いちじる》しく速いことが、この習いに拍車をかけている。姫御前一派の信心と似通う構図と言ってよかった。

実のところ、居残りながら「先生」と呼び親しまれ、何くれと頼られる方治の立ち位置もさして変わらぬものであるのだが、志乃はそこへは触れない。

「おいおいお志乃、お前ともあろう者がとんだ目の曇りだな。あの古狐《ふるぎつね》を凡百と一緒にすんなってんだ」

しかし笛鳴らしは平然と、彼女の指摘を否定した。

「御前にはよ、意に染まなけりゃあ指ひとつ動かさねェ頑固さがある。恨みも悪意も平気の平左、涼しい顔で流すしな。周りがいいように仕向けられるご仁じゃあねェよ。いつだか言ってのけてたぜ。人ってのは苦境を見捨てた相手じゃあなく、手を伸べてくれた者の施しが不十分なことこそを憎むもんだ、ってな。そこらを弁《わきま》えるから、すっぱりと見限りもする。余計な荷物は背負わねェのさ」

「なるほどねえ」

得心顔で頷かれ、はたと方治は舌を止める。半眼になった遣手の、瞳の色を察したからだ。それは猫が獲物を見る目つきと等しかった。さて、どうやって嬲《なぶ》ってくれようかという色彩である。

「すると先生は、弁《わきま》えず見限れないどなたかに心当たりがおありなんだね。何もかもを背負《しょ》い込んで歩こうとするどなたかをご案じなわけだねえ。そういえばこの一件も、まるであの子のために請け負った様子だったっけ。いつもは物臭な先生が勢い込んで我から、さ。それなのに、なんだってご挨拶にも伺わないいんだい？」

「……おいおい、随分と絡むじゃねェか。何に酔いやがったよ」

ちくりちくりと楽しげに刺す物言いに、笛鳴らしは店の天井を仰ぐ。

何を警戒したものか、北里に来てからこっち、彼女の機嫌はどうにも悪い。全身の毛を今にも逆立てそうな様子でぴりぴりとして、その苛立ちが時折こうして顔を覗かせるのだ。

志乃はその生のほとんどを篠田屋で過ごしてきた女である。

愛想は欠片も持たないが、元は大分《だいぶん》に売れた遊女だった。無表情で無感情なさまを乱れさせてやろうと、男どもが躍起になって群がったという。身請けの話も数多かったが、年季が明けるその前に、志乃は篠田屋の遣手《やりて》となった。彼女の怜悧《れいり》さを見込んだ、三十日衛門の取り計らいである。老人の目利きが確かだったのは、志乃が今や楼主よりも楼主然と篠田屋を取り仕切ることからも知れよう。

この経歴ゆえの内弁慶、というわけではないのだろうが、彼女は故郷を離れて己の足場を失ったような不安を抱いているのやもしれなかった。

――まーったく、困った娘だぜ。

かつて聞いた言葉を反芻《はんすう》しつつ、方治は顎を撫でる。言うだけ言わせて聞き流していれば、そのうちに恥じ入るのが志乃だ。だが、そうと知るからこそ、笛鳴らしは助け舟を出してやるのがよかろうと考える。

自己嫌悪に至る前に矛の収めどころを用意してやれば、後日、酌程度の返礼は見込めるはずだ。

「そうは言うがよ、志乃。お前だって、あー……あれんとこに顔出しはしてねェだろう」

「もういい加減名前をお呼びよ、鬱陶しい」

ぐっと詰まった居残りを、「余計に未練がましく聞こえるんだよ」と切り捨てる。

「……菖蒲は、よぅ」

しばし唸ったのち、方治はついに観念してその名を出した。

「至極真っ当ないきもので、至極真っ当に咲く花だ。だが俺は違う。言うなれば傘さ。

雨の日ばかり用立つ品だ。晴れに出張れば邪魔なだけ、迷惑千万と知れてらァな」

「まるでお天道様の下を歩けないみたいに言うじゃあないか」

答える代わりに長脇差の鞘を叩き、笛鳴らしは自嘲めかして笑う。志乃ははっと口を噤《つぐ》み、わずかばかり目を細めた。己の渡世を汚れものと観じるのは、両者に相通じる感性である。

自らの舌を詫びる代わりに、彼女は黙って煮魚を取り替えた。志乃の鉢が手付かずというわけではないが、箸の進みが速いのは方治の側だ。結果として嵩《かさ》増しをしたような塩梅《あんばい》になる。

「まあ、ともかくさ。何かへ縋る気持ちってのは、あたしにもわからなくはないよ。自分の形がすっかりわからなくなった時、何を信じたらいいのかもわからなくなった時に、そういう杖が入用《いりよう》なんだろうってね」

逸れた話題を無理に戻し、遣手《やりて》は物憂く目を閉じた。

「意外だな。お前の中身は智と理がほとんどと決め込んでたぜ」

「人をなんだとお思いだい。腹が膨れるだけで幸せになれるのは、先生みたいな輩だけだよ」

「やーれやれ、お前こそ俺をなんだと思ってやがる」

ちょっぴり笑ってから、ふと気づいて方治は真顔になった。

「ああ、いや。ちょっと待てよ、お志乃」

「どうしたってんだい、藪《やぶ》から棒に」

襟首を掴まんばかりの勢いで顔を寄せる方治に、不機嫌な志乃もたじろいだ。

「お前さっき、『何のために殺すのかさっぱりだ』って言ったな」

「その通りだよ。そこが掴めないから、攻めも守りもできないのさ」

「じゃあよ、殺しが目的じゃねェとしたらどうだ？」

菖蒲の名が挙がったことで、ふと思い出された顔触れがある。それは彼女の宿敵たる、椿組の四名《よめい》のものだ。

火車《かしゃ》。

化粧面《けわいめん》。

双口縄《ふたくちなわ》。

村時雨《むらしぐれ》。

いずれ劣らぬ難敵だったが、殊《こと》に強く想起されたのは、音羽太郎坊《おとわたろうぼう》と長田右近《おさだうこん》の両名である。

彼らは芸に淫し、我が技量に酔い痴れる性分をしていた。

太郎坊は戦利品のように、自らが殺《あや》めた死体を蒐集《しゅうしゅう》し、犯した。

右近は変幻の仮面とするため、興味を抱いた人間を生きながら腑分けした。

この両名にとって、殺しとは結果に過ぎない。右近はその人間を理解する過程で死なせてしまうだけであり、太郎坊に至っては、殺害以上に腕前の証となるものがあれば、死体になど見向きもしなかったろう。

「殺しは結果に過ぎねェ。だから骸《むくろ》は投げ捨てて見向きもしない。後ろの集団はさておき、三猿個人は独特の衝動があって動いてる。そう見るのはどうだい？」

「……悪くはないね。目、口、耳と穴を縫うのも奇人の性癖って方がわかりやすい。だけどもさ」

「それじゃあ手がかりがないのに変わりゃしないよ、だろう？」

遣手《やりて》の舌の先を読み、方治が謡うように続けた。

「だがこの手の輩は不思議と必ず、何かに偏執しやがるもんさ。中指楠松《くすまつ》、ご存じのはずだぜ」

笛鳴らしが挙げたのは、相沢遊里で知られた名である。この楠松という男は、女の顔でも性根でもなく、右の中指に惚れるのだ。

斜構《はす》えの気取りであろうと試した者がいたが、楠松は実際に、手指だけで十数人のの女を見分けてのけたという。彼の腰の印籠《いんろう》がからからと鳴るのは、中に死に別れた女房の指骨が収まっているからだとの噂もあった。

「あれは無害なもんだけど……楠松の類《たぐい》と思えば、見落としておかしくない固執があるかもしれないねえ」

応じながら、志乃は頭の中で帳面を捲る。もし三猿が方治の推測通りの性質を備えるなら、固執するその一点を見つけ出しさえすれば、釣り上げることも容易だろう。町奉行所の調べ書きの、おおよそは記憶していた。そこから犠牲者の共通点、女であること、狙いやすい場に居合わせたこと、そして三猿が施した傷を除外し、言及のない箇所――つまりは無関係と見過ごされた部分の可能性を丹念に眺めやる。

口を結んで、方治はその横顔を見守った。騒がしい店内では余計な気遣いでしかないが、周囲の雑音と直接かけられる声とではまた異なろう。

じっと待つうち、やがて遣手は伏せていた顔を上げた。先までの刺々《とげとげ》しい気配はすっかり失せて、常の冴えた光と、彼女をよく知る者しか気づけない、いささかの得意がそこにある。

「思い当たりが、なくもないね。たまには役に立つじゃないか、先生」

応じて、笛鳴らしもにいと笑った。

「お褒めに与《あずか》り光栄至極だ。じゃ、一本つけても構わねェかい？」

「罷《まか》り通らない理屈だね。先生には今夜もひとっ働《ばたら》きしてもらわなきゃだ。呑んだくれてる暇なぞないよ」

「やーれやれ、人使いの荒いこった」

糸口を掴む気配を察してだろう。嘆く素振りをしてみせながら、笛鳴らしの目が剣呑に光った。

＊　＊　＊

冬の日暮れは早い。屋形町《やかたまち》のそこここに、宵の気配が張り付いている。

まだ浅い夜の薄闇を、ひとり、女がゆく。

志乃であった。

灯かりは持たず、ただ空にかかる月だけが、清《さや》けく彼女の背を照らしている。どこで傷つけたのか、右の足を引きずっていた。

痛む側を気遣いながら自重を乗せ、半歩の距離だけ左足を前に出す。今度はそちらへ軸を移し、そろそろと右足を引き寄せる。近づけば荒い呼吸と、額に浮かぶ汗とが見て取れたろう。平素なら容易《たやす》い動作に、甚《いた》く難儀する風情《ふぜい》だった。

鈍痛を堪えるように握られた手指と襟元から覗くうなじが我から光るように白く、見入りかけて弥六郎は首を横に振る。

志乃と弥六郎は、無論連れ立って歩くではない。同心は三間《さんけん》弱（およそ五メートル半）ほどの距離を置き、遣手《やりて》をつける格好である。

これは今朝方、突然に言い渡された、公務ではない公務だった。


『篠田屋の女を護衛せよ』

弥六郎にそう命じたのは、上役の芹沢頼母である。

篠田屋側から、三猿を釣る案が出たのだという。志乃が囮《おとり》として夜歩きをし、それに食いつかせて捕縛する魂胆だと聞かされた。

であればより多くの捕り手を潜め、志乃の身の安全を優先すべきである。

しかし頼母は続けて告げた。

『この役はお主ひとりで果たしてもらう。よいな？』

黙って従えと言わんばかりの念押しに、当然、弥六郎は反駁《はんばく》した。そも彼らは北里を助けに来た立場であり、他藩の者とはいえ、町奉行所が保護すべき民でもある。そのような人間に危険をなすり、恥じるところはないのかと噛み付いた。

するとと頼母は顔を歪ませ、『よいか』と彼を諭したのだ。

『お主の申す通り、篠田屋の両名は義信様の客人である。ゆえに本来、危うきに晒してはならぬのだ。だが此度は彼らよりのたっての願い。これを軽んじるわけにもいかぬ。よって、我らはこれを聞かず知らずの体《てい》であれとのお言葉なのだ』

くだらない、と腹の底から思った。

いずれ城中で繰り広げられた政治の結果であろう。頼母は吹き流しのように、強い風になびく男である。お言葉とやらも、誰の口から出たか知れたものではなかった。

何より語る筋書きが気に食わない。協力する風情《ふぜい》でいながら、危険を助太刀にのみ押し付けている。首尾よく三猿を捕らえた暁には、横から功を掠《かす》め取る魂胆に相違なかった。

そうした軽侮が顔に出たのだろう。頼母の目が、憎々しい光を帯びた。

そもそも弥六郎と頼母は折り合いが悪い。憎み合っているとすら言ってよい間柄だった。険悪の理由は明快で、弥六郎がこの上役の指示を撥ねつけてばかりいるからだ。

上意下達、即《すなわ》ち上の意向はなるべくそのままに容《い》れるのが武家の組織として理想の姿である。だが弥六郎の見る頼母とは、先に述べた通り吹き流しと大差ない。ゆえに同心は幾度となく、頼母の意向を無視してきた。

――と語れば、斎藤弥六郎という男の印象は独断専行の輩めくだろう。

しかしながら、そうではない。

頼母の命とは、賂《まいない》を寄越した高利貸しがする無残な取り立ての目溢《こぼ》しや、不埒不逞が屯《たむろ》する家屋の探索禁止といった、露骨な悪行の庇いたてである。弥六郎は反骨や反発からではなく、武士の一分《いちぶん》でこれらに相対し、暴き立てた。

身を危険に晒すこの結果として、弥六郎は周囲から信を寄せられ、更には奉行の覚えめでたくある。頼母としては苦々しい限りで、瞋恚《しんい》は一入《ひとしお》のはずだった。

また、王子屋の一件の折に世渡りを仕損じて、頼母は衰運の最中にある。その責の全てを弥六郎に転嫁して、いっそ縊《くび》り殺してやりたいとまで思い詰めていてもおかしくはない。

頑なに弥六郎と目を合わせぬ頼母のさまは、赤々と燃える火種を灰で覆い隠すのに似るのかもしれなかった。

『だが当然、両名を見殺しにするわけにもいかんのだ。弥六郎、貴様は剣名を馳せる身であろう。たまさか居合わせたお主がその腕を振るい、かの者らを救った。この成り行きならば、どこからも文句は出ぬということだ。わかったな？』

得心はいかぬが、その仕業に最も適するのは己であろうという自負がある。余人に任せるよりも、志乃と方治は安全であろう。不承不承《ふしょうぶしょう》ながら弥六郎は頷き、その足で志乃のもとへ赴いた。

『斯様《かよう》な話であるが、その方ら、これで構わぬのか』

問いかけると遣手《やりて》は無感情に目を細め、

『斎藤様。あたしたちが望むのは、一刻も早いこの一件の解決なんです。そのためなら、別に構いやしませんよ。ねえ？』

『ああよ』

相方の言葉を受けて、ぞんざいに方治も頷いた。

『ちなみに武家屋敷辺りは斎藤の旦那、町人の住まう辺りは俺の担《にな》いだ。三猿を捕らえた側が、手柄を総取りって寸法になってるぜ』

それでよいものかとますます激昂した弥六郎だが、遣手はわずかに口の端を上げて、これを受け流す。同心はどうにも、志乃が時折見せる女に弱い。しかし最も危ういのが彼女の果たす役割である。大人しく引き下がるわけにはいかなかった。

『おい、居残り！』

『知ーらねェよぅ。止めたきゃ手前の言葉でしな』

助勢を求めて方治を見るものの、にべもない。結局、弥六郎の舌は回転を止め、とうとう日暮れを迎えてしまった……


思い返すうちに、志乃の背がいささか遠ざかっている。闇に紛れたままほんの少し足を速め、弥六郎はそれを追った。

足を引きずる歩きぶりは芝居であり、必要があってすることだと聞いてはいるが、どうにも見ていて痛々しい。

いずこの屋敷で奏でるものか。気づけば、細く寂しく、笛が鳴っている。町人とは異なり、十分に夜歩きする者は少ない。路上に落ちるのは志乃と弥六郎の影ばかりと思われた。星明かりに絡むような音色だけが、ふたりの後をついてゆく。

と、不意に辺りが陰った。さやさやと明るかった月が、束の間、雲に隠れたのだ。夜の闇がたちまち深まる。平仄《ひょうそく》を合わせるように、笛が途切れた。

再び月輪が顔を覗かせた時、弥六郎はあっと息を呑んだ。先にはなかった異物が、夜景に生じていたからだ。

志乃のごく間近に現れたそれは、影の如く低く這い蹲《つくば》る男の姿であった。

異装である。身を包むのは漆の色をした忍び装束だった。同色の頭巾が、両眼以外をすっぽりと覆っている。闇に溶けるこの色合いが、今まで彼の在り処《か》を隠し通していたのだろう。手足が、奇妙に長かった。細い四肢で平伏するさまには蜘蛛めいた印象がある。

——三猿かッ！

直感した刹那《せつな》、弥六郎は腰の物を引き抜いた。志乃の名を叫びながら猛進し、八双から太刀を振り下ろす。

三猿は腰よりも低い位置からちらりとこれを見返り、やはり昆虫めいた動きで向き直った。鈍く、鋼の噛み合う音が響く。

どこから取り出し、いつの間に抜き放ったものか。三猿の手にも刃が握られていた。

地べたに伏せる姿勢のまま、これで弥六郎の太刀を受けたのだ。剣を押し込もうと唸る同心だが、三猿の左腕《さわん》は微動だにしない。それどころか、覆面の下でしゅーっと細く嘲りの息を吐いた。

直後、弥六郎の足首を鉄のような手が掴む。更に身を沈め、胸と顎で身を支える形を取った蜘蛛が、空《あ》いた右腕《うわん》を用いたのである。およそ信じがたく不可思議な体術だった。

「な——！」

叫ぶ間もあらばこそ。同心の体は軽々と振り回され、地を転げるようにして投げ飛ばされた。回転する天地に舌を打ちつつ、弥六郎は勢いを逆に利して立ち上がる。しかし眼前には既に、凄まじい速さで這い寄る蜘蛛の姿があった。片手両足を用いた獣の如き疾走である。このような低い位置へ送る斬撃を、弥六郎の流派は持たない。

蜘蛛の大きく横に伸びた腕の先で、ぎらりと刃が月光を弾く。

ひどく短い剣だった。刃渡りは脇差以下であろう。しかし鉈《なた》のように肉厚だ。三猿の長い手足を活かし遠心力を乗せて振るえば、鎧兜をも打ち割りそうな重みを備えた凶器と見えた。

ぞくりと、戦慄が弥六郎の背を這い上る。脳裏を過《よぎ》ったのは、川遊びで溺れかけた童《わらべ》の時分だ。ひたひたと足を浸す水。膝下までしかない流れが生む不気味な圧力に抗えず押し倒された恐怖を、彼は思い出していた。

だがそれに屈せず、咄嗟に身を動かしたのは弥六郎の胆力である。

瞬きにも満たぬ間で、彼は腹を括った。斬撃ではなく、刺突によい具合に握りを変える。

三猿の目が、我が身に死の刃を許す代わり、相討ちへ持ち込まんとする型だった。わずかに笑う。

自暴自棄と油断したのではない。弥六郎の意図を察した上で、それでは届かぬと見切ったのである。だが、刃を振り抜かんとしたその時、蜘蛛は大きく跳ねて飛び退《すさ》った。同心から目を切り、彼の背後に横たわる夜の奥をじろりと睨《ね》める。

三猿の動きを制したもの。それは闇から飛来した礫《つぶて》であった。

ただ小石が投じられただけであれば、三猿は気にも留めなかった。体《たい》をひねって軽く躱し、そのまま弥六郎を斬殺していたことだろう。

しかし礫は、眼《まなこ》の間を正確に狙って放たれた。一種、両眼視の死角となる軌道である。只者の仕業ではなく、咄嗟に引き起こされた警戒心が、三猿の凶刃を止めたのだ。

「……遅いんだよ、まったく」

弥六郎の無事を確かめた志乃が、吐き捨てるように安堵を漏らす。彼女はといえば、自分達の後をついてきていた笛の音が絶えるなり演技を取りやめ、最初の一合の前から剣戟の届かぬ先へ逃げ延びていた。勿論その身に傷はない。

「すまねェな」

応じて、影から低く声がした。

「居残りか！」

「ああよ」

三猿を注視したまま、弥六郎は聞こえた声に当たりをつける。肯定を返しつつ、方治はぞろりと月の下へ歩み出た。既に、抜き身をぶら下げている。

「その方の受け持ちは、ここではあるまい」

詰問のように弥六郎は続けた。無論、虚勢である。方治に命を救われたのは理解していた。

だがその言葉は同時に、心《しん》からの疑念でもあった。

笛鳴らしが受け持ったのは町人町だ。屋形町《やかたまち》よりさしたる距離があるわけではないが、それでも刃鳴りは届かぬし、駆けつけるには大分《だいぶん》遠い。

となれば須臾《しゅゆ》の間に現れたこの居残りは、初めから武家屋敷のいずこかに身を潜めていたことになる。正体の知れぬ三猿に対し、何故そのような待ち伏せめいた振る舞いが叶ったのか。

「悪いなァ、旦那。俺らは、ここらと当たりをつけてたのさ。なんせ――」

思わせぶりに言葉を切って、笛鳴らしは顎をしゃくった。

「あちらにゃ、芹沢様のお屋敷があるからよぅ」

居残りが言外に含ませたものを聞き取って、弥六郎が顔色を変える。方治は、頼母が三猿に加担していると告げたのだ。

憎悪があり、対立があると悟ってはいても、彼からすれば頼母もまた、同じく北里を守る側の人間という意識があった。それがよもや同胞にまで、他所者《よそ》の手を借りた殺意を向けるなどとは、信義にも誇りにも悖《もと》る所業である。侍として、男としての作法から外れるばかりか、延《ひ》いては義信公に対する返り忠ともなろう。

「おっと、早合点はいけねェぜ。あくまで俺の勝手な見当だ。今後お気をつけを、って程度の忠告さ。……しかしまあ、奉公ってのはご苦労なもんだなァ」

「……知った口を叩くな、居残りめ」

血が上りかけたところへ軽口を叩かれ、弥六郎は首を振って頭を切り替えた。刀を構え直し、ずいと前に進み出る。

「まあ、いい。その方は志乃を連れて逃れよ。ここは某《それがし》が引き受ける」

そう言う彼の全身は、どっと汗を掻いていた。切り結びの数瞬で生じた、ひどく冷たい汗だった。

状況としては二対一の構図だが、三猿の武芸は尋常のものではない。遣手《やりて》の腰巾着ひとりが増えたところで物の数にはならぬだろう。揃ってたちまちに斬殺の憂き目を見かねない。

ならば殿《しんがり》を務めるが武士の役目というものだ。笑う膝を鼓舞し、更に踏み出しかけた一歩を、突き出された方治の腕に遮られた。

「……やーれやれ。北里にゃご立派な輩の多いこった」

誰を思い浮かべてか。我知らず懐かしむように微笑んで、方治は戻した手で頭を掻く。

「なあ弥六郎の旦那。ここは任せてもらえねェかい？」

「だが……」

「剣術《やっとう》は俺の領分ってことになってってよぅ。ここで役に立っとかねェと、あのおっかねェ遣手に、俺は煮て食われちまうのさ」

志乃を頼むぜ、と付け加え、笛鳴らしはすいと目を細めた。弥六郎はそのさまに、かつて認めた虎狼の相を思い出す。

それは同心が、うかうかと忘却していた感であった。腑抜けたような平素と気安いやり取りが、知らぬ間に当初の印象を拭い去っていたのだ。恐ろしく巧妙な欺瞞《ぎまん》に陥っていたことを、弥六郎はようやく悟る。

「真っ当な旦那にゃ、あれは噛み合わせの悪い手合いさ。なら真っ当でない同士はどうか。ひとつ御覧《ごろう》じろ、ってな」

そう述べたのは、あながち方便でもない。

露骨極まる装束からも窺える通り、三猿は忍びの類《たぐい》と見て間違いなかった。彼らは武の術理を徹底して研究し、その裏をかいて隙を突き、虚を穿《うが》つ術策を織り上げている。剣士として正道であればあるほど、忍びの技に惑うのだ。

だが、方治の剣もまたそれである。忍び崩れの中間《ちゅうげん》より習い覚えた、騙し晦《くら》ましの使い手こそが彼だった。

篠田屋楼主榎木三十日衛門が厚く信を置く秋水《しゅうすい》。それが居残り方治である。

好機とも言えるふたりのやり取りを、しかし三猿はただ呆然と、立ち竦んで眺めていた。

三猿は——道崎重蔵《どうさきじゅうぞう》は機転の利かない青年だった。突発的な事態に甚《いた》く弱く、有り体に魯鈍《ろどん》と述べてもよい。与えられた指示にだけ諾々《だくだく》と従う種類の人間であり、他者に判断と行動の理由を委ねる性質であった。ゆえにこのような事態には、思考がまるで追いつかぬのだ。

重蔵は、幼い頃から内向的な性質をしていた。

十に満たぬ時分から恵まれた体躯と身体能力は明らかで、教え込まれる術理の習熟も速い。しかしどうにも心が弱く、常に俯いて生きていた。

そのような彼を助けたのが姉である。弟が困り果てるたびに彼女は駆けつけ、重蔵を悩ます難題を全て快刀の如く断ち切ってみせた。父母が共に家を長く空けることが多かった道崎の家は、姉が切り盛りしていたといって過言ではない。重蔵はますます姉に傾倒し、常に圧倒的に正しい彼女の陰で、隠れるように呼吸を続けた。いくつ日を重ね年を経ても、その関係に変化はなかった。

だがある時、姉は足に重い傷を負い、自由な歩みを失ったのだ。

家中はともかく表の用事は重蔵が果たさざるをえなくなったが、これが彼にとって福音となった。頼り縋るばかりであった自分にも、できることがあると気づけたのだ。

『ありがとうね、重蔵』

姉にそう微笑まれるたび、重蔵の心は大きな喜びに満たされ、彼は体を打ち震わせた。

姉に付き従ってさえいれば何もかも上手く運ぶのだと、重蔵は信じて疑わなかったのだ。神仏を崇めるように、足を引きずる彼女の背をいつもいつも見続け、追い続けた。

けれど姉弟の蜜月は長くは続かなかった。

いつしか姉に、男の影がちらつき始めたのである。彼女は恋の気配を押し隠そうとしている様子だったが、その背ばかりを追い続けた重蔵が、姉の変化を見誤るはずもなかった。

姉の春を喜ぶよりも先に、重蔵は不安に囚われた。

彼女の関心が男に注がれれば、自分は姉の第一でいられなくなるのではないか。ただ重荷の如き存在として、やがて姉に見捨てられるのではないか。そのような恐怖心が芽生えたのだ。

今少しの時があれば、この蟠《わだかま》りは重蔵の精神的成長の一助となったことだろう。しかしそうなる前に、思わぬ火が道崎の家を襲った。

夜半、唐突に起きた火と煙、そして強烈な熱は、重蔵を凄まじい混乱に陥れた。竦んだ足はまったく動かず、立派な五体は用を為さなかったのだ。

このまま焼けて死ぬのだと覚悟した彼を救ったのもまた、姉だった。

彼女はたっぷりと水を吸わせた着物を広げて弟の上に覆いかぶさり、身を挺《てい》して重蔵を守ったのである。

『大丈夫。大丈夫だからね、重蔵』

囁かれて、火事場の只中にありながら重蔵は安堵した。安堵して、胎児のように体を丸めた。

無論、そんな安寧は長く続かない。やがて肉が焼け、髪が焦げる臭いが鼻を侵した。

――ああ、嫌だ。嫌だ。

怯え恐れて、重蔵は更に身を縮めた。ぎゅっとまぶたを閉じ、手のひらを耳に押し当てる。それでも、姉の呻きは耳に届いた。彼女がじりじりと燃えゆく臭いを間近に嗅ぎ続けるうち、不意にその苦鳴の全てが恨み言として聞こえ始めた。

お前さえいなければ、もっと容易《たやす》く生きられたのに。

お前さえいなければ、あの人と添い遂げられたのに。

お前さえいなければ、違う前途があったはずなのに。

お前さえ、お前さえ、お前さえ……

己を責め苛《さいな》む幻聴は、重蔵がこれまでに抱え込んできた後ろめたさと、溜め込んできた鬱屈の発露であったろう。錯覚に陥った彼は、この時生まれて初めて、姉に対する憤りと反発を感じた。

どうして黙って死なないのか。美しく、静かに死んでくれないのか。そうすれば、心安らかに助けられていられるのに。心平らかに守られていられるのに。

思い憎んで恨みつつ、重蔵は一層固く目を瞑り、ますます強く耳を塞いだ。そのまま、彼の意識は昏黒《こんこく》へ落ちた。

――あの人を、助けてあげて。

姉は最期にそう囁いた。それが誰を示す言葉であるのか、重蔵には未だわからない。

救助の手が訪れたのは、その直後のことであったらしい。命を拾った重蔵は、ただ姉が助からなかったことだけを知った。

出火の原因は突き止められずに終わり、以来彼は、黒塚《くろつか》に従って生きてきた。

黒塚おなは、里において二位の権力者である。いくつ歳を数えたとも知れぬ老婆だが、その腰は未だしゃんと伸び、壮年の男どもを遥かに凌《しの》ぐ光を目に宿す女傑であった。

黒塚の下知は厳しかったが、彼女もやはり姉と同じく、過《あやま》たぬ存在と見えた。重蔵は言われるがままに忍び働きを続け、その褒賞としてか先日、ついにもう一度姉を得ることを許された。

『似た者を攫って、おまえの姉にすればいいよ。本物にできなかっただけ、それに尽くしてやればいい』

物言いたげな黒塚を制し、里の主《あるじ》がそうご託宣くださったのだ。

主とは重蔵にとって姉や黒塚よりも更に上、まさに人ならぬ神仏の化身である。直接口を利くのも畏れ多い御方が、自分のような木《こ》っ端《ぱ》に心を配ってくださっている。

ありうべからざる事態に、重蔵は恐懼《きょうく》してひれ伏し、感涙に咽《むせ》んだ。

しかし似た女を捜そうにも、大切だったはずの姉の顔は少しも思い出せなかった。重蔵はいつも俯き、その背ばかりを見てきたからだ。

仕方なく彼は自問した。自分にとっての姉とはなんであるのかと。常にない長考の果て、得られた答えが引きずられる足だった。足を悪くしたのちの彼女の記憶が、重蔵の中で最も鮮明なものであったのだ。

こうして重蔵は姉作りを開始した。仲間の協力を得て、頑是《がんぜ》無い幼子から杖を頼りにする老婆まで、彼の眼鏡に適った者を端から攫った。

けれど、いざ攫ってみると恐ろしくなった。

重蔵にとって、姉は絶対者である。天日《てんじつ》の如き彼女が蘇れば、自分は再び何もできず守られる存在に堕し、日陰に追いやられるに決まっていた。それは突然水中へ引き込まれるような、息苦しさを伴う不快感だった。

姉の復活を望みながら、重蔵は誰よりもそれを恐れたのだ。

だから何も言わぬよう、最初の姉は口を縫った。

けれど声が聞けないのは寂しく、次の姉は目と耳を縫った。何も見えず聞こえずならば、目の前にあるのが弟だとはわかるまい。

だがこれも失敗したので、以後は試行錯誤になった。見られると、話されると、姉ではないような気がしたから、目を縫い、口を縫った。耳があれば詫び言と恨み言を連ねそうになるから、自制のために耳を縫った。

しかしどの姉も、姉にする途中で動かなくなってしまう。困ったことだと思った。作っては壊し、作っては壊しを繰り返しながら、或いは重蔵の心の一部は気づいていたのかもしれない。自身の凶行が、愛憎半ばする歪《いびつ》な反抗であり、歪んだ復讐であることに。

けれど愚昧《ぐまい》な重蔵は、愚昧なままその感性に蓋をした。封をして、諦めずに続行した。『物事を簡単に投げ出してはいけない』とは愛する姉の言である……

今宵、重蔵が動いたのも、姉作りの一環だった。

ここを姉に相応《ふさわ》しい女が通ると、やはり主《あるじ》から託宣があったのだ。ただし必ず同心の妨害が入るとも聞かされており、邪魔立てするその同心をまず殺せと命じられてもいた。

だから、ひとり目には落ち着いて対処できた。けれどふたり目については、彼の与《あずか》り知らぬことである。おまけに、気づけば姉は姉でなくなってしまっていた。ままならぬ事態に際し、三猿は恐ろしい混乱に陥っていたのだ。

「……！」

けれど白刃を抜いた笛鳴らしの殺気を浴びて、本能が反応した。

三猿は再び地を這う構えを取り、強く結んだ唇の隙間から、しゅうと細く息を吐く。

そうして緊張の素振りすらなく間を詰めてくる方治を睨《ね》め上げ、走った。

前へ、ではない。

常人が前方に駆けるのと変わらぬか、或いは勝るような速度で、平伏した蜘蛛は後方へ滑った。笛鳴らしは腰を沈め、勢いを増して三猿を追う。たちまち重蔵の背後に漆喰塀が立ちはだかったが、彼は平地《へいち》を行く速度のままにこれを駆け登った。正確には衝突の直前、両腕で地を叩き跳ね上がったのだが、垂直の壁を走ったとしか見えぬ滑らかな動きだった。

撓《たわ》めていた両足で塀瓦を蹴り、重蔵は跳躍の軌道を変える。追撃してきた方治の頭上を越え、飛び違いざまその長い腕を以て後背を一撃しようという魂胆だった。が、跳ねつつ予測で振るった刃の先に、笛鳴らしの肉体はない。

重蔵の変化を見抜いてか方治は速度を殺し切り、天を眺む仰臥の体《てい》で我が身をやはり後方へ、重蔵と同じ方角へと投げ出していた。

高く舞った三猿に対し、笛鳴らしの跳躍は恐ろしく低い。今にも背なが土を擦《す》りそうなそのさまは、地表すれすれを飛び抜ける鳥に似ていた。この低空が巧妙に働いて、笛鳴らしに凶刃を避けさせたのである。

目論見を外し、着地した蜘蛛の肩が血を飛沫《しぶ》いた。笛鳴らしによる反撃の一刀だった。

先読みで斬撃した三猿とは異なり、不格好に飛びつつも、方治は三猿から一度も目を切っていない。ただ躱すのみならず、奇襲を仕損じた中空の敵へ片手薙ぎを送りえたのはこのことが生んだ成果だった。剣を打ち振るった反動を用い、笛鳴らしは柔軟な猫のように立ち上がる。

方治の一連の芸当は、無論その場の思いつきで披露したものではない。

地を擦るほどに低く跳び、対峙する者の下肢を狙う。この斬法を、足まがりという。「まがる」とは「邪魔になる」の意であり、これは讃州《さんしゅう》に現れ、道行く者の足にまといついて転倒させるあやかしの名に由来していた。

曲芸めいた跳躍からの斬撃ゆえ、振るった後の状況は極めて悪い。本来ならば多対一でのみ用いるべき捨て身の技だが、笛鳴らしは咄嗟の閃きで、この動きを回避と迎撃を兼ねたものへ変化《へんげ》させたのだ。深く身についた動きなればこそ叶ったやり口だった。

詐術めいた剣を用いる者同士、真っ当でない者同士の立ち合いは、ひとまず笛鳴らしに軍配が上がった格好になる。

これを横目に眺め、胸を撫で下ろしたのは弥六郎だ。

志乃の傍らに立ち、周囲に気を払っていた彼は、この勝負を居残りの勝ちと見た。

初手から奇策に走った点からしても、三猿は明らかに方治を攻めあぐねている。これは居残りの地力が、じわりと曲者を上回る証左であろう。深くはないが、そこに手傷も加わった。帰着は最早明らかで、ならば後の憂いは如何《いか》にしてあれを捕らえるかのみにある。

同心の思考が、そのように動いた瞬間だった。

不意に、風が吹いた。

おそらく実際には、空気の動きはなかっただろう。だが居合わせた誰もが、この時、一陣の風が立ったと感じた。

いつの間に現れたのか。

風の源《みなもと》、一同の目が向く先に、ひとりの青年が居た。

方治とさして変わらない、羽織に着流しの出で立ちである。しかし仕立てが違うのか人品が異なるのか、夜に佇む彼の姿は静謐の化身めいて、ただ、しんと美しい。月とは別の燐光を、羅衣《うすぎぬ》の如く纏うようだった。

羽織は緋色地に白絣《しろがすり》。派手でしかないこの色彩すら彼の気配に従属し、ひどく密やかなものとして目に映る。人の視線を捉えて離さない、天性の磁力を備えたありさまだった。

「駁心流《まだらしん》、駁清康《きよやす》」

濡れたように紅い唇が紡いだ。声は、降り積もる雪の響きに似ていた。

ふわり、と。動き出しを察知させないやわらかさで、青年の手が柄《つか》を握る。

「――参る」

腰の物が抜き放たれ、しゃらりと鳴ったその音で、一同の呪縛が解けた。

真っ先に動いたのは重蔵である。方治らの注意が逸れた一瞬を盗み、またしても彼は駆けた。先までの蜘蛛の姿勢ではない。逃走に専心すべくか、速力のみを求める二本足での走行だった。

が、重蔵の退路には青年が居る。

まっしぐらに駆け来る三猿に対し、彼はすいと刀を脇に側《そば》めた。

脇構え。大きく半身《はんみ》を切り、剣先を後方に垂らす構えである。刀を前に置かぬ形から防ぎには向かないが、一流が用いれば、相対する者から己の剣をまったく隠してしまうことができた。熟達者がここより繰り出す太刀風は、間合いも起こりも夢幻《ゆめまぼろし》の如く掴めないものとなる。

三猿の足が驚きと戸惑いに停止し、そこを狙い澄まして青年の刀が閃《ひらめ》く。

が、紫電としか思えぬ胴薙ぎを、辛うじて重蔵は得物で受けた。傍目《はため》なればこそ見えもすれ、対峙する三猿の目にはほとんど映らなかったはずの斬撃である。これを凌《しの》いだ三猿の技量と勘働きは、やはり凄まじいと言う他ない。

けれど青年は、意に介するふうもなかった。

絡んだままの刃を重蔵の手元へと滑らせながら踏み込んで、迷いなく鍔迫り合いへと持ち込む。

天与の体躯と膂力《りょりょく》を備える三猿を相手に、ありえない愚行だった。清康の背丈は至極標準的なものであり、体つきはいっそ華奢とすら言っていい。単純な筋力で押し切られ、そのまま首を掻かれるのが当然の帰結と思われた。

しかし、直後。

群虫の羽音を思わせる、高く耳障りで、不吉極まる音がした。同時に斬り飛ばされた鉈《なた》の刃《は》が、月に煌きつつ夜を舞う。

斬鉄の妙技であった。

一体、何をどうしたものか。互いに圧《へ》し合う状態から、青年の剣が分厚い鉈を断ったのである。

邪魔を喰い破った刃がくるりと回り、三猿の腹を存分に薙ぐ。裂かれた腹から、湯気の立つ臓腑がこぼれ出た。たまらず両膝を突くその首を、流れるような太刀行きで清康は断った。

介錯の作法めいて、皮一枚を残している。ために頭部は斬り飛ばされず、一瞬の間ののち自重で落ちた。まるで残酷な舞のように、ひどく美しい太刀行きだった。

「大国様の託宣で来たのだけれど、これは手柄を横取りしてしまったかな？」

返り血ひとつも浴びぬまま、青年は方治らに微笑んだ。

艶やかで、華のような笑みだった。

世直し狸

片胡坐《かたあぐら》をかいて、方治は眺めるともなく壁を眺めている。遠く、北里の地が横たわる方角であった。

彼の姿は、既にして篠田屋にある。実行犯である三猿の死により事件は終わりを迎えたとして、志乃ともども相沢に立ち戻ったのだ。

だがその渋面が示す通り、笛鳴らしも遣手《やりて》も、万事が解決したとはまったく考えていない。

三猿が斬られた直後、まるで機を合わせたように、頼母率いる捕り手たちが現れた。彼らはお座なりな検分を済ますと、一様に清康と、彼を使わしめた大国の通力を誉めそやし、この捕り物の手柄の功一等を清康としたのである。見るからに出来の悪い小芝居だった。

——俺らは、ここらと当たりをつけてたのさ。なんせあちらにゃ、芹沢様のお屋敷があるからよぅ。

あの夜、弥六郎に告げた通り、方治と志乃は町方与力である芹沢頼母を疑っていた。亀鉄で方治の指摘を受け、志乃が思い当たった三猿の偏執。それは引きずった足である。

以前から患っていた、たまさかに最近痛めたなどの違いこそあれ、いずれの被害者も勾引《かどわ》かされた当時、足を悪くしていたのだ。自力で走れもしない人間を神隠しめいた速度で攫うのは困難極まる所業であり、志乃が背後に集団を想定したのもこれが理由だった。

しかし、より詳しくを求め改めて帳面を当たったところ、このことが調べ書きから抹消されていると判明した。志乃の記憶していた情報は、弥六郎に直接語り聞いたものであったのだ。四角四面の同心が知りえた事柄の伝え漏らしをするとは考えがたく、遣手は書類の改竄《かいざん》を疑い、結果、浮上したのが頼母の存在だった。

方治の調べにより、後は芋蔓《いもづる》式である。

欠伸《あくび》と無駄口をするばかりと見えた笛鳴らしは、心得のない者には及びもつかぬ偸《ちゅう》盗術《とうじゅつ》の働きを見せ、頼母が大国の巫女を別邸に住まわせていること、そして当の流行神を奉じる一派がおそらく三猿殺しに関与するであろうことまでもを突き止めていた。

残念ながら巫女の暮らす芹沢別邸だけは手が及ばず、大国一派の関わりを断定するまでには至れなかった。だが逆に、これが疑念を不動のものとした。

本宅でもない家屋敷が、方治も忍び込めぬほどに堅牢な備えを成しており、更には出入りの者の身ごなしも揃って並々ならぬときている。何の企《たくら》みもないと考える方が無理筋であろう。

揺さぶりをかけるべく、志乃は直接頼母に三猿釣り上げの話を持ちかけた。すると返ってきたのが、強弁としか思えぬ町方の不関与と、斎藤弥六郎の貸し出しである。方治と志乃はこれを意に沿わぬ硬骨漢を除く邪心と見抜き、余計と知りつつ、彼に警告を発したのだ。

ゆえに三猿の釣り上げまでは、彼らの手の内であった。しかし、そこに想定外の異物が混ざる。

駁清康である。

町方にて、彼は自らを諸国遍歴の武芸者と語った。駁心流なる流派を修め、これを世に広めんと思うところへ大国様の託宣を受け、現場を訪れたのだという。

当然ながら方治は、この言い口をまるで信じていない。むしろ事の推移から、大国様のご本尊はあの青年ではあるまいかとすら推量している。

三猿はおそらく、元より始末するつもりであった供犠《くぎ》だ。派手に暴れ回らせて民衆の恐怖を煽り、いずれ自ら討ち取って名を上げる。震え慄《おのの》く北里の民の不安という名の心の穴に、この声望を以てすとんと収まる。そうした筋書きに相違なかった。扱いにくい身内を切り捨て利を得る、一石二鳥のやり口である。

ここまで理解しつつも笛鳴らしらが退《ひ》いたのは、偏《ひとえ》にこれが北里内部の権力争いであったからだ。

ただでさえ余所者の介入は諍《いさか》いを招きやすいというのに、相手取るは信仰を母体とする集団である。芹沢頼母が小悪党なのも、重ねてよからぬ要素だった。その場その時の自分の利だけを考える小人《しょうじん》は、後先を見ないぶん、時に予想外の厄災となる。どちらも下手に関われば、篠田屋ごと泥沼に引き込まれかねなかった。

よって志乃は三猿討ち取りの功を清康に譲り、撤退を決め込んだのである。責任を放り出す心地こそすれ、大局を見ればもっともな判断だった。

方治にしても、この判断に否やはなかった。

篠田屋が受けた依頼は落着し、三十日衛門から金も出る。加えて事が、陰《いん》に籠もった政治闘争へ推移するなら上々だ。その種の暗闘は、直接的な殺しよりもあの娘を刺激しまい。

そう自身に言い聞かせるも、笛鳴らしの胸は依然ざわめいていた。

何より彼の予感を刺激するのは、やはり駁清康だ。

美しくも艶やかなありさまだったが、あれは虚ろであると方治は観じる。人の形と見えながら、彼はその実、何かが化けおおせたがらんどうであろう。

方治は、長く人を嫉《そね》んできた男である。斯様《かよう》に信じて諦めて、自分さえ堪えればいい。それで全部、方が付く。それで全て、丸く治まる。特別の次第など何もないままに擦り切れた男である。よって己にないものを、余人のきらきらと眩しい不幸に憧れ、その蒐集《しゅうしゅう》を続けてきた。菖蒲と出会ったのちも、ともすればふと懐かしい羨望が、胸に黒々ととぐろを巻く日とてある。

だがこうした感情の全ては、憧憬《どうけい》に端を発するものだ。いつか自分もそうなりたいと願えばこそ、方治は我と人との差異に執着し、拘泥《こうでい》してきた。

あの男は違う。

確かに、凄まじい剣の冴えをしていた。特に、あの奇っ怪な斬鉄の技はどうだ。三猿と鍔迫り合いの体《てい》であったから、あの折、彼がどのような太刀振る舞いをしたのか、笛鳴らしにはまるで窺えていない。どれほどの天稟《てんぴん》が斯様な芸当を可能にするのかと、ただ感嘆するばかりだった。

けれど入神《にゅうしん》の技を発揮しながら、清康はどんな感情の波も見せなかった。三猿を斬ったその時にも、殺気すら発していない。一面の雪景色に似て、わずかの濁りもないさまだった。

おそらくあれは、徹頭徹尾、他人に関心がない。ああも超然として美しいのは、一切に興味を持たないからだ。全てを路傍の石の如く、見ながらにして見ていない。断絶し、隔絶している。その心はどこか遠いところ、高いところに棲んでいるのだ。

声をかけられれば言葉を返し、笑まれれば笑みを返しもするだろう。

だがそれは独楽《こま》のような惰性だ。最初に与えられた運動を保つだけの回転であり、己が身のうちから湧き出す活力を有さない。つまりはただ減衰するばかりの存在であると、方治は清康を見ている。死んだ猫とて、投げ落とせば地に打ち当たって跳ねるものなのだ。

なればこそ一層に、気がかりでならなかった。

そのような手合いが、何を求めて蠢動《しゅんどう》を始めたか――

首をもたげて窓外を仰ぎ、笛鳴らしはどんよりと曇る夜の底を眺めやる。北里藩は腹中に、未だ途方もない毒を溜め込んでいると思われてならなかった。

苦く眉を寄せたその時、前触れもなく障子が開いた。

「何してるんだい、先生。そんな顰《しか》め面してさ」

方治の仏頂面を一瞥し、志乃は声だけに呆れの色を添え吐き捨てる。

「暇ァ潰してただけさ。お前とおんなじにな」

日が落ち、本来ならば居残りも遣手《やりて》も慌しい刻限であった。悠長に語り合う時間などあるはずもない。

しかし今のところ方治と志乃は、店の人手から外されていた。過日果たした北里への遠出は三十日衛門の私用であり、楼主に使われたぶんだけの骨休めを頂戴している。

ふたりの暇《いとま》は、店《たな》ではそのように解釈されていた。

半分ほどは正解だが、実情は少し異なっている。

どうも三十日衛門は、北里藩への進出に乗り気の様子なのだ。そのための一環として笛鳴らしと遣手の両輪を抜き、恙無《つつがな》く篠田屋が回るかどうかを試している。店の機能を検分し、送り出すに相応《ふさわ》しい人員を見定める腹積もりなのだろう。

これに伴い、抜擢を受けたのがおこうだった。

おこうは、篠田屋が抱える局女郎《つぼね》のひとりである。目深に垂らした前髪の奥に、凄惨な記憶とその名残の火傷痕を隠した女だった。

だが先頃、ひょんな巡り合わせからこの過去が拭われた。以来、どこか頑なだった彼女の挙措《きょそ》は雪解けを迎えたようにものやわらかくなり、遊女たちまでがふと振り返るほどの華を纏い出している。彼女の過去の清算に関わった笛鳴らしが密かに誇るほどの変わりようだった。

また、おこうは商家の出であり、ひと通りの学問がある。ために方治と共に、篠田屋の女たちに読み書きを教える立場にもあった。こうした点から三十日衛門は彼女に目をつけ遣手の地位に据え、志乃が不在の間、店を切り盛りさせたのである。

その差配がどうであったかは、暇を託《かこ》つ志乃を見れば瞭然だろう。おこうは下手を打たなかったのだ。

方治の返答に鼻を鳴らし、志乃は障子を後ろ手に閉めた。そのまま黙って、笛鳴らしの正面に腰を下ろす。やはり口を開かぬまま、笛鳴らしが煙草盆を寄せた。方治は臭いがつくのを嫌って煙草をやらぬから、無論これは志乃のための用意である。

「……先生、あんたはさ」

帯より抜き出した煙管《きせる》に口をつけ、煙《けむ》を吐いて志乃は切り出した。何を憂えてか、常より細い声である。

「これから先ってのを、考えたことはあるかい？」

古巣に戻っているというのに、そこには北里で幾度か見せた、ひりひりと刺すような気配があった。はてと胸のうちで思いつつ、「先、ねェ」と笛鳴らしは曖昧に答える。

「俺はぶん回されるがままの人斬り包丁だぜ？　修羅の巷《ちまた》にゃ利便だが、好日の縁側に転がっていちゃあ薄気味悪いばっかりだろう。そんなら錆びて、くず鉄になるのが末さ」

するとと何が気に召さなかったか、志乃ははんと息を吐いた。

「先生は、居残りだろう？」

先生という呼称は常通りのものである。だが今日のそれは、いささか隔意を含んで聞こえた。

「金払いさえ済めば、どこへだろうと行ける身じゃないか」

奇妙極まる物言いだった。方治が三十日衛門の抱える人斬りだということも、世の居残りどもとは異なり負債で篠田屋に縛られる身ではないことも、無論、志乃の知るところだ。わざわざ居残り云々と言い出す意図が汲み取れない。

ちらりと志乃に目をやるが、元より表情の薄い彼女の面《おもて》は煙草盆を見つめるように伏せられて、今は窺うべくもなかった。ただ不安定に置いた調度がゆらり倒れゆくさまに似て、その感情が悪い側へと滑り落ちていくのだけが感じ取れる。

「そういえば先生は、斎藤様からもお声がかりをいただいてたっけねえ」

対処を測りかねるうちに、志乃が続けた。

彼女の言いは空言《そらごと》ではない。

『払いを終えて行く当てがなければ、また北里へ来い。お主、剣腕だけは見所がある。御用聞きとして使ってやらんでもない』

別れ際、弥六郎は笛鳴らしを呼び止めてそのように告げている。

「本当に、随分と気に入られたものじゃないか。弥六郎の旦那なんて呼んで、あんただって満更じゃあないんだろう？　相思相愛で羨《うらや》ましいことさ。ああ、北里には菖蒲様もいらしたねえ。今後はあちらでご立身かい？」

小骨じみてこつこつと引っかかる物言いをされて、いい加減、方治の側もささくれた。

――なーんだってんだ、この女はよぅ。

紛らわせに心中で毒づくが、方治の渋面を見ても遣手《やりて》の舌は止まらない。

至極珍しいことだった。志乃は元来、他人の胸のうちに聡い女である。何より、自身の心の抑制に長《た》けていた。彼女の怜悧《れいり》は三十日衛門のみならず、方治も高く評し恃《たの》むところだ。それがこのように痴《ち》愚《ぐ》めいた振る舞いを続けるのは不可解だった。

一体どうしてという疑念が、居残りの立腹を辛うじて破裂させずに押し留めている。

「比べてあたしは人当たりが悪いからさ。ゆくゆくはここもお役御免になって、無縁に葬られるばかりだろうね」

毒を食らわば皿まで。こうなったらまずは膿を吐かせ切ることだ。と思って聞き続けるうちに、とうとう志乃がそう漏らす。途端ことんと、彼女の不機嫌の理由が腑に落ちた。

「……志乃、もしかしてお前さんよぅ」

やれやれと頭を掻いて、方治は小さな笑みをこぼす。

「おこうに居場所を盗られると思ったのかい？」

先を読み過ぎるこの女は、おこうの仕切る店を眺めて、自らがお役御免になったと感じたのだ。

否。北里に滞在する頃から、志乃の張り詰めは感じられた。妓楼を発《た》つ前、三十日衛門の頼みを受けたその時から、無用物となる不安を彼女は抱え続けていたのだろう。振り返ってみれば、志乃は我から三猿の囮《おとり》を買って出ている。いち早く事態の収拾を図る姿勢と見えたそのさまも、おそらくはこの憂いに端を発する自暴自棄であったのだ。

仕事を片付けて戻ったその時、もし篠田屋がてんやわんやの事態であれば、彼女の心はわずかなりとも救われたのかもしれない。

けれど店はいつもの顔で、少しも損なわれずに機能していた。志乃はおこうの優秀さを目《ま》の当たりにすると同時に、自身の必要性を強く揺るがされたことになる。その後の骨休めも裏目に出て、互換性のある部品がより優秀なものと入れ替えられる未来を、彼女に信じ込ませたのだ。

志乃は苦界《くがい》に落ち、物のように売り買いされてきた身の上である。ようやく手に入れた止まり木を喪失する感触は、余人には計り知れぬものだったろう。それは暗闇で親の手を失くした、幼子の心細さと変わらぬはずだった。

方治の微笑は、これを杞憂と断じてのものである。

まず三十日衛門が志乃を手放す道理がない。もし三十日衛門が志乃とおこうの首を挿《す》げ替えるなどと言い放てば、如何《いか》な御前とて大きな反発を受けるのは必至だった。反対の声を上げる顔には勿論、方治もおこう自身も含まれている。そもそもおこうは一時の代理を務められても、長く辣腕を振るい続けられる性質《たち》ではない。

しかし笛鳴らしの面持ちを、志乃は悪くだけ受け止めたようだった。

間髪をいれずに煙管《きせる》が飛んだ。投じられたこれを方治が受けた時にはもう、裾を蹴立てて部屋を飛び出している。ぴしゃりと、音を立てて襖が閉まった。

手の中の煙管《きせる》をくるりと回し、方治は低く唸って天井を仰ぐ。久方ぶりに虎の尾を踏んだものらしい。

ふと透かし欄間《らんま》の花が目に入り、笛鳴らしはもう一度小さく唸った。

――幸不幸は、比較じゃないと思う。自分の感じる大きさが全部で、簡単に重くも軽くもなる。だから傍目には小さな不幸が、人を押し潰したりする。でもこの場合、押し潰された人こそが正しいんだ。だってその人が感じた重みは、本当に耐え切れないものだったんだから。

かつて、そのように諭《い》されたことがある。我が身になぞられてみれば、簡単にわかることだった。己の羨望をつまらぬものと一笑されたなら、方治とて志乃と変わらぬ強さで激昂していたに違いない。

慮《おもんぱか》るなら、まず笑うべきでなかった。方治には笑い飛ばせる些細でも、志乃には耐え難い重石《おもし》であったのだから。

自省と自戒を込めて嘆息し、笛鳴らしは頭《かぶり》を振る。小器用めく彼であるが、こうしたしくじりは実のところ多い。

翌朝。

明けを待ちかねて方治は内所に赴いた。内所が妓楼の人流れの中心に位置に設けられた楼主の居室であること、内々《うちうち》の話を多数持ち込まれる三十日衛門がこの奥に密談用の部屋を構えることは既に述べた。三十日衛門に頼みをするなら、ここを訪れるが常道というわけである。

拗ねた女へ真っ向から論をぶつけてもこじれるだけとは、遊郭に長い方治の見《けん》だ。ゆえに彼は緩衝として、楼主に相談を持ちかけた。要は三十日衛門に丸投げをする腹である。

「なるほど、なるほど」

方治の言いを聞き終え、鶴のように痩せた老人は好々爺《こうこうや》の笑みで頷く。

「志乃さんは目の利くお人ですからな。北里を眺めて、思うところがあったのでしょう」

北里が魑魅魍魎《ちみもうりょう》の跋扈《ばっこ》する地であり、その遠因が相沢藩に物流を奪われたところにあるとは既に述べた。一藩が零落するさまを見た志乃は、これを自身に重ねたのかもしれない。無論、そこにも未だ根《こん》の限りを尽くす人々がいることには目を伏せている。

「それにしても、お志乃さんの甘え下手にも困ったものですなあ。方治さんの他に相手がないとはいえ、いやはやなんとも」

火鉢に手をかざしながら、老人は少しも困った風情《ふぜい》なく言う。泰然自若の姿に、方治はぴんと直感した。

「……わかっててやりやがったな、御前？」

三十日衛門は笑って応えない。それが何より雄弁な答えだった。

この老人は、時折こうした振る舞いをする。

たとえば敵《かたき》に巡り合えず燻《くすぶ》る者に、他人の仇討ちを助けさせ《す》るような、まるで己の傷に立ち向かわせるような差配をしてのけるのだ。酔狂と呼ぶには少々人の悪い性質だった。

「まーったく、なんて爺様だ」

「お志乃さんが困った娘だとは、先にも申しましたでしょう？」

それは方治が、篠田屋に尻を置くことを了承した折に聞いた言葉だった。

若干難しい気質だが、我が妓楼には屋台骨となる女がいる。実の子ではなくとも実の親同然の心持ちでいる相手だから、どうかよろしくしてやって欲しいと頼まれたのだ。

昨夜の志乃の懊悩《おうのう》に対し、方治が即座に三十日衛門に志乃を手放す道理がないと断じられたのも、この次第があったゆえである。

油断のならない三十日衛門のことなれば、おそらく志乃の側にも、似た言葉を吐いていたはずだ。だがこの鎹《かすがい》があればこそ、方治と志乃は角を突き合わせつつも互いを認める間柄と成りえたのだろう。

他に行き場のない者同士の、幽《かそけ》く細い、寂しさに似た繋がりであるのやもしれぬ。しかしこれを脆いものとは、方治は決して思わなかった。

「可愛い娘ならばいつまでも世話をしたいところですが、私も老い先が知れておりますからな」

実質店を取り仕切るのは志乃とはいえ、三十日衛門は篠田屋の、ひいては相沢遊郭の柱石である。もし彼が亡くなれば、様々の箍《たが》が一時《いちどき》に外れるのは明白だった。そうした事態に備えた手配りだと匂わされれば、笛鳴らしに上手い返答はない。

「まあ、お志乃さんのご立腹はそこばかりではないのでしょうけれども。私もあやかりたいものだ」

「御前はよ、なんとも楽しげな渡世だなァ」

「年の功ですよ、方治さん」

呆れ交じりの嘆息に、皺に埋もれそうに目を細めて三十日衛門は微笑する。

「ともあれお志乃さんへは、私が取り成しておきましょう。もっとも、もう相当に悔やんでいる頃合に違いありませんが」

言葉を切って、目に浮かぶ愉快の色を消し、老人は火鉢から方治へと向き直った。

「それよりも駁清康のこと、どうなさいます。方治さんは骨休めの最中ですからな。居残りにかける言葉としてはなんですが、少し店を空けたところで、誰も咎めはしませんよ？」

北里での出来事は、細大漏らさず三十日衛門に告げてある。それゆえの問いであろう。方治の心がどれほどかの地とかの人を案じて騒ぐかを、老人は嗅ぎ取っているのだ。

「笛の所望ってんなら考えなくもないさ。だがよ――」

「失礼しやす。先生はこちらにおりますかい？」

そこへ、部屋の外から声がかかった。方治が立って障子を開けると、居たのは半助《はんすけ》という牛太郎だ。

妓楼の雑事をこなす男衆を牛太郎と呼称するが、篠田屋ではこれに交じって、細作《さいさく》めいた行いをする者たちを幾名か飼っている。方治と同じく後ろ暗い働きをする人手であり、半助はその一人《いちにん》であった。

「実は手をお借りしたい件がありやして。ちょいとこちらへ願えませんか」

「ここじゃできねェ話かい？」

問い返され、半助は束の間言いよどむ。だが楼主に促され、気まずげに先を続けた。

「実はその、文使《ふみづか》いをお願いできやせんかね」

文使いとは、遊女らの書いた手紙を客先へ届ける役割をいう。

当然ながら、これは個人的なものではない。昨夜訪れたばかりの者には愛を、足が遠のいた者には嘆きを綴り、どうにか妓楼に足を運ばせようという商売の手管だった。篠田屋が女たちに読み書きを教え、詩歌の教養をつけさせるのは、このひと仕事のためでもある。

無論、色里から届く文だ。真っ正直にただ行って渡せばいいというものではない。締まり屋の女房の前で旦那に、頑固親父の前で放蕩息子にそんなものを手渡せばどうなるか、後の想像は容易だろう。

如才ない者でなければ務まらぬ仕業であり、半助が持ってきたのは、中でも難しい客宛ての文であった。

志乃ならば牛太郎各々の性質に合わせて割り振る仕事だが、流石《さすが》におこうはまだその域には至らない。気の利かぬ者のところへ難儀な宛て先が回り、半助が取りまとめてきたというところだろう。

おそらく彼はこれまでも、似た形でおこうの補いをしていたに違いなかった。先の言いよどみも、臨時の遣手《やりて》の不手際が三十日衛門に明らかとなることを案じたのだ。

「御前」

方治が目をやると、三十日衛門は委細承知の体《てい》で宜《うべな》った。

「ふたりで行くのがよろしいでしょう。半助さん、勉強させてもらうんですよ」

「へい！」

鯱張《しゃちほこば》る半助の肩をどやしてから、畳に寝かしてあった長脇差を拾い、方治は「御前」と再び呼びかける。

「さっきの話だがよ。よっぽどか頼みの筋でない限り、俺から関わるこたァないさ。あくまで居残りは居残りだ。払いの済まねェ限り、こっからどこへも行けやしねェ。志乃にも、そう伝えてもらえるかい」

後ろ手に襖を閉じつつの言いに、はいはいと三十日衛門は頷いてみせる。だが浮かべている微苦笑には、困った息子を見る色があった。

懐《ふところ》へ文《ふみ》を収めた半助を連れ、ひとつ伸びをした方治は冬の朝へと足を踏み出す。そうして北里からの帰還以来、久方ぶりに店《たな》を離れた。

＊　＊　＊

北里藩、芹沢家別邸。

与力に不相応なこの小洒落た邸宅は、まだ北里が旅人で賑わう時分の当主が建てたものである。母屋は平屋だが広い池庭には離れ座敷も設《もう》けられ、観月にも茶会《さかい》にも向く風雅な造りをしていた。

が、栄華とは無常なものだ。北里藩の凋落《ちょうらく》に伴い、芹沢の家もまた傾いた。

町方与力の懐《ふところ》を賄うものとして、民間よりの付け届けが挙げられる。これが目に見えて減ったのだから、台所が苦しくなるのは当然の理《ことわり》だった。北里より人が離れる前ならば、人に貸して財貨の足しにもできたろうが、寂れてしまえばそれも叶わぬ。見栄で手放しこそしなかったものの、以来別邸の管理は放棄され、屋根は傷み障子は破れ、庭草は荒れ放題に生えては枯れを繰り返すばかりとなった。

ここに再び人の影が見え出したのは、ほんの数ヶ月前、頼母が大国の巫女に住居として貸し与えてより後のことだ。煮炊きの煙も人の出入りも、周囲の住民は大国一派のものであると考えている。だが彼らは流行神の信徒などではなかった。

駁忍軍。

戦国の世にはそう呼ばれ、恐れられた者たちの末裔がその正体である。冠する名からも知れる通り、頭目は駁清康。三猿の斬り手として一躍北里で名を馳せた駁心流と忍軍は、元よりひとつものだった。付け加えるならば大国一派もまた、彼らの隠れ蓑に過ぎない。教主の如く振る舞う巫女すらも、清康の下風《かふう》に立つ存在である。

このことの証左として。日が中天にかかる頃、離れ座敷にて大国の巫女は清康に平伏していた。

場に在るのは、三つの人影である。

ひとりは駁清康。床の間を背にした上座で、茫洋と片胡坐《かたあぐら》を組んでいる。視線は庭池の水面《みなも》を跳ねる陽光を追うようだった。気抜けたしたありさまだが、その脱力には奇妙な色香が漂っている。腐臭の甘さにどこか似通う怠惰だった。華がある、と述べるべきなのだろう。

もうひとりは大国の巫女だ。過日、方治らが目にした少女である。気の強さを感じさせる猫めいた目は伏せられ、ひたすらに恭順を示す様子だった。

「首尾はどうだね、こま？」

下問した老婆が、最後のひとりだった。

髪《くし》は見事なまでに真っ白く、身の上を通過した歳月を否応なく見せつけている。だが清康の隣に端座して侍る背はぴんと伸び、言葉は明瞭で鋭く、睥睨《へいげい》する眼光には、壮年を凌《しの》ぐ威風があった。

「全て、お手筈のままに」

こまと呼ばれた娘が応じる。やわらかに愛らしい、まさしく鈴を転がすような声音だった。聞き心地がよく、真っ直ぐ心に浸透してくる感触がある。意識して発する声調に相違なかった。この声が神意を語れば、惑う者は多かろう。

「清康さまの御名《おんな》は、市中に鳴り響いております。大国の託宣を受けたとの風聞も上手く広まり、信徒はそのまま清康さまに傾倒することでしょう。芹沢様も自家薬籠《じかやくろう》中《ちゅう》と申してよく、万事お見込みの如くかと」

その言葉を聞き、老婆は満足げに目を細めた。

「我らの悲願、まもなく成就にございますれば」

清康を見やり、そう囁く。

駁忍軍とは、元来、根付いていた土地を奪われた一族だ。新たな為政者の支配を受けるを拒み、一族諸共山林に潜んだのである。逃げ失せた総数は数百とも、千を超えたともいうが、実態はわからない。

無論そのまま放浪を続けることは能《あた》わなかった。幼子や年寄りが入り交っていたせいもある。だが何よりも、大所帯ゆえの悪目立ちが過ぎた。得体の知れない流民の群れを、無関心に迎え入れる土地などありはしない。

思案の末、駁の上層部は集団を分割することを決めた。数十人規模に分かれて各地に仮初めの里を築き、一族に伝えられてきた忍び、殺す技を活計《たずき》とする選択をしたのだ。小競り合いなら、掃いて捨てるほどある乱世だ。陣借りをして武功を上げ、権力を得て父祖伝来の地を取り戻そうという目論見だった。

統一された意思の下、彼らは各地で戦いを続けた。故郷を喪失したことで、一族の結びつきはより強固なものとなった。血の繋がりと鋼のような目的意識が、この群れをひとつのいきものめいた戦闘集団へと変えたのだ。忍軍としての名が、恐れと共に囁かれ出したのもこの頃である。

やがて駁が味方した側が必ず勝ちを収めるという風説までもが生まれたが、このことより読み取るべきは駁の武威に非《あら》ず、勝者を確実に見抜き続けた情報収集能力と分析力の高さであろう。各地に拠点を持ち、水流の如く滑らかに声息を伝え合う連帯の結実である。

しかし結果から言えば、駿の苦心は実を結ばなかった。

帰るべき土地の奪還のみを目的とする彼らは、他の軍勢とはまったく異質であったからだ。忍軍が同胞として気を許すのは一族のみであり、他の者全てを油断のならぬ異物と見る。こうした眼差しを周囲は敏感に感知し、駿の振る舞いは奇怪な信仰に身を捧ぐ信徒のものと看做《みな》された。

となれば、広まりすぎた武名が逆しまに警戒を招く。毒蛇は戦場《いくさば》でこそ用いられるもの。これに所領を許し、懐《ふところ》に飼おうとする者はなかった。

本懐を遂げられないまま時は流れ、天下は偃武《えんぶ》の時代を迎える。偃武とは武器を伏せて用いぬことを言う。凶器は捨て去られるのが道理であった。

駿忍軍といえども例外ではない。念願を諦め、忍びから人へと立ち戻る必要があった。しかし今に迎合する柔軟性を、彼らは備えなかった。取り戻すべき地が何処《いずこ》であったかすら、既に失伝している。でありながら、いつか一族の土地を奪還するという悲願だけが呪縛の如く残留し、生き方を変える自由を誰にも許さなかったのだ。

目的に縛られ、それを遂げる手段もなく、人にもなれず忍びでもいられなくなった集団は、ひとり、またひとりと櫛の歯が欠けるように数を減らしていった。各地の里は廃棄され、長きにわたる無聊は統率された忍軍を、生きることに汲々《きゅうきゅう》とするだけの群れに変え果てた。

もし黒塚おなという希代の才が生まれなければ、忍群は今日まで持たずに自壊していたことだろう。

黒塚、布代《ふしろ》、道崎、羽平《はひら》。

領袖《りょうしゅう》たるを示す駁の他に、群れには以上の四姓がある。これらは家でなく、特に術に秀でた個人に冠されるものであった。名字を許された者は支配階級として、他の有象無象とは一線を画す厚遇を受ける。

おなは若くしてこの特権を得るに至った女であった。古今の薬学に精通した彼女は、験力のような薬効を思いのままに現すことができたのだ。

権力を得たおなは生殺自在の医術を活かし、じりじりと群れを掌握していった。彼女に従う者は難病が癒え、逆らう者は突然の病魔に見舞われる。露骨なやり口であるが、そのぶんだけ効果は大きい。彼女が生きると診れば生き、死ぬと診れば死ぬのだ。叛《そむ》くなどできようはずもない。

おなはやがて生き神の如き存在となった。望めば駁の家を追いやり、忍群の長《おさ》として君臨することも可能だったろう。だが彼女は簒奪《さんだつ》をしなかった。それどころか婿を取らず嫁にも行かず、以降の生を全て群れのために捧げた。

新たな里を築き暮らしの基盤を整え終えると、彼女は山野に鳥獣を追い野草を採って露命を繋ぐ郎党を集め、昔日の生きざまへ立ち戻ることを命じた。つまり今の世への不服従であり、意味するところは武力と暴力を至上とする乱世の価値観の蘇生であった。黒塚おなの名を持つ蛇は恐怖という毒を用い、無法の旧態復帰を為したのである。

彼女は抜けを許さぬ相互監視体制を作り上げることで、駁の情報網を再構築した。規模こそ大きく損なわれたものの、対象地域を絞ったぶんだけ消息の精度は増している。これを利して土地土地の暗部に潜り込み、日向《ひなた》には決して表れない仕事を請け負う。畜生めいた悪事への加担に当初は難色を示した里人も、財貨に潤う群れを見て旗幟《きし》を変えた。座して死を待つばかりだった忍群は、おなの施療により活気を取り戻したのである。

数十年の年月を経《へ》て、誰もがおなを頼り、恃《たの》み、恐れ、敬い、必要とするようになった。最早駁忍群は、おなの生涯をかけた作品であった。

我が傑作の仕上げとして彼女が企《くわだ》てたのが、土地の獲得だ。

未だ駁は、法の目を掻い潜って山に棲む野人に過ぎない。表舞台に本拠を構え、より深く社会に根を下ろすことをおなは目論んでいた。そのきっかけをついに得たのは、十数年前のことである。

当時の長《おさ》であった駁姓の男が、里の外からひとりの赤子を連れて帰ったのだ。長は全身血まみれで、既に手当ての意味のある身ではなかった。けれど息を引き取る前に、彼は赤子の素性を告げた。

——この嬰児《みどりご》は徳川家《とくせんけ》の落胤《らくいん》である。生まれるなりに始末されかけたところをお救い申し上げた。その証《あか》しとなる文書も我が手中にある。

おなはまず耳を疑い、次いで狂喜した。

無論、どのような証拠があろうとも、この子が天下に認められることはあるまい。だが葵の血には価値がある。そういった噂を匂わせるだけで、周囲は勝手に忖度《そんたく》をするものだ。そして噂という情報の刃を振るい人心を使嗾《しそう》することに、忍群は恐ろしく長《た》けていた。

これを奇貨として上手く扱えば、赤子を旗印に武士階級に席を得るのも夢ではない。そうなれば駁は股肱《ここう》の家臣団として召し抱えられ、過日の如く、いや、過日以上の栄華を得ることが叶うだろう。地位を手に入れさえすれば、後は同じだ。里を統《す》べたのと同じ手管で、城を、そして国を手に入れてみせよう。

この子さえいれば無力と無能がのさばる世を正し、あるべき形に直しうる。不当に燻《くすぶ》る我と我らの価値を、三千世界に認めさせることができるのだ。

決断したおなは、赤子を己が息子として育てることを群れに告げ、彼が元服を迎えた暁には世界が変わると喧伝もした。己の形に合わせて世を変えようという、それは恐るべき傲慢だった。

だが、彼女が白と言えば、黒すらも白になるのが駁である。里において、たちまちそれは真実となった。

清康と名づけた嬰児を、彼女は掌中の珠として磨き上げた。上に立つ者の覚悟と見識を学ばせ、あらゆる武芸を教え込んだ。その傍らで各地に群れを走らせ、自らに相応《ふさわ》しい土地を探し求めた。

果てに見出したのが、北里藩であったのだ……


忍群の値打ちを、清康の真価を、延《ひ》いては己の値《あたい》を世に知らしめる。黒塚の悲願とは、つまるところこれである。

そのために大国なる宗派を流行らせた。業病の罹患《りかん》と快癒が、黒塚の手によるものであることは言を俟《ま》たない。失せ物や隠し事を見通す霊験もまた、忍群の調査によるものだ。調べ上げた全てをこまが暗記し、千里眼順風耳の如くに振る舞うに過ぎない。

全ては種のある奇術であった。

だが盲信は、虚偽に価値を与える。

こまが申し述べたように、剣客として、そして大国の寵児として、清康の名は北里に高い。武家にまで食い込んだ大国様信仰は、そっくりそのまま彼の地盤へ転ずるだろう。

こうした裏を眺めれば、仮初めの宗派を大国と名づけた理由も知れようというものだ。大国主とは、そも国譲りした神の名であった。また音《おん》を等しくして大黒と記せば、即《すなわ》ち黒塚の姓にも通じる。老婆の一抹の虚栄が、そこに含まれるのであろう。

「──ああ、悲願ね」

黒塚の執念の火を知ってか知らずか、清康は老婆の言葉に軽く頷いたきり、他人事のように目で日の光を追っている。それを咎めず、黒塚はやわらかに顔をほころばせた。溺愛する孫への眼差しである。

清康は、まさしく天衣無縫の逸材だった。

彼がただの愚物であれば、黒塚は育成の過程で見限っていただろう。しかし、そうではなかった。あらゆる事柄を水を吸う砂の如く吸収し、我が物としてのける。一を知れば十も二十も先へゆく。世を変えうるとおなに確信させたのは、清康の器であったのだ。この青年こそが自身の最高傑作であると、老婆は信じて疑わない。

「それじゃあ次は、田殿にするかね」

微笑んだまま、品定めの冷たい響きで黒塚は紡いだ。

田殿道場は、北里藩において別格の存在である。これはかつて、殿様にならなかった男が興《おこ》した練武の場であるからだ。のみならず北里を斯様《かよう》に乱した内患、王子屋徳次郎と椿組を討ち果たしたのはここの跡取り娘である。人心は厚く、相沢に無数の白装束を生む母体でもあった。

だが老練の黒塚の見るところ、これは張子の虎でしかない。

田殿の娘は、若いどころか幼いと断言すべき気質をしており、後見も叔父以外にはない。門下にも政治のできる者はなく、王子屋絡みの熱が冷めれば、道場はたちまち閑散となるに決まっていた。

つまりは、甚《いた》く利用しやすい存在なのだ。相沢の地に根付くにおいても、駁の力を喧伝するにおいても、この求心力は非常な足がかりとなる。何より、藩主たる矢沢家の血が入っているというのがよかった。

また田殿の家は、その誕生の特殊性から苗字帯刀の永代認可を受ける士分である。だが先代当主は凶刃に倒れ、今は家督を継ぐ者のない状況だった。王子屋騒動における功績と民心への配慮から恩情を施されているのであろうが、本来ならば御家断絶の危機である。このままいけばいずれ武士としての家格を喪失し、ただの町道場に身を落とすこととなるだろう。

黒塚はその前に、清康に田殿の娘を娶《めあ》わせる魂胆だった。徳川矢沢両家の血を合わせ、今昔の声望と権威を手中に収めんという絵図面である。

力のない道場が、腕の立つ剣客を婿に迎え入れるのはない話でない。清康に駁心流と流派を名乗らせたのはこのための手配りだった。

「所詮、娘ひとりのこと。後ろ盾を取り込むもよし、門弟を間引くもよし。この婆がどうとでも仕立てて進ぜましょう。清康様は、お平らかにお待ちくだされ」

老婆の言葉に、面を伏せたままの巫女がぴくりと震える。怯えとも、拒絶とも取れる反応だった。

「賢い鶫《つぐみ》だ。きっと、長生きをするよ」

明後日を眺めていたとしか思えぬ清康が、これを捉えて皮肉げに笑む。

夏至を過ぎれば鳴かぬという風説が、鶫にはある。黒塚の決定に少しも異論を挟まぬ沈黙の恭順を、この鳥に擬《なぞら》えたのだろう。論《あげつら》われたこまは、しかし身を硬くして何も答えない。

「……となれば、重蔵めは今しばらく永らえさせるべきだったやもしれませんな」

清康へ向けるものとはまるで温度の異なる目でこまを一瞥し、黒塚は呟いた。

駁の合力のお陰とはいえ、道場が隆盛すれば、以前より田殿に通う古株めらの発言力も増しかねない。これは正直なところ邪魔だった。よって老婆の思案は、今の門下を一掃する方向で動いている。二股の舌が口中からちらついても不思議はない冷血の気配が、おなの顔に漂っていた。

「まあ、いいじゃないか。偽者作りにしか興味がない、足りない猿だよ」

「確かに、あれに務まるは辻斬り程度。捗《はかど》るのは姉作りくらいのものでありましょう」

すぐさま言を翻した黒塚の瞳は、甘い許しに満ちている。

「では、忠吉《ただよし》めに――」

「虎ならいないよ」

「……はて。あれにはこまの護衛を言いつけておいたはずですが」

困惑を示した老婆に、ようやく清康は向き直った。

「いいじゃないか、おばば。吠えない虎では番犬にもならない。なら、もっと面白いことに用立てるべきだ」

「い、一体、何に」

「居残り方治」

美貌の唇が、ただ美しいだけの笑みを浮かべる。

「町方の内にも、彼を賞賛する声があるそうじゃないか。こちらの手筈に乗り込まれたのは業腹だからね。軽く、意趣返しをしに行ってもらったよ」

流石《さすが》のおなの目にも憤慨が見えた。

件《くだん》の居残りは、裏では笛鳴らしとして知られる人斬りである。王子屋に与《くみ》する椿組の面々を、実際に始末したのはこの男であるともいう。並々ならぬ剣士と見てよい。この笛鳴らしが属する篠田屋もまた、容易ならざる相手だ。楼主の榎木三十日衛門には、狐火の別称があった。これを追えば必ず惑うとの言いである。相争って敗れるとは思わぬが、無用の傷を受ける恐れは否めない。気分で手出ししてよい相手では到底なかった。

「大願成就の前にございます。お戯れは……」

辛うじて絞り出した声はまたも、「いいじゃないか」と切り捨てられた。

「そろそろ、泡を食った頃かな？　驚いてくれているといいのだけれど」

艶やかに笑んで、清康は庭先へ首を向ける。

視線は遠く、相沢遊郭が横たわる方角に据えられていた。

＊　＊　＊

相沢の町人町より遊郭への道筋を、ふたりの男がゆく。方治と半助である。

彼らが歩むのは旅人の足で賑わう主街道ではなく裏街道。昼遊びの武士や坊主が、人目を忍んで色里を訪れる折に用いる道のりだった。

「ところで先生」

「あん？」

「この機にお伺いしたいんですがね、志乃姐《ねえ》さんとは、どこまでの仲なんで？」

「半助、お前よぅ、口は禍《わざわい》の門《かど》って知ってるかい？」

「うへえ」

冬の海風は潮の香を含んで冷たいが、半助は上機嫌かつ饒舌だった。商家への文使いが全て上首尾に終わり、肩の荷が下りたと浮かれているのだ。

相沢藩は陸海の往来を得て隆盛を極めている。地元商人《あきんど》らの懐《ふところ》は豊かで、つまるところ上客だった。客ひとり当たりの実入りは大きく、妓楼としてはうかうかと機嫌を損ねて金蔓《かねづる》を失いたくはない。そのような相手へ女からの文を渡しに行くのだから、気苦労は一入《ひとしお》であった。

「でもよ、先生」

「おう」

「御前にはお子がねぇ。そうしたら跡を継ぐのは志乃さんだ」

「かも、しれねェな」

「女の細腕で妓楼を切り盛りってのは、苦労の多いことでしょうぜ。なら先生と夫婦《めおと》になって……」

「だから半助よぅ。口は禍《わざわい》の門《かど》だぜ？」

「うへえ」

首を竦めはしたものの、牛太郎の顔には懲りた色がない。

「あっしからすりゃ、志乃姐さんは大金積んでもお願いしたい相手なんですがね。それを袖にするなぞ流石《さすが》は先生、ご艶福だねえ」

ちょいちょいと早足で先に立ち、見返りながら軽口を叩く。元来、気安い男なのだ。

「なんでも色恋に結びつけるんじゃねェや。色街の夜は夢物語、嘘の雲でできた通い路だ。一番鶏が鳴けば綺麗さっぱり消えちまわァな」

「そこに居残る具合を、あっしは感服しやすんで」

「お前とは、後でとっくり話さなけりゃアならないようだな」

方治が眉根を押し揉んで見せると、「うへえ」と半助は呻き、

「ですが本当のところ、どうなんです？　先生に意中の人ってのはいらっしゃるんで？」

「なるほど。お前らまたぞろ、くだらねェ賭けに興じてやがるな？」

「お見通しですかい。こりゃ役者が違《ちげ》ぇや」

ぴしゃりと己の額を叩いてから、半助は真面目くさった面持ちになる。

「白状するとあっしはね、菖蒲様に張ってたんでさ」

「……」

「前の先生はお優しいようでいて、どうも近づけねぇところがあった。けどもあれ以来、先生はあっしらを名で呼んでくださるときた。それまでは、おいだのこらだのの呼び付けだったてのにね。どう見たって、絆《ほだ》されたんでござんしょう？」

「さーて、さて。覚えがねェな」

実のところ、笛鳴らしは篠田屋で立ち働く者の顔と名を以前から一致させている。でありながら意固地にそれを舌に乗せなかったのは、やはりなんとない壁と距離を我

から作っていたからだ。だがこのことを認めるのは、気を許した証《あか》しめいて癪《しゃく》だった。

頷く代わりに肩を竦めて、方治はひねた答えを返す。

「何がなくとも、それが嬉しいんで。おっと、こいつはあっしばかりの了見じゃあござんせんぜ」

「おいおい、俺ァ陰間じゃねェぞ」

「茶化さないでくれな、方治先生。あっしは学がありやせんがね。そういうとこ、肝心だと思うんですぜ」

顎を撫でる方治に、牛太郎はからりとした笑顔を見せた。釣られて居残りも苦笑し——次の瞬間、それを一変させて鞘を掴んだ。柄《つか》こそ握らねど、いつなりとも抜き打てる姿勢である。

「半助」

「へ、へい！」

豹変に束の間、狼狽した半助だが、彼もまた荒事の空気は心得ていた。即座に腰を落とし膝を撓《たわ》めて、どの方角へも駆けられるように身を整える。

「俺が合図をしたら走れ。後《あと》は見るな。店まで止まるな。いいな？」

「せん……」

「悠長してる暇はねェ。命が惜しけりゃ言う通りだ。――そら！」

何事か問いかけた半助を遮り、方治は牛太郎の背をどやした。つんのめりかけの前傾で、半助は鉄砲玉のように走り出す。混乱を腹に呑み下した、思い切りのいい行動だった。志乃の教育が行き届いていると見える。

軽く笑むのと同時に、笛鳴らしの長脇差が鞘走った。鉄と鉄の噛み合う音が鳴り響き、半助の背を狙って飛翔したものが地に打ち落とされる。土に転げたそれは、十字手裏剣であった。十文字の形に突き出た刃が、どろりと緑色に濡れている。どういった効能かは知れないが、間違いなく毒であろう。

「やーれやれ、ご挨拶なこった」

捨て目でそれだけ見て取って、方治は手裏剣が投じられた方角へと向き直る。視線の先、道脇の茂みからぬうと姿を現したのは、あの晩、三猿が纏《くる》っていたのと同じ、漆色の忍び装束であった。やはり目だけを覗かせて、他は覆面に包まれている。

ひどく大きな男だった。方治より、頭ふたつは高かろうか。蜘蛛の如く手足ばかりが長かった三猿に対し、こちらは四肢に見合うだけの筋骨を備えていた。どっしりとした、自然石のような重量感がある。

体躯のみならず、装《よそお》いもまた異であった。

忍び装束は措《お》くにしても、まず左腕だ。肘の上までを、甲冑から取り外してきたような分厚い篭手《こて》が覆っている。編みの細かな鎖が、手指までをしっかりと包んでいた。そのまま刃を掴もうと、傷ひとつつきそうにない堅固さだった。

対して、右は空《あ》いている。先ほど手裏剣を打ったためだが、無論、無手ではない。傍らの土には、抜き身の刀が突き立てられている。

これも奇妙のひとつだった。

長巻《ながまき》という武具がある。長大な刀身に合わせて柄《つか》を伸張し、取り回しを容易とした品だ。襲撃者の得物は一見してこれに似る。しかし長巻は遠心力を利用し、主として斬るための武器だ。けれど男の刃は直《なお》く、また諸刃である。明らかに刺突を目的とした拵《こしら》えだった。太刀というより、槍の柄《え》を片手で用いるべく切り詰めたが如き相をしている。

「こいつァどうも、思わぬ縁の御仁じゃねェか」

篭手はともかくこの得物と体格に、方治は強い覚えがあった。あの夜、亀鉄から見かけた、大国一派の大男に相違ない。

「三猿一味か、大国一派か、はたまた駁心流か。どう呼ばれるのがお好みだい？」

確認にも似た方治の言いに、忍び装束は応えない。無言のまま、次の手裏剣が握られる。攻撃の意図を見て取ると同時に、笛鳴らしは駆け出していた。襲撃の目的が奈辺にあるかは知れないが、襲撃者はこの男ひとりきりだと、彼は既に見切っている。

これはおそらく、あちらにとっても予期せぬ遭遇戦だ。たまさかに行き合い、見逃せずにやむなく仕掛けた。そういった印象が強くある。その証拠に、半助を追う者も、伏兵の気配も一帯にはない。

ゆえに方治は稲妻の形に飛び違えつつ、躊躇なく距離を詰めた。

不規則な横移動は飛び道具の狙いを散らす意図だが、敵もさる者、それだけで避け切れはしない。幾つかは剣を振るって切り払い、いざ一足一刀の間境を越えようとした鼻先へ、わずかに火薬が香った。刹那《せつな》の反射で間一髪、方治は長脇差を引き戻す。大きく体《たい》を崩しながらもどうにか躱したその一投は、笛鳴らしの後背で火を噴いて地を穿《うが》った。

火車剣《かしゃ》である。

十字手裏剣に火薬を取り付け、火を点《とも》して投げる剣呑な武器で、衝撃を与えれば即座に炸裂する場合があった。もし打ち落としていれば、途端に爆《は》ぜて腕を失くしていたやもしれぬ。

予《あらかじ》め長い火縄に着火していたものか、小器用にも片手で点火したものかはわからない。だが変わり種の投擲《とうてき》で笛鳴らしに足踏みをさせた襲撃者は、その間《かん》に余裕を持って我が刃を引き抜き、構えた。

それは、やはりずしりと重い、城砦の如き威容だった。

深く腰を落とし、まるで繋がりを求めるように左腕を前方へ差し伸べている。機敏な動きは到底できぬと見えながら、ひどく不気味な威圧感があった。攻めかかる刃を厚く鎧った堅固な左篭手《こて》で受ける。受けて掴んで得物を封じ、膂力《りょりょく》に任せて引き寄せて、右の刃でひと突きにする。ただそれだけを目的とするのが瞭然なのだ。

先手は譲る。だがそれで殺しきれねば、必ず命を貰い受ける。そんな宣告に等しい構えであり、単純で明快な死の圧力であった。

対峙する者は自由な仕掛けを許されているようで、その実、攻め手を制限されている。無論、意表をつくこともできよう。しかし奇手で骨身を削ったところで、彼の反撃は止まるまいと思われた。手足の一本は捨ててでも致命のひと刺しを遂げんとする凄味が、全身に満ち満ちている。

古流には我から兜を相手に叩かせ、堪えて首を獲る刀法があるというが、彼の覚悟と気迫は、まさしくこの類《たぐい》が有するものだ。武芸とも呼べぬ、戦場往来の剣である。

方治は知り及ばぬが、人を捕らえ食い千切るこのかたちを、駁において虎口と呼んだ。

ぴたり、と。

先ほどまでの激しさが嘘のように、双方が停止した。

忍び装束は、まったく動きを止めている。しんと凪いだ水面《みなも》の様相だった。だが鏡の如きその下に、獰猛で非常に巨大なものが潜むのは明白だ。静まり返ったそのさまを鈍重と見誤れば、命はたちまちないものとなろう。

対する笛鳴らしは青眼。左足を引き半身《はんみ》に構えを崩すのは、右から繰り出される男の刺突に対応するべくであろう。ただし静止したのは足運びのみであり、ゆらり、ゆうらりと鋩子《ぼうし》が揺れ、鈍く陽光を反射していた。いくつもの小さな誘いと惑わしを織り交ぜるのだ。

男は、誘惑に応じなかった。隙と見える所作の悉《ことごと》くを黙殺し、重厚な構えを崩さない。必殺の機が熟するまで、石仏《せきぶつ》めいて佇み続けるのであろうと思われた。

焦れたように、笛鳴らしの動きが変わる。

半身の構えはそのままに、いつしか長脇差の握りを変えていた。両手で得物を握るのではなく、柄尻《つか》を右手一本で掴む格好である。そのまま、半歩踏み込んで片腕に薙ぐ。明らかに、軽い打ち込みだった。上体と腕を目一杯に伸ばし斬撃の弧を広げてはいるが、これでは相手の体に触れるのは刀身のほんの先端だけだ。負わせられてもかすり傷であろう。

当然のように、襲撃者は身動《みじろ》ぎもしない。装束がわずかに裂けたが、覆面から覗く両目には、何の色も浮かばなかった。反応を見せない彼に対し、二の太刀、三の太刀が振るわれる。空《くう》を斬る刃音のみが繰り返され、男の体に傷とも呼べぬ傷が増えていく。

もし見る者があれば、何故このように嘲弄《ちょうろう》めいた攻め手を許すのかと首をひねる状況である。手遊《てすさ》びのような太刀行きは、容易《たやす》く捉えうる反攻の機と思えるからだ。

だが、男は反撃に移らない。

正確には、移らないのではない。移れないのだ。笛鳴らしの位置取りが為せる業であった。

方治の剣は、絶妙な距離を保って振るわれている。強引に仕掛けたところで、逃げ水めいて跳び下がられるのは明白だった。左腕《さわん》では決して掴めぬ箇所を見極め、刃は閃《ひらめ》き続けている。

方治は波のように引き、また寄せる。それは群狼が獲物を囲み、少しずつ、だが確実に弱らせていくさまに似ていた。忍び装束は、じりじりと削られ続けるのを甘受するより他にない。

しかし笛鳴らしが一方的優位にあるかと言えば、それもまた異なる。戯れのような動きと見えて、実際はひと太刀ひと太刀が薄氷を履《ふ》むが如き手だった。わずかでも間合いを見誤れば、餓虎の顎門《あぎと》にたちまち食らいつかれ、噛み殺されると知れている。

つまるところこれは根比べであり、恐るべき精神の削り合いだった。焼け付かんばかりの焦燥の下に双方があり、どちらかが紙一重の判断を誤った瞬間、雷鳴のように勝敗は決するだろう。それは必ず、一方の命の喪失を伴うはずだった。

方治の額に、玉の汗が浮かぶ。襲撃者の装束がまたも裂け、薄く紅が滲《にじ》む。どちらも、無言。

荒い息遣いと運足の音。そして剣が風を切る音だけが周囲を支配する。わっと声を上げて逃げ出したくなるほどに鬼気迫る剣戟が、果たしてどれほど続いたか――

決着を見ぬまま、両名が申し合わせたかのように跳び下がった。

「……そういうことかよ」

舌打ちして、笛鳴らしが忍び装束を睨《ね》めつける。いや増した敵意を受けて、忍び装束はただ、ゆっくりと瞬きをした。

彼が大国一派であり、かつ駁一党なのは明らかだ。

ゆえに方治はこの襲撃を、己に対する意趣返しと解釈していた。三猿の件は一味の計画である。そこへ割り入って筋書きを乱したのは笛鳴らし自身だ。表立って立ち回った以上、悪意を受けるのも当然だろう。

しかし事態は概《おおむ》ね、駁一派が望む形で終了したはずである。組織同士の利で見れば、全面的に事を構える必要は彼らになく、篠田屋にすれば尚更だった。よって方治は、これを個人的な暴走と捉えた。所詮は了見の狭い腕自慢がつっかかってきただけと踏んだのだ。

だが軽く見た相手は、想像以上の手練れであった。お陰で退くにも退けぬ、泥沼のような闘争に首まで浸かり込んでしまった。生死の間境において、他所《よそ》へ知恵を回す余裕などありはしない。それで、気づくのが遅れた。

彼らの標的が、篠田屋そのものであったことに。

笛鳴らしと忍び装束が距離を取ったのは、色里の方角からもうもうと黒煙が立ち昇るさまを見たからである。この状況が無関係であるはずもなく、ならば炎の元は篠田屋に相違なかった。

この男はおそらく、現場の統括者であったのだ。

方治の留守を狙い篠田屋へ仕掛けたまではよかったが、思いの外早い戻りが見受けられた。ために余儀なく自ら立ちはだかり、企《たくら》みを完遂するまでの時を稼いだ。襲撃の事情は、およそこのような次第であろう。後手必殺の構えをわざわざに披露し、じわりとこれを攻略させたのも策略だ。相手の思惑に、笛鳴らしは見事乗せられた格好になる。

剣だけを取っても自分の負けだと方治は思う。五分を維持したかに見えるが、積極的に立ち動いて仕掛ける己こそ消耗が激しい。いずれしくじりを犯すとしたらこちらだった。その上、首尾よく目的を遂げられてしまったのだ。大局では完敗である。

大きく開いた間合いを、両者が再び詰めることはなかった。忍び装束は背に目があるかのようにするすると背走し、木立の中へ姿を消す。

「お見逃しくださるってか。ありがたくって涙が出らァな」

長脇差を納めざまに毒づいて、方治は色里へと駆け出した。

店《たな》の顔ぶれが、不吉にも脳裏を過《よぎ》る。

苦い敗北感と、それ以上に強い悔恨が、居残りの全身を満たしていた。

囀り鶫

その男は、なんとない素振りで篠田屋を訪れた。

昼遊びに来た荷待ちの人足《にんそく》といった風情《ふぜい》で、店《たな》の者は彼をまるで気に留めなかったのだ。ちょうど内所に居合わせた、志乃もまた同様だった。客の仕切りはおこうの仕事と、ちらりと一瞥して応対を任せた。

が、男は彼女の姿を認めるなり、真っ直ぐそちらへ足を向けた。案内に出た牛太郎を突き除《の》け、歩みを早足から大股の駆け足へと変化させる。上がった悲鳴で志乃は再び店先を見やり、そうして、ぞくりと凍りついた。我が方へ走り来る男の目を直視したからである。それはどこまでも暗く光の失せた死者の瞳だった。眼前にあるこの世を見ない、亡者の眼《まなこ》の色だった。

立ち竦む彼女に突き当たらんとした男だが、そこへ別の牛太郎が割って入った。志乃を庇い、彼は果敢に組みついて制止を試み——直後、男の体が爆《は》ぜた。

それは恐るべき爆裂だった。

一瞬にして人の背丈をゆうに越える火柱が上がり、天井板をべろりと舐める。火薬ともども懐《ふところ》に呑んでいたのだろう。同時に多量の鉄屑が飛散して、周囲に破壊を振り撒いた。混ざり合った男と牛太郎の血肉とが、降り注いで一面を染める。

間近で爆風を浴びた志乃は吹き飛び、幾度も転げて背を内所の調度に打ち付けた。衝撃で呼吸が詰まる。轟音を受けて、耳の奥がきぃんと鳴った。鉄片にあちこちを裂かれ、抉《えぐ》られたらしく、数瞬して、全身に鈍い痛みが湧き起こった。それらを無視し、志乃は立とうと試みる。状況を確かめ、差配してのけようという意地だった。

が、果たせない。波の上であるかのように視界はぐらつき、手をついて倒れぬようにするのが精一杯だ。熱を伴うそここの激痛は、一瞬ごとに強まって、どう歯を食いしばっても意識を保つのが精々《せいぜい》だった。俯く頬をむず痒く血が伝い、滴る。浴びた血ではない。額が割れた様子だった。

半死半生のありさまながら彼女が命を拾ったのは、割り入った牛太郎のお陰である。彼の体が盾となり、強烈な破壊から志乃を救ったのだ。

そのことを苦く呑み下しつつ、志乃はどうにか壁にもたれる姿勢をとった。痛みの色すらない無表情で、楼内をぐるりと見回す。

猛烈な火はあちこちへ燃え広がらんとしているが、篠田屋に肝の据わった者は少なくない。当初の混乱が治まりさえすれば、志乃の声がなくとも、天水桶を引っつかんだ牛太郎らが駆けつけ、消火と怪我人の救出に当たらんとするさまが見えた。火と音に驚き、店先に寄り集まった野次馬たちにも、その手助けをしようという動きが窺える。これならば、被害は最小限に食い止められるだろう。

群集の中から走り出たふたつの影が篠田屋に飛び入ったのは、遣手《やりて》が胸を撫で下ろしかけた瞬間である。

確かめることはできなかった。だが、きっとどちらの瞳も、死人《しびと》の色を宿していただろう。

警告を発する間もなく、第二、第三の炸裂が起き、更に多くの死傷者を生んだ。阿鼻叫喚は拡大され、結果、篠田屋は半焼の憂き目を見た。

きつく唇を噛み、しかし何も為せぬまま、志乃は一部始終を眺め通した。また、終わりがやって来たのだと思った。

志乃は、在り処を失くし続けてきた女である。

最初の喪失の記憶は雪景色だ。四つか、五つの頃だろう。

夜の闇を、頼りなく小さな雪片が舞っていた。積もらない雪が足元の土をぬかるませ、歩くたびにぴちゃぴちゃと水音がする。志乃の手を引くのは、母であったろうと思う。隣には父と思《おぼ》しき男も連れ立っていた。親子三人が、どうして冬の夜更けを行くかの覚えはない。

両親は無言だった。幼心にただならぬものを感じ、志乃もぎゅっと口を噤《つぐ》んでいた。白い息を吐きながら、やがてどことも知れぬ境内《けいだい》に辿り着き、吽形《あぎょう》の狛犬の前で告げられたのだ。

――ここで待っているんだよ。

――いい子で、待っているんだよ。

父母はその時、志乃としっかり目線を合わせて語り聞かせた。けれど志乃はふたりの面《おもて》を、目鼻のない影としてしか思い出せない。

押し切られるように頷いた志乃は、しばらく狛犬の傍らに蹲《うずくま》っていた。傘はふた親が持ち去ってしまったから、子供の小さな肩に直接雪が染みてくる。その冷たさよりも孤独に耐え切れず、志乃はやがて境内から走り出た。出て、父母の背が消えた方角を追う。しかしどれだけ駆け続けても、彼らの姿が見えることはなかった。

気づけばもう来た道もわからず、志乃は声を上げて泣く。それに近隣の者が気づき、彼女は土地の裏長屋に、迷い子として保護されたのだった。

今日《こんにち》とは異なり、通信手段の限られた時代である。一度はぐれた同士が巡り合うのは難事であり、それが子供ともなれば猶更だった。

江戸においても身元不明者の捜索のため、八代将軍が掛札場《かけふだば》を設《もう》けたほどだ。掛札場とは年齢、人相などを掲示して尋ね人をする施設であり、吉宗の設けた芝口《しばぐち》の他にも、各地に同様の機能を持つ迷子石が点在している。はぐれはそれだけ多発し、また解決困難な問題であったのだ。

ゆえに迷子は、拾われた地域で世話されるのがほとんどだった。発見した町の自身番で養育せねばならぬという、一種暗黙の法があったのである。勿論子育ての費《つい》えは町内で工面せねばならず、当然ながら志乃は厄介者として扱われた。見ず知らずの子供を、突然に引き受けることとなったのだ。食い扶持のみならず手間も余計にかかる上、いついなくなってくれる当てもない。長期の面倒を背負《しょ》わされるのだから、邪険な扱いも無理からぬところと言えよう。

泣けば殴られ笑えば殴られ、志乃はそのうち表情を忘れた。物音を立てぬよう口を噤《つぐ》み、目立たぬよう痩《こ》けた手足を縮め続けるうちに、上手く声も出ないようになった。気味の悪い子供だとまた打擲《ちょうちゃく》を受けたが、彼女の面《おもて》が動くことはもうなかった。

だが数年を経《へ》ると、少しばかり状況が変ずる。無闇の暴力を受けることがなくなり、きちんと食事が与えられるようになった。

残念ながら、慈悲や同情からの変化ではない。棒きれのように痩せ細ったままとはいえ、彼女の美しさが花開いてきたからである。薄汚れた身なりでも隠せぬ秀麗さが際立ち始め、売れば大枚になると見込まれたのだ。商品を傷物にして値を下げるのは、馬鹿の所業である。

そうして志乃は女衒《ぜげん》に連れられ、仮初めの故郷を離れた。

彼女にとってわずかばかり幸運であったのは、連れて行かれた先がそれなりに名の通った遊郭だったことだろう。ここで志乃は禿《かむろ》として花魁《おいらん》につき、知識教養を身につけることができた。

もし場末の安宿に飯盛り女として売り払われていたならば、受動的な彼女はたちまち使い潰され、擦り切れるようにして死んでいたことだろう。飯盛り女とは暗黙に許された私娼であり、扱いと環境は店によったが、大抵は劣悪である。

苦界《くがい》と言われる場で、志乃は初めて安心を得た。

学問は楽しく、花魁や新造は優しかった。同病相哀れむと言うのは簡単だが、それだけでない労《いたわ》りがあった。

やがて水揚げを迎えたけれど、楼主は当初、志乃にさしたる期待はしていなかった。

顔の造作はいい。だが表情がない。男受けするとは思えなかったのである。

しかし、見当は大きく外れた。

その厭世めいた無表情と冷め切った掠《かす》れ声とが、逆に男たちを躍起にさせた。なんとかこの女を乱れさせてやろう。虚ろなあの眼差しを、どうにか自分に向けさせてやろう。志乃の振る舞いは、そうした征服欲を掻き立てたのだ。

楼主は大いに喜んだが、しかしこの人気が諍《いさか》いを招いた。

志乃は意図せず、他の女たちの懇《ねんご》ろを奪い取ってしまったのだ。古株の、しかも複数名の花魁と、ぽっと出の女ひとりの悶着である。楼主がどちらの味方をするかなど知れており、志乃はたちまち身の置き所を喪失した。彼女を更に苦しめたのは、自分を排斥した女の中に、かつてついた花魁がいたことだ。親しく世話を焼いてくれていた彼女の疎ましげな目は、幾億の悪罵より痛烈に志乃の心を打った。

所詮、そんなものだと達観したのはその時である。

これは不運ではない。ごく普通の出来事だと志乃は思い至った。寄る辺なき無縁が己には当然であり、わずかの間でも、人の中に居場所を得られた日々こそが幸運であったのだ。それは祭りのように特別な時間で、なれば必ず終わりが来ると知れていた。夢から醒《さ》めれば、全てなかったことになる。元の通りに立ち戻る。

悟入《ごにゅう》して、志乃は大切なものがもうないことに少しだけ安堵した。失ってしまえば、二度と失くさずに済むからだ。

以来、志乃は心をも動かさなくなった。何にも期待しなくなった。希望さえ抱かねば、辛くも悲しくもならないからだ。

そのまま人形のように摩耗していくかと思われた彼女だが、そこへ現れたのが榎木三十日衛門である。一体どこで、どんな噂を聞きつけたのか、老人は名指しで志乃を買い取り、彼女を自らの妓楼へと連れ帰った。

わけもわからず付き従い、志乃は篠田屋で立ち働いた。遊女奉公を続け店に馴染むと、年季が明ける前に遣手《やりて》として抜擢された。それどころか、妓楼の差配や金流れまでも丸投げされたのだ。待遇の意図がわからず志乃は当惑し、ある時、三十日衛門を問い質した。

『お志乃さんを買った男の中に、私の知己《ちき》がおりましてな。大層頭のよい娘だと申していたのですよ。あれが手放しで褒め称えるのは珍しい。それで、頂戴しようと思ったのです』

老人の答えは簡潔だった。算勘の才と人あしらいを見込んだのだという。人に必要とされたことのなかった志乃は尚更に惑乱し、三十日衛門は童女にするように、その頭をひとつ撫でた。

『実に、良い買い物でした』

目を細め、老人は無邪気に笑う。

『お節介な話ですがね、私のような老骨には、お若い人の難儀がわかります。年の功ですな。とはいえわかったところで、出せるのは手と口までなのです。自分の心は、自分で救うよりないのですよ』

見透かしているとしか思えぬ物言いに、ぞわりと震えが身を走った。このような人物に必要とされた歓喜であり、期待に応えようと誓う勇みだった。

そうして三十日衛門の右腕と目《もく》されるようになっても、志乃の不安は消えない。巧みに妓楼を切り盛りしながら、一方でこの日々もいつか失せるのだろうと怯えていた。いつまでも続けばいいと祈りながら、早くなくなってしまえと願っていた。

志乃は、自身を添え木と考える。

怪我の折にあれば役に立つだろう。重宝もされるだろう。しかし治ってしまえば、ただただ邪魔な木っ端《こっぱ》に過ぎない。もし無用となれば、三十日衛門とて自分を投げ捨てるに決まっている。人も約束も、信用などできなかった。実の親にも捨てられたのだ。他人に捨てられぬ理由などない。

相反する心に苛《さいな》まれる日々に、ある時転がり込んできたのが方治である。

彼は、三十日衛門が旅先で拾った浪人だった。老人はこの青年を甚《いた》く気に入る様子で、『少し面倒な子ですが、私の孫と思ってよくしてやってください』と、わざわざ志乃に言いつけまでした。

暗闇のような諦念に押し包まれて、志乃はその言葉に頷いた。とうとう、この日が来たのだと思っていた。無用になる時が、普通に戻る時がやって来たのだ。この浪人が、自分に代わって今後の篠田屋を取り仕切るのだろう。

けれど志乃にとっては驚くべきことに、そして三十日衛門にとっては当然ながら、そうはならなかった。方治は算盤《そろばん》にも人使いにも、てんで向かなかったのである。

だが、そのぶん彼は、別の器用さを備えていた。不機嫌めいた顔をしつつも、如才なく誰とでも打ち解けてのけるのである。店《たな》の者がたちまちに馴染んだのも、御前の肝煎りというだけではあるまい。それは志乃の持たない種類の細やかさであり、親しみだった。方治は剣腕のみならず、志乃に足りない部分をぴったり補う才を備えていたのだ。

しかしながら当時の志乃にとって、このことは業腹だった。篠田屋に尻を置くまでの経緯も含めて、何もかもが気に入らなかった。言うなれば、幼稚な八つ当たりである。

至極邪険な遣手《やりて》に対し、無論方治は反駁《はんばく》した。幾度も角を突き合わせ、そのうちに、志乃はふと気づいた。

この剣士は明朗と見えて、世に背を向けて頑なな壁を築いている。敵《かたき》に巡り合えず世を嫉《そね》んだ仇持ちだとは、三十日衛門より聞き及んでいた。ならば彼に巣食う頻闇《しきやみ》は、そこに根差すものだろう。

『大きな不幸なぞ何ひとつなくこうなった』とは、方治自身の弁である。ならば、彼もまた同類だと思った。不運こそが平常であり、間違いのように居所を得ても、必ずそれを失う類《たぐい》であるのだ。

そう考えた時、すとんと志乃の心は安定した。

自分よりも才のない者が愛され、求められるさまを幾度となく見てきた。どうして自分は上手くできないのだろう、どうして自分だけ上手くいかないのだろうとずっと煩悶してきた。でも、自分ばかりではなかったのだ。この男も、等しい地獄に転がっている。それは誰ともわかりあえない孤独の地獄である。

彼も同じ形に歪むのだと確信し、志乃は救いと哀れみの心地を、その折に得た。

以降、相反する祈願に根差した苛立ちは失せ、そうした志乃の氷解をあちらも察したものか。方治との間に飛び交うのは、いつしか気の置けない憎まれ口となった。従うでも従えるでもない、対等の関係は初めてのものだった。ふたりを眺める三十日衛門の微笑から鑑《かんが》みれば、このような着地点を、老人は最初から見据えていたのであろう。

志乃が篠田屋の裏稼業をも任されるようになったのも、この頃である。

けれど。

三猿の一件から、より正確には椿組の事変から、志乃は再び不安に慄《おのの》いている。それは笛鳴らしが纏う残り香に——あの娘との関わりで生まれた前進の気配に兆すものだ。

菖蒲との出会いは、方治に前を向く力を与えた。彼は自分のかたちを思い出し、暗がりから歩き出そうとする様子だった。

相似と信じた相手が羽を得て、手の届かぬ空へ飛び立とうする姿は、志乃に焦慮《しょうりょ》をもたらしてやまなかった。

遠い雪の日のやり直しだ。あたしの足は遅いから、あの夜、とうとう父母の背に追いつけなかった。同じように、また置いていかれてしまう。あたしだけを残して、皆どこかへ行ってしまう。

志乃は、己のまどろむ安寧が、砂上の楼閣であることを改めて見せつけられたと思った。わかっていたつもりだった。けれど、つもりでしかなかったのだ。喪失の予感は、驚くべき鋭さで肺腑を抉《えぐ》った。

この感情に拍車をかけたのが、おこうの抜擢だ。

三十日衛門には、北里への移転を思案する節がある。色街に対する相沢藩からの風がきつくなってきているのだ。

用人諸岡政直《もろおかまさなお》を筆頭とする一派が、遊里の権限を手中に取り戻すべく蠢動《しゅんどう》を始めていた。病巣として切除し、投げ捨てたものが、鼻先で大輪の金の花を咲かせるのだ。藩政に携《たずさ》わる者としては惜しんで当然の状況であるが、これを許しては三十日衛門はいい面の皮である。

対策として老人は、北里内部に伝手《つて》を得た。菖蒲が篠田屋を頼ったのも、三猿の件で矢沢義信より接触があったのも、彼が築き上げた人脈の働きだった。

おこうを遣手《やりて》に据えたのは、拵《こしら》えた新たな地盤へ居を移す際、人材を一新する意図があってのことと志乃は見ている。彼女は志乃と似通う気質で、方治の不足を補える人間だ。ならば北里の篠田屋に、きっと自分の席はないのだろう。

確信するたび、胸が疼いた。

おこうもまた、志乃が同類と見ていた相手だった。解けない過去を全身に巻きつけ、鎖のように引きずっている。かつてはそんな女であった。だが昔日が駆逐され、おこうの顔《かんばせ》からはくすみが消えた。今ではふわりと花開き、陽性の気配を纏うまでになっている。

失えば安堵するのが志乃である。しかし、こうも立て続けに羽ばたきのさまを見せつけられれば、捕らえて縛りつけたい心地にもなろうというものだった。

同時に、とうとう添え木が捨てられ、火にくべられる時が来たのだと、そうも思う。篠田屋という仮住まいには、少し長く落ち着きすぎた。すっかり暮らしに慣《な》れ切って、この枠組みを喪失すれば、己の形すらわからなくなるほどに。

でも仕方のないことなのだ。ずっと居られるかもしれないと勘違いしてしまったけれど。在り処がないのが、自分にとって正常であり平常であるのだから。

無感情に、無表情に。理《ことわり》と智を立てて生きるように見えて、志乃の胸の奥底は、未だ泣きじゃくる子供だった。どうしたらいいのかわからないまま、今もあの雪の日に凍えている。

そんな彼女にとって、篠田屋の大火は終わりの嚆矢《こうし》に他ならなかった……

目を開くと、煤《すす》けた天井があった。火勢の及ばなかった、妓楼奥の天井である。

横たわったまま、志乃はぼんやりと瞬きをした。手当てを受けはしたものの、じくじくとした痛みが鈍く体を支配している。月明かりの差す局《つぼね》に、外の清掻《すががき》と嬌声が漏れ聞こえていた。

火災の後、三十日衛門の手配りにより、ほとんどの者が他の妓楼や旅籠《はたご》に避難をした。いずれの店《たな》も、篠田屋の御前のために便宜を図った格好である。妓楼に留まったのは、志乃を含めた数人ばかりだった。傷の深い彼女は真っ先に搬送されるべき立場であったが、拒んでしがみついた。その心境をひと口に述べるなら、未練であろう。

延べられた床《とこ》にただ仰臥して、志乃は夢現《ゆめうつつ》を行き来している。

篠田屋に修繕の手が入るのは、大分先になるだろうと聞いていた。反三十日衛門の急先鋒たる諸岡が、この大火の詮議に乗り出したからだ。お調べの体裁で商《あきな》いを止め、三十日衛門を締め上げ、弱らせる算段に違いなかった。

老人がその程度ではびくともしないのを知りながらも、妓楼の惨状を思って志乃は憂鬱げに息を吐く。篠田屋は三十日衛門が自ら図面を引いた、彼にとっての城である。半ば以上が焼け残ったとはいえ、喪失の痛みは如何《いか》ばかりであろうか。

「――目ェ、覚めたのかい？」

そこで月の当たらぬ片隅から声がして、志乃はびくりと身を震わせた。連られて、あちこちの傷が悲鳴を発したが、面持ちは無表情を保ったままだ。

「弱った女の寝息を窺うだなんて、ご趣味だねえ」

力のない悪口《あっこう》を浴び、方治の気配が影の中で苦笑する。

「舌が回るんなら重畳《ちょうじょう》だ。心配は要らねェな」

「まるで案じてくれたような言い草じゃないか」

「案じてんだよ、実際にな」

「……」

枕元にいざり寄り、笛鳴らしは志乃の顔を見下ろした。遣手《やりて》の肌は、痛々しく青白い。透けそうなほどに血の気が失せていた。

「菊治《きくじ》は、ね」

「お前を庇ったってェ、牛《ぎゅう》か」

顎を少しだけ引いて、志乃はそれを首肯に代える。

「骨惜しみしない、いい子だったよ」

「そうかい」

「他にもたくさん死んだだろう？　なんで、あたしは生きてるんだろうねえ」

「知ーらねェよぅ」

鼻で笑って、方治は遣手《やりて》の憂いを歯牙にもかけない。

「生き死にってのはそんなもんだ。昨日までぴんしゃんしてたのが、ちょいと転んだ拍子にお陀仏《だぶつ》ってこともあらァな。そこに意味なんざねェさ」

「あんたは、簡単だね」

志乃の恨みがましげな視線に、居残りは目だけで笑み返す。

「人は死んだら死んだきりだ。こんな渡世の俺だがよ、今まで化けて出られた例しはないぜ。もし生き死にから得た教訓があるとするなら、死人を言い訳にするなってくらいなもんさ。だからよぅ、お志乃」

彼はもう一度腕を伸ばし、遣手の頭をそっと撫でた。いささか覚悟の節があるのは、笛鳴らしが志乃を猫のような女と見るからに違いなかった。不機嫌ならば噛まれるか、引っ掻かれるかすると信じているのだ。

けれど志乃は抗わず、されるがままになっている。おそらく方治は内心で、「調子が狂っていけねェや」とでも呟いていることだろう。

「お前が存外しぶとくて、俺はまあ嬉しく思うぜ。死んじまえば、それっきりだものな」

「……ほんとに、簡単だねえ」

「難しく顔を顰《しか》めてりゃ、上等ってわけでもなかろうさ。……っと、いけねェ。怪我人に構い過ぎだな。受け答えは要らねェから、耳だけ貸してくんな」

戻した手で顎を撫で、居残りは胡坐《あぐら》に座り直した。志乃が目の動きで促すと、表情を改めて、続ける。

「俺はこれから北里へ行く。お前も同感と思うがよ、今度のことは十中八九、あいつらが絡んでやがる。腹の内を、少しばかり探ってみるさ」

彼の面持ちをちらりと眺め、志乃は無表情のまま息をついた。冷静を取り繕ってはいるが、居残りの内心が煮え繰り返っていると志乃にはわかる。何をどう言ったところで容《い》れるまい。嘆息は諦念の表出だった。

「おいおいおいおい志乃さんよぅ、まだ喧嘩押《お》っ始《ぱじ》める前だってのに、もう負けた顔でどうするよ。そいつァ相手の手に嵌《はま》ってるぜ」

変わってもいない志乃の顔色を読み取って、剽《ひょう》げた言い口で居残りが歌う。おくびにも出さないが、遣手の観察通り、方治は甚《いた》く憤激していた。

彼には、不幸に焦がれた頃がある。ひとりの人間の、その生きざまを左右するような、明確な不幸を妬んでいた過去がある。己の意思に因《よ》らずしてただ流され、形を変えてきた方治にしてみれば、今回の大火は喜悦すべき明確な不運のはずだった。

だが実際に、それが我が身に及べばどうだ。ただひたすらに胸が悪かった。快哉《かいさい》なぞ叫べるはずもない。怒りの雷雲が、身の内で渦を巻いている。これは、おこうのために猪狩りをした折にも覚えた瞋恚《しんい》だった。

両腕の内は守ろうと意を決した方治である。まさしくその範疇《はんちゅう》たる篠田屋に累が及んだ悔恨は強い。

「斬り合いで肝要なのは、まずちょいと傷を負わすこと。それから、『してやられた』と思わせることだ。その気弱は実際の傷より重く作用して、体より先に心が折れる。一度騙《だま》くらかされるとよ、次を疑って手足が止まるのさ。ま、難しく考えりゃ上等じゃねェって証左だな」

随分殺伐としたたとえであるが、どうやら、「弱気になるな」と鼓舞されているらしい。

実のところ、志乃が笛鳴らしの荒事に同行した回数はそう多くない。それでも、彼が騙し眩《くら》ましを軸とした、詐術めいた剣を繰ることは承知している。そして笛鳴らしの術中に陥った相手が、心の側から敗れるさまもまた目にしてきた。よって彼の言いぶんは、まあ理解できないものではない。

けれど、それで不安が霧散するかといえば否だった。

まず、襲撃者の得体が知れない。

あの男たちは、死兵よりも性質の悪い何かだった。目的のために死をも恐れぬというのではない。どこか捨て鉢に、我から死の断崖を飛び降りるような印象があった。ただ一刻も早く、死ぬ側に片付こうという心持ちが垣間見えた。

そういった奴輩《やつばら》を擁するのだ。時をかけて方策を練れば、無防備で無警戒の篠田屋に、もっと効率的な打撃を与えられたはずである。しかし彼らは消極的な殉教の如く、自らの死をほとんど示威だけに用いた。結果として徒《いたずら》に手負いにし、怒りを招くだけに終わっている。

人はただでは育たない。あのような人間を練り上げるには、相当な手間と歪《いびつ》な教育が要るはずだった。にもかかわらず平然と手駒を使い捨てたさまに、如何《いか》なる思惑が横たわるのか。それを危惧せずにいられなかった。方治に言わせれば、「次を疑って停止している」状況に当たるのだろうが、考えも巡らさず頭から敵地に飛び込むのは、自ら罠に嵌《は》まりに行くにも等しい。とんでもない痴愚《ちぐ》である。

加えて、笛鳴らしの気性があった。

探りに行くと告げてはいるが、この男は必ず、それ以上の無茶をするに決まっている。

そもそも志乃が篠田屋に居残るのは、自身が彼らの標的と知るからだ。次の襲撃を我と我が身に惹きつけんという魂胆だった。妓楼の人員が方々《ほうぼう》へ分散した今、二の矢としては守りが手薄となった中核の人間を狙うのが常道である。組織に痛撃を与えんと欲するのなら、象徴の奪取が最も効果的であるためだ。

ゆえに志乃は身動きならぬ身を焼け跡に晒し、他のふたりより仕掛けやすい獲物として提示した。不要の人間が死んだところで妓楼に何の害もあるまいし、三十日衛門ならばこれを利して罠のいくつかを張り巡らせるだろうと踏んでのことだ。

しかし方治がおかしな具合に蠢《うごめ》けば、これが崩れる。内懐に飛び込んできた獣の方が、より優先して狙われるのは明白だった。容易《たやす》く殺される男とは思わぬが、相当の死線を潜る羽目になるだろう。

「どうしたって、行くんだね?」

「お前のこともあるが、お前のことばかりでもねェ。取り止めはできない相談だな」

確認に、笛鳴らしが肯《がえ》んじる。それで志乃にはわかってしまった。方治もまた、己と同じ意図で動くことを。

志乃が方治と三十日衛門を守ろうとしたように。彼もまた志乃と三十日衛門のために、ひと暴れする算段でいるのだ。

「そう案じたもんじゃあねェよ。いい子で待ってりゃ、ちゃーんと土産を持って帰るさ」

これで終《しま》いとばかりに言い置いて、笛鳴らしは長脇差を掴んで立った。音のない足運びで、そのまま夜の闇へと泳ぎ出る。

彼が閉じた襖を、志乃は黙ってじっと見つめ続けた。

——いい子で待ってりゃ。

その言葉が、いつまでも心の中でこだましている。

方治は知らず、軽く口にした文句であろう。しかし志乃は、まだ雪の夜《よ》にいる子供だった。

——ここで待っているんだよ。

——いい子で、待っているんだよ。

もしも言いつけ通り、あのままあそこで待っていたなら。いつか、彼らは迎えに来てくれたのではないだろうか、と。そう思い続ける子供だった。

やがて、詮無いことだと首を振る。約束なんて気楽なものだ。破る側からしてみれば、いつだって至極気楽なものなのだ。

痛みを無視して、無理やりに身を起こす。

「……切り火、切ってやり損ねちまったからね」

言い訳のように、呟いた。

あれは追っつけ、自分を置いて飛び去る男だ。

けれどその背に不幸があれと、望むわけでは決してなかった。

＊　＊　＊

芹沢頼母は凡庸な男だった。

町方与力は事実上、世襲の職である。本来は一代抱えの役目だが、市井《しせい》の表裏を知り抜き、各所に顔を繋ぐ細心な働きぶりが必須とされたため、親から子へと人脈を受け継ぐことが推奨されたのである。つまり彼の立場は父祖伝来のものであり、頼母自身が評価されて得た地位ではない。

斎藤弥六郎の観察通り、頼母の中身は吹き流しである。常に強きになびき、波風を立てぬよう上の顔色を窺って身を保ってきた。無論、このような人物は世に少なくない。彼とて平時であれば無事、その役職を全うできたであろう。が、時勢がひどく悪かった。北里藩という名の海は、王子屋と椿組が引き起こした嵐によって荒れに荒れていたのである。

前述の性根から、頼母も多くの同僚たちと同じく、王子屋の権勢へと擦り寄った。しかし身の振り方を決めるのがあまりに遅く、与《くみ》したものの、受けた扱いは粗略であった。甘い汁にありつくことなど少しも叶わなかったのだ。

けれど世の中、何が幸いするか知れぬものである。こうしたぞんざいな扱いが交わりの薄い証《あかし》となり、王子屋一味が駆逐された折も、頼母は役職を失わなかった。

幸運に思うべきであったが、彼は以来、腹の底に黒い火を抱えた。その根にあるのは嫉妬だ。椿組を打ち倒し、王子屋徳次郎を失脚させた立役者たる田殿の娘を、頼母は凄まじく妬んだのだ。

確かにこの小娘は功を藩主直々に褒め称えられ、民衆の間でも語り草と成り果《おお》せている。だが実態を見れば他藩の、しかも亡八《ぼうはち》を頼った薄汚れた人間だ。そも、色里で遊女に交じって暮らすなど何事か。武家の品格を落としむること甚《はなは》だしい。まず自藩の者を頼ることこそ本道であろう。もし話を持ちかけられてさえいれば、自分とて――

口外はせぬものの、常々そうした妄想を巡らし、腹の羨望の火に不満の薪《まき》をくべ続けていた。

娘は、頼母がなりたい自分そのものだった。誰からも低く見られる彼は、彼女のように周囲に承認されたかった。評価を、声望を得たかったのだ。だが決してそうなれぬであろうことは、彼自身も自覚していた。

そこに思わぬ転機が訪れる。

どうやって忍び入ったものか、鬱々とした日々を送る彼の前に、ある夜、ひとりの老婆が現れたのだ。

『お座り』

誰何《すいか》しようとした頼母を制し、嫗《おうな》は鋭く告げた。他人へ命じることに慣《な》れた声音に、彼は一瞬で縛られた。呑まれ、気圧され、ただ唯々諾々《いいだくだく》と彼女の指図に従う。場を支配するのがどちらであるかは、この一事を以て明白だった。

『お前に、いい話を持ってきてやったのさ』

着座した彼に、老婆は目を細めて頷く。そうして、猫撫で声で密約がもちかけられた。

大国様を崇める宗派を保護すること。後日より起こる奇態な殺しの捜査をできうる限り遅滞させること。そしていずれ来《きた》る、駁清康なる人物に忠を尽くすこと。

頼母が要求されたのは、主としてこのような内容である。見返りは、清康が藩政に加わったのちの取り立てだった。

空手形にも等しい、馬鹿げた話だ。しかし頼母はこれを受けた。迷い惑う彼に、老婆が囁いたからだ。

『断ってもいいんだよ。でもそうしたら、お前は永遠にこのままだ。永遠に、居ても居なくても構わない人間のままだ。だけどわたしらと組めば――わかるね？』

以降の大国様の隆盛と続く三猿による殺しを眺め、頼母は賭けに勝ったとほくそ笑んだ。得体の知れぬ老婆だが、少なくとも自分には福の神だ。こうも筋書き通りに進むなら、必ずや望んだ栄達へ至れるに違いない。

けれど、邪魔が入った。よりにもよってまた篠田屋――田殿の娘を助けた妓楼である。

矢沢義信の頼みを受けてやって来た助太刀は思わぬ速度で三猿に迫り、結果として老婆は計画を早めざるをえなくなった。働きの見返りとしてねじ込んだ、弥六郎の始末も不首尾に終わり、頼母は己が危ない橋を渡る身である事実を痛感したものである。当然、今更気づいたところで、もう後には退けなかった。既に一蓮托生の関係だ。

腹を括って、頼母はこののちも忍群のために尽くした。

清康を称え、その噂を広げた。篠田屋の功績は、できうる限り打ち消した。弥六郎が小うるさく談判を仕掛けてきたが、悉《ことごと》く無視した。

その全てが失策だったと、今、脂汗を滲《にじ》ませながら芹沢頼母は悔いている。

与力の前に座すのは、ふたりの男だった。榎木三十日衛門と居残り方治の両名である。

見てくれは鶴のように痩せた老いぼれと、薄汚い野良犬の取り合わせだ。当初は門前払いにしようとした頼母だが、そうはいかなかった。三十日衛門が、北里藩主の書状を携えていたからである。確かむるべき事柄があるゆえ内々に問答せよとの下命だった。

何故このような輩と言葉を交わさねばならぬのかと思いつつ、慇懃《いんぎん》を保って頼母は私室にふたりを招き入れ、たちまちのうちに返答に窮した。

彼らが糾明してきたのは、頼母と大国の関わりである。

駿清康への肩入れと大国の巫女への別邸の貸し与えを手始めに、与力が行った大小様々の合力を、ふたりは具《つぶさ》に承知しており、一切の誤魔化しを許さなかった。他愛なく見えた老人は、逃げ口上の先を予《あらかじ》め知悉《ちしつ》するかの如く封じてゆく。半刻にも満たぬ間に、頼母は多くの言質を取られた。

「なるほど、なるほど。では芹沢様は、やはりあの一党に脅されていらしたのですな」

「そ、そうだ。脅されていたのだ。清康めのことも、屋敷のことも、仕方なくしたことなのだ」

挙句、三十日衛門が露骨に垂らした蜘蛛の糸に縋りつくありさまである。

「ええ、ええ。ご苦衷《くちゅう》、お察しいたしますとも」

だが老人は、獲物を釣り上げた喜悦などいささかも見せず、ただ好々爺然《こうこうや》と目を細めて共感を示した。

「わかってくれるか！」

「無論のことでございますよ。武名の吹聴はさておき、家屋敷はお武家様にとっては拝領した城も同じ。別邸であろうとも、不当に奪われ恥辱を覚えぬはずがありますまい」

「う、うむ」

ちくりと刺す物言いに、頼母の胸中が苦くなる。が、その感情が面《おもて》に表れるより早く、三十日衛門は続けた。

「ですが芹沢様は、それを堪えなさった。並大抵の忍耐ではできない仕業でありましょう。王子屋の一件以来、北里はどうにもざわついております。更に騒擾《そうじょう》が重なれば家中不行き届きの断罪もありえると、涙を呑んで苦渋の決断をなされたのですな」

続く言葉に、頼母は大きく幾度も頷く。我が意を得たりとばかりの所作だった。巧みに逃げ道を誘導され、彼の中で過去の改竄《かいざん》が行われている。

駁に脅されて協力を余儀なくされ、しかしそれでも一時の感情に流されず大局を見据えてじっと耐え、反逆の時機を窺っていた。そのような経緯を捏造し、自らを美化しているのだ。

典型的かつ矮小そのものの反応から、頼母が既に身の安泰を確信しているのは明らかだった。それどころか、三十日衛門を甘く見始めた様子すらあった。

おそらく頼母は、独力でこの苦境を切り抜けたと考えたがっている。その酔い心地を揺るがぬものとすべく、三十日衛門を、己の弁舌に誑《たぶら》かされた愚かな老人の役割に据えようとしているのだ。狐火と呼ばれた男を外見通りの好々爺《こうこうや》と信じ、簡単に利用し、切り捨てられる存在と見くびればこその所業であった。

三十日衛門は全て見抜いた上で、陽だまりのように穏やかに微笑している。部屋の片隅に胡坐《あぐら》をかく笛鳴らしは、俯き辛うじて表情を隠した。

傍《はた》で見る方治からすれば、噴飯ものの流れだった。

自身はまるで気づかぬ気配だが、頼母は取り返しのつかない自白を繰り返している。大国一派が民に信仰されるべき宗派ではなく脅迫者であること、これが駁清康と関わりを持つことを言明したばかりか、芹沢別邸不法占拠という取り締まりの名分までもを与えてしまった。共犯者たる駁を完全に切り捨てる体《てい》で、忍群による報復もありうる利敵行為である。

篠田屋と殿様にもごっそり弱みを握られた格好で、窮状を脱するどころか我から俎上《そじょう》の魚《うお》になったような具合なのだ。方治が失笑を噛み殺すのも致し方ないところであろう。

しかし笛鳴らしが押し隠した感情は、頼母への軽侮ばかりではない。そこにはもうひとつ、三十日衛門の舌の冴えへの感嘆があった。

相手の論を徹底して否定するでも粉々に打ち砕くでもなく、ただ淡々と受け入れ、諭して、自らの望んだ地点へと落着させる。どうにも恐るべき弁舌だった。老人は舌先三寸で、駁の足がかりのほとんどをご破算にしてのけたのだ。

――まーったく、とんでもねェ爺様だ。

首を幾度か横に振り、達観の心地で居残りはぼやく。

『いやはや、探しましたよ、方治さん』

笛鳴らしの前に三十日衛門が姿を見せたのは、北里に宿を取ったその夜《よ》のことだ。

『要らぬ世話とは思いましたが、お志乃さんに泣きつかれましてな。老骨に鞭打って追躡《ついじょう》してきたのです』

さしたる疲労の風情《ふぜい》もなく、老人は言って微笑む。まだ旅塵も落とさぬうちのお出ましに、さしもの方治も言葉がなかった。

もし居残りのすぐ後に篠田屋を発《た》ったとしても、老人は笛鳴らしと同速で街道を踏破したことになる。それだけでも驚くべきだが、よくよく考えれば、そこへ方治の泊まる先を探し当てるまでの時間が加算されるのだ。

となれば三十日衛門は、方治よりも相当速く二藩間の距離を踏み越えたとしか思えない。方治の足が駿への方策を思案しいしいの重いものだったとはいえ、尋常の脚力ではありえなかった。鶴のように細身に見えて、その肉体は下手な壮年よりも頑健なのだろう。思えば初めて顔を合わせた折も、この老人はひとり旅の最中《さなか》であった。

『そいつァありがたい限りだけどもよ。一体、誰が泣きついたって?』

頭《かぶり》を振って自失を脱すると、方治はどうにか混ぜ返す。平素の能面めいた無表情を思えば、志乃の泣き落としなど想像の及ばぬ光景だった。

彼女が自らを標的としようとしたのは、方治の側も承知している。なればこそこちらの所業にも口を噤《つぐ》むはずと踏んだのだが、女というものはつくづくわからない。困った弟が言うことを聞かないのなら、親に言いつけるより仕方がないとでもいった理屈であろうか。

『お志乃さんはあの通り、我慢ばかりするお人です。けれどもちゃあんと、可愛らしいところをお持ちですよ。なのでこうして頼られると、私のような年寄りはつい甘い顔をしてしまう』

情深く言ってのけるが、同時に甚《いた》く冷淡な部分を併せ持つのがこの老人だ。気に入りの相手でも甘やかしはせず、立つ意思のない者へは一度以上手を貸さない。自身の愛着と執着すら算盤《そろばん》に入れて、酔狂を楽しむ節があると方治は知っていた。

『大事にされているのですよ、方治さんは』

『そうかい、そうかい。だけどもよぅ、御前。店の方はいいのかよ？』

裏を勘繰った途端に言葉を重ねられ、見透かされた居残りは顎を撫でて話題を転じる。

三十日衛門が無用心にも単身で旅をするのはいつものことだが、流石《さすが》に今は時期が悪い。駁の件ばかりでなく、用人の詮議の応対もある。色里の顔が妓楼を離れてよい時分ではないだろう。

『いえ、いえ。私などはいない方がいいのです』

すると老人は微笑み、当然の所作で腰を下ろした。おそらく既に、宿の者には話を通している。

『諸岡御用人はご権勢がありますが、そのお立場は決して磐石とは申せません。横車を押し続ければ、要らぬ逆捩《さかね》じを食らうとお心得でしょう。結局のところできるのは、徒《いたずら》に喚き散らす程度ですな。ならばおりません方が、却って私個人への憤りも募りましょう』

剣呑剣呑と呟きながら、老人は平然とした顔をしている。

そもそも、爆《は》ぜて燃え尽きた男どもの身元など探りようもないのだ。難癖だけの取り調べになるという見切りは、至極妥当なものと言えた。

諸岡政直の用人という役職は、主君の意向を家中に伝達するのが務めである。自然、影響力を発揮しやすく、とかく閥《ばつ》を形成しやすい。こう述べれば相手として大きいようだが、それだけに政敵の数もまた多い地位であった。

そして三十日衛門が方治にする笛の所望は、相沢藩の上層部から降りてくることがある。つまり三十日衛門と一蓮托生の人間が、藩政の中核にもいるのだ。権力への後ろ暗い関与は、時に破滅の引き金となる諸刃の剣だ。が、今回はこれが保身の縄、頼みの綱として生きると老人は見抜いている。無論損得や義理人情ばかりを恃《たの》むのではなく、とっくに鼻薬を嗅がせてもあるのだろう。

『そうした次第ですから、まずは勝ち方負け方を弁《わきま》えない側の掣肘《せいちゅう》を、と思ったのですよ』

皺深い老人の目の奥底が、わずかに冷たい光を見せる。

『駁清康、か』

『ええ。方治さんからお話を伺って、少し調べておきました。彼の後ろに控えるものにつきましてもね』

そうして三十日衛門は、駁忍群の成り立ちと内実を方治に語ってのけた。その情報の精度は、老人が篠田屋のものとはまた別の目と耳を抱えることを窺わせる。

『今のところ、我々はあちらの筋書き通りに踊らされておりますからな。ひとつお返しをしたいと思っています。明日はお付き合いいただけますか、方治さん』

笛鳴らしが頷いたのは無論であった。

未だ方策も決まらぬ己に対し、三十日衛門はもう先の手配りを済ませた風情《ふぜい》なのだ。何を言おうと、自らの手際の悪さを露呈するばかりである。

「だがよう、芹沢様」

「む？」

不意に口を挟んだ方治に、頼母が胡乱《うろん》な眼差しを向けた。

「それだけじゃあ、ちょいと言い抜けにゃ弱いぜ」

組み上げた自己欺瞞《ぎまん》へ伝法に否定を投げかけられ、与力の面《おもて》を苛立ちが過《よぎ》る。

「居残り風情《ふぜい》が、何をわかったような――」

居丈高に気を吐きかけた彼は、しかし底冷えのする方治の目にじろりと睨《ね》められ口を噤《つぐ》んだ。

頼母は方治を野良犬と断じる。ゆえに視界に入れるのも不快な存在として、極力の無視をしてきた。だが方治の側はそうではない。役宅に居座る間に、この男についてもいくらかの探りを入れている。

既にして知れるところであるが、この仁は閑居にて謀《はかりごと》を巡らす種類の小人だ。日陰で立ち回るのは得意でも、面と向かっての威圧に著《いちじる》しく弱い。

だが同時に腕力や知力、胆力といった個人に属する力に、不思議なほど畏怖と憧憬《どうけい》を抱《いだ》く様子だった。下役である弥六郎をひどく憎みつつも恐れるのは、この畏敬の裏返しとも言えよう。

「ただ仕打ちを耐え忍ぶってんなら、それこそ牛馬にだってできらァな。だがよう、芹沢様。そいつは王子屋徳次郎の跋扈《ばっこ》を許した連中と遜色ない振る舞いだ。城中城下いずれだろうと、今の北里じゃ通らねェ理屈だろうよ」

暴力を匂わせる方治の言いは、頼母のこうした部分を狙い澄ましたものだ。案の定、与力は正対を尻込みし、救いを求めて三十日衛門を見やる。

「いささか乱暴な言い口ですが、うちの者の申す通りでありましょうな」

笛鳴らしを掣肘《せいちゅう》せず、趣深げに目を細めていた老人は、たちどころにそう応じた。

「このの ち私は登城して、事の次第を申し上げねばなりません。矢沢様はご聡明な御方です。きっと芹沢様のご苦衷《くちゅう》をお汲みくださるでしょう。しかし果たして、他の方々がどう見るか。共感を期待するには、少々……」

「はっきり言ってやろうぜ、御前。今の具合じゃ詰め腹を切らされるばかりだってよ」

三十日衛門の濁した言葉尻を方治が引き取り、楽観を打ち砕かれた頼母はたちまち顔色《がんしょく》を失くす。

「し、篠田屋！　どうにかならんのか⁉」

手を取って縋らんばかりのその挙措《きょそ》に、狐火と笛鳴らしは目配せを交わしてほくそ笑む。

方治が先からする粗悪な振る舞いは、頼母を三十日衛門に傾倒させるためのやり口だった。無言のうちに三十日衛門が意図を汲み取り、合わせることを見込んだ上での仕業である。

方治が高圧的かつ否定的な態度を見せつけて反感を買い、次いで三十日衛門が彼の攻撃性から頼母を庇い、解決の糸口を指し示す。すると人は不思議なもので、三十日衛門を己の味方と誤認するのだ。両名が同じく篠田屋に属すると知った上でも、である。

そのような心の動きを、方治は今日までに見聞きした三十日衛門の舌鋒から知悉《ちしつ》していた。文使いの折、半助が笛鳴らしの作法を学んだが如く。方治もまた、三十日衛門の薫陶を受けていたと言えよう。

だがこれまでの方治は、手際を知りつつも実行することはなかった。荒事以外は己の役割でないと横着をして腰巾着に徹し、我関せずと距離を置いて傍観するばかりだった。

けれど此度の件により、方治はこの種の強《したた》かな立ち回りの必要性を痛感した。そうして自らの殻を破り、己の枠を広げてみせたのだ。今の三十日衛門との分業は、彼の変化の証《あか》しであった。

いささか悪業めく一歩ながら、しかし正しいだけでは生き残れぬのが世の常だ。守らんと欲するものがあるならば、身の汚れを避けてなぞいられない。何より、今更善良を気取って及び腰になる笛鳴らしではなかった。

「たとえば、そうですな。一味の目論見などご存じでいらっしゃれば、或いはそのための辛抱であったとお口添えもできるかと」

これを目にした三十日衛門の心地は、子の巣立ちを見守る親鳥さながらであったろう。だが感慨を抱きつつ、老人の弁舌は淀みない。方治と縒《よ》り上げた詐術の上に、更なる問いの刃を重ねてのける。

「……」

するりと切り込まれ、頼母はしばし沈黙した。駁につくか、北里につくか。彼にとってはここが分水嶺《ぶんすいれい》なのだ。忙しなく指を組み替え、額を擦り、耳を撫でる。自身では気づかぬまま、幾度となくこれを繰り返した。明らかな動揺と焦慮《しょうりょ》の表れである。

「御前。そろそろ刻限じゃあねェか？」

人の好い微笑のまま頼母を待つ三十日衛門を、脇から小さく方治が急かした。無論、空言《そらごと》である。しかし眼前に垂れる救いの糸を逃すまいと、頼母はこれに食いついた。

「当然、拒んだ話であるが」

引き止めんための大声で前置きをして、与力はとうとう口を割る。

「駁清康は、葵に縁《ゆかり》があると自称しておる。ゆえにあやつを藩政に関わらせ、またその血を我が藩に引き入れれば、公《おおやけ》に認められずとも親藩としての扱いを得られようと申しておった。上手くすれば相沢より人足《ひとあし》を取り戻すも叶う。以上をわしの功とし、清康を盛り立てよと持ちかけられたのだ」

「ほう、ほう」

三十日衛門は驚きの素振りで、大仰に身を反らした。きっぱりと誘惑を拒む姿勢に、感心を示す仕草と見えなくもない。

幕閣の真意はさておき、親藩ゆえの贔屓と捉えられる沙汰《さた》が世にはある。

相沢と北里、両藩に似た話を挙げるなら、それは福井藩の三国湊と丸岡藩の滝谷出《たきだにいで》村《むら》の例になるだろうか。

かつて丸岡藩は九頭竜川喉元に出村を設《もう》け、湊《みなと》として認めるよう幕府に働きかけた。北前船のもたらす利を欲しての行動である。しかし繰り返しの奏上にもかかわらず、訴えは通らなかった。わずか橋ひとつ挟んだ上流に福井藩の三国湊があり、幕府はそちらの権益の保護を優先したのだ。福井藩は結城秀康《ゆうきひでやす》の頃よりの親藩であったから、世人はここに配慮の理由があると信じた。

駁も頼母もやはり同様に、この種の沙汰を徳川縁故に因《よ》るものと見たのだろう。そして小火《ぼや》程度ながらも噂があれば、恩恵を引き出せると踏んだのだ。

実際、不確かでも葵の血筋を抱えるという圧力は、他藩より様々な配慮と忖度《そんたく》を引き出す無形の力となりうる。

「ですが矢沢様にご息女はないはず。すると駁様のお相手は、もしや？」

「うむ。そこで例の田殿の娘よ。当藩の救い主とあらば、清康に釣り合わぬことはなかろう。あの娘を――」

返答の中途で、方治が膝を立てた。手には長脇差を引っつかんでいる。間を置かず、どたどたと足音が響いた。慌しく駆けつけたのは芹沢家の家人《けにん》である。

「た、頼母様」

「何事か、騒々しい」

「それが、その」

転がるように平伏した彼は、三十日衛門と方治を見やり言い淀む。

「構わん。申せ」

「は。その、巫女様とお連れの方が」

尊大な頼母の言いにへどもどと続け――しかし、伝えられたのはそこまでだった。

「勝手に、お邪魔するよ」

家人の開け放った障子向こうから、ひとりの青年が姿を現す。

音のない、軽やかな足運びだった。緋色地に白絣《しろがすり》の羽織。しんと、雪を思わせる静かな声音。その一挙手一投足が備える、目を惹きつけずにおかない磁力。

駁清康である。

ただ姿を見せただけで空気の色を塗り替える、げに凄まじい存在感だった。まるで周囲の光を吸い込んでいるかのようにすら錯覚される。

日輪の如きこの青年に付き従うのは、手のひらに大国の像を捧げ持つ巫女だ。

彼女の更に後背には、遠巻きに様子を窺う家内の者らの姿が見える。彼らの視線は清康と巫女を警戒するでも咎めるでもなく、むしろ案じる風情《ふぜい》のものだ。頼母の屋敷でありながら、人心が何処にあるかを瞭然と示す光景だった。

だが心情がいずれに添うかは別として、家中警護の役を請け負う奉公人が芹沢家にもいる。おっとり刀に駆けつけた、中間《ちゅうげん》たちがそれだった。如何《いか》に見知った顔、売れた名であろうと、招かれざる客を見逃し、邸内を闊歩《かっぽ》させたのでは沽券《こけん》に関わる。

清康を制止せんと　彼らは足音荒く詰め寄りかけたが、

「お静かに」

中間たちを阻んで、小柄な影が進み出た。大国の巫女である。

「あの方を煩わせれば、覿面《てきめん》の罰を受けますよ」

涼やかな、よく通る声音だった。彼女の見目は、清康と揃いの人形めいて秀麗だ。加えて、神聖を意識せずにいられない身繕いをしている。仄《ほの》めかされた神罰は実在の気配を伴って、野卑の気の多い中間たちをも束縛した。

しかし巫女の言葉を耳にして、方治の眉が怪訝に動く。笛鳴らしはこれに奇妙な響きを聞き取ったのだ。

仮にも一宗派を取りまとめる神職である。神威《しんい》を語ることに不自然はない。けれど娘の声からは、奉ずる神への信仰ではなく、ただひたすらに恐怖が匂った。まるで過去に、彼女自身が実際の罰を受けたかのような。それは秘匿しきれぬ怯えだった。

目をやると、三十日衛門が軽く頷きを返す。裏で糸を引く神仏気取りが黒塚おなという名であることを、既に篠田屋の両名は承知している。そして近況から、忍群はこの黒塚がまとめる一枚岩と思い込んでいた。

が、この恐れを見る限り、それは見当違いであるらしい。大国の巫女は頚木《くびき》をつけられた牛馬の如く、恐怖の枷により役割に従事する傀儡《くぐつ》である。

「先だっては、どうも。あの時は挨拶もできずに失礼したね」

篠田屋両名の観察の間にも、清康は動いている。

背後の喧騒など毛ほども気にせず歩み入り、三十日衛門も頼母も無視をして、彼は中腰の方治の前で足を止めた。実に気安く屈み込み、目を合わせ親しげに語りかける。

「……」

じろりと睨《ね》め返したのみで、笛鳴らしは応じない。この拒絶に対し、清康は赤い唇にただ笑みを溜めた。

「あの夜は感じ入ったよ。凄い剣士がいたものだ、ってね。だから残念だったんだ。ろくに言葉も交わせず終《じま》いで、とても残念に思っていたんだ」

無垢な少年のような振る舞いであり、言葉だった。皮肉ではなく、心《しん》からの賞賛が声色にあるのも、この印象を強める一因だ。

「だけど幸い、頼母の屋敷を訪れると耳にできてね。それで居ても立ってもいられずに、つい押しかけてしまったよ」

美貌の青年は、そう続きを紡いだ。篠田屋の動静を逐一把握しているとも取れる言いである。方治はぴくりと片眉を上げ、

「ご高評はありがてェが、俺は無作法の上に口下手でな。言い交わしたところで、何の実りもありゃしねェぜ？」

「問題はないさ」

涼やかに笑んで、清康は背を向けた。頭の上下動のない、舞の歩法めいた足運びで庭に下り、振り返る。

「おれたちは剣士だ。舌よりもずっと雄弁に、語れるものがあるだろう？」

それ以上は、何の所作も見せてはいない。だというのに、気配が鋭く張り詰めた。清康の周囲で、陽炎《かげろう》の如き無色の何かが渦を巻く。

「本身《ほんみ》で、殺す気で来てくれて構わない。ああ、大丈夫。殺したりはしないから。それと、頼母」

やわらかに方治を手招いてから、清康は与力を一瞥した。

「庭を借りるよ。いいね」

許可を求める体《てい》だが、明らかな指図である。何もかもが我が意のままになると信じて疑わない、天真爛漫にして傲慢なる振る舞いだった。

家屋敷での刃傷沙汰《さた》など絶対に忌避すべきところであろう。しかし頼母は血の気の失せた顔で、ただ震えるように頷いた。清康の出現により、ようやく自身の発言の意味するところと、我が身の危うさを理解したに違いなかった。

「……やーれやれ」

三十日衛門と視線を交わすと、笛鳴らしは肩を竦めて立つ。

人は面《おもて》に性根を表すものだ。皆中《かいちゅう》とまではいかずとも、面構《つらがま》えを見れば、気が合う合わぬ程度の憶測はつく。

その伝でいくと、清康は不倶戴天の類《たぐい》だった。

噛み合わないのか、それとも噛み合い過ぎるのか。相手の一挙手一投足が、喉に刺さる小骨のように気障りでならない。加えて今の方治は、頼母から忍群の目論見を聞き及んでいる。

ゆえにふつふつと、心に滾《たぎ》るものがあった。必ず決着をつけるべき相手だと、方治の予感が告げている。死生《ししょう》の場において外れたことのない勘働きであった。

殺す殺さぬの話を真に受けたわけではないが、なればこれはあの夜見た、斬鉄の剣を確かめる好機と言えよう。

「そちらさんのお誘いだ。後の恨みは聞かねェぜ？」

言い捨てざま、中庭へ飛んだ。音もなく降り立ったその時には、もう白刃《しらは》を握っている。いつ抜いたとも知れぬ、稲妻の如き早業だった。楽しげに、清康が目を細める。

「死力を尽くしてくれたら、とても嬉しい」
希《こいねが》うように呟いて抜き合わせ——直後、その刀身が消えた。
半身《はんみ》を切り、清康が刀を側《そば》めたのだ。彼の陰に刃は隠れ、方治の目には窺えなく
なる。
対して、方治は構えない。右手に長脇差をぶら下げたまま、散策でもするかのよう
な気楽さで、大股に間を詰めてゆく。そのまま野放図に、片手袈裟《けさ》を送った。
常の方治ならば、清康の拳を打っていく局面だ。攻めの構えに対して守りを強要し、
心身を乱し、崩すのが彼の常道である。
そうしなかったのは、清康の目を覗いたからだ。剣筋を見定めんとする方治の意図
を、彼は察する気色《けしき》だった。その上で、三猿を斬った折と同じ構えを披露している。
笛鳴らしが、改めて誘いに乗った形だった。
閃《ひらめ》いた一刀に、清康は半歩下がって空を斬らせる。初めから避けられると踏んで
いたか、笛鳴らしの剣はたちまち翻って胴を薙ぎ、次いで突きへと変化して追い立て
た。が、いずれも届かない。清康は刃を合わせることなく、ふわり、ふわりと太刀行
きを外していく。まるで風に流れる花びらのようだった。
無論、彼が切っ先より速く動けるわけではない。目線や膝、爪先に腕。各部に生じ

る微細な予備動作から方治の剣を読み、ひと呼吸早く対応してのけているのだ。

容赦のない太刀筋を浴びながら、そのさまは完成されたひとり舞いめいていた。まったく無駄のない洗練された立ち振る舞いは、人の目にはゆるりと遅滞しているかに映る。

清康の剣は、まさにこれだった。強くも鋭くも思えず、けれど決して崩れず、綻びない。単独で完成し、干渉を受けない閉じた円。

しかし、躱すだけの動きがいつまでも通じるものではない。ふたりの刃がやがて火花を散らし始める。時に体の前面に、防御のための刀を送りつつ、それでも清康は頑なに構えを乱さなかった。

隙とも思える固執だが、けれど方治も攻め切れない。

清康の受け太刀は奇妙なやわらかさを伴っている。決して真っ向から受け止めず、巧みに力の作用を外して逸らすのだ。刀勢は次に繋げ難い方角へ、絶妙に流されてしまう。迂闊《うかつ》に渾身の打ち込みなどしようものなら、どう返されるか知れたものではなかった。

まず敵を動かし、乗じて勝ちを得る技法を、一流において活人剣と呼ぶ。

防ぎに長《た》けた方治の剣は、この亜種と言ってよい。騙し晦《くら》ましを変幻自在に組み合わせ、粘り粘って策を為し、しぶとく生き延びんとする剣法である。

その最たるものが、異名の由来ともなる犬笛だ。

わずかに弱めた九分《くぶ》の力で丁々発止を続け、やがて一瞬を盗み、それまでの経験と学習をほんの少し上回る十全の斬撃を振るう。これにより受け太刀を払い、その反作用で横薙ぎの刃を平突きへと遷移させ、喉笛を噛み裂く。ひとたび遮られるとも、必ず舞い戻って本懐を遂げる剣のかたちだった。

しかし清康の剣捌きは、先に述べた通りの難物である。彼は意図せず自然《じねん》に方治の剣を破っていた。某《なにがし》かの奇策で穿《うが》たぬ限り、彼の守りは抜けられまい。

一方で、清康の太刀も方治の防ぎを脅かすことはなかった。

刃を側《そば》め続けるゆえか、攻め手が極端に少ないのだ。方治の太刀を捌き、そののちにのみ一閃を返す。奇妙に受け身の剣なのである。

笛鳴らしと等しく、心の死角を突く立ち回りなのかと思えば、それとは異なる様子だった。けれど切り返しの凄まじさから、手抜き、小手調べの類《たぐい》とは解釈できず、不可解ながら、そうした剣質と捉えるより他にない。

仕掛けながら破れず、防ぎながら勝れず、両者に膠着《こうちゃく》が生じる。

一同が固唾を呑んで見守る中、新たな変化を見せたのは方治だった。

低く水平に斬り込むかと見えたその体が、唐突にすとんと沈む。右足のみを踏み出し、前後に大きく開脚する形で身を低くしたのだ。胴を薙ぐと見せた刃は避け難く腿を断つものへと変化し、清康は咄嗟の反応で刀身を立ててこれを防ぐ。だが受けさせること、動きを止めることこそが笛鳴らしの狙いだった。剣を絡めたまま、残した左足を蹴るように送り、伸び上がった方治は臍で押し合う鍔迫り合いへと持ち込む。居残りは決して体躯に恵まれる方ではない。しかし清康はその方治より、更にひと回り華奢だった。そこを睨んで膂力《りょりょく》勝負に持ち込んだ格好である。

無論、意図はそれだけに留まらない。この体勢は、清康が三猿を斬った折とまったく同一のものだ。誘いを悟り、清康の唇が笑みの形に歪む。

「——虎は、如何《どう》だった？」

不可思議な物言いだったが、方治の頭には直感的に、例の襲撃者の姿が浮かんだ。捕らえ、食い千切らんとするあの強烈な殺気は、まさしく猛虎のものであろう。

「これからってとこで、袖にされちまったよ。次があるなら、もっと愛想よくするように言っといてくんな」

額が触れ合う距離で囁き返すと、清康は羨《うらや》むように半瞬だけ目を伏せ、刹那《せつな》、殺気が凝縮した。

次の瞬間、響いたのは、高く耳障りな音だ。

群虫の羽音めいたそれが鳴ると同時に、方治の長脇差は根元から切り飛ばされ、くるくると陽光を浴びて宙を舞った。

後《あと》の足を軸に、前の足で地を蹴り描く高速の半円。刃を身に巻くようにして振るう、旋回の太刀。それは細く痩せた月の姿を思わせる軌跡を描いた。

動きに連れた刃が、方治の胴を薙ごうとする。もし三猿の最期を目にしていなければ、彼は腹を割られて臓腑を零していたことだろう。しかし笛鳴らしはわずかながらもこの太刀風を見知っていた。また、我から招いた技でもある。既《すんで》のところで飛び退いて、手傷を着物と皮一枚に留めていた。

が、九死に一生の局面である。

全身にどっと、冷たい汗を掻いていた。殺しはしねェってのは空言《そらごと》かよと腹の中で毒づきつつ、方治は今日目にした動きを思い返す。

低く跳ねた足が再度土を踏むまでの瞬刻。生死の間境で引き延ばされた永劫のような寸毫《すんごう》の間で、笛鳴らしは清康の刀身をしかと見た。鍔元から一尺ほどが鋸刃めく、それは奇態な刀剣だった。駁に伝わる忍具であり、名を五月蠅《さばえ》という。刃を噛み合わせた状態から高速で引き斬ることで、無数のこの歯が接触面を食い削る働きを為《な》すのだ。

刀を側《そば》める清康の構えは、独特の刀身を気取られぬための工夫であり、甲高く不吉な羽音は、異形の刃が生ずる擦過音であった。

だが五月蠅は本来、武具を傷つけることで平静を乱すのが目的の小道具に過ぎない。道具に頼る部分はわずかばかりで、斬鉄という入神《にゅうしん》の業の本体は、清康の技量と天性に依るものであろう。余人には悟りえない石火の機を見出す、拍子と呼吸の妙に相違なかった。

居残りの長脇差は鍔際より圧し斬られ、最早攻めにも防ぎにも用を成さない。

誰もが笛鳴らしの敗北を思った。

否。

方治以外の誰もが、笛鳴らしの敗北を思った。

ゆえにさしもの清康も、直後の動きに反応できなかった。

後方へ逃れた方治は、着地するなり再度前へと跳躍する。それは、獣の襲撃を連想させる捷《はしこ》さだった。鋼を断つだけの半転をした清康は、方治へ半ば背を向ける姿勢にある。その隙を盗んで前腕を掌握し、刀の動きを封じた。

肘先が鋭く弧を描き、下方からの掌打が清康の顎を跳ね上げる。衝撃にたたらを踏んで揃った足を、笛鳴らしは回した踵でまとめて刈った。一瞬の遅滞もない、手妻の如き早業である。

背から倒れる清康に方治が馬乗りにならんとしたところへ、「そこまで」と制止がかかった。

「悪足掻きですよ、方治さん。剣の勝負です。もう決着はついているでしょう」

三十日衛門の声を受け、笛鳴らしは拳を止める。立ち上がって襟を正し、大きく息をついた。

「……すまねェな。つい、負けん気を出しちまった」

がりがりと頭を掻いてから、未だ倒れたままの清康へ手を差し伸べる。

伸べてから、嫌味めいた振る舞いだと思った。振り払われることを予感したが、清康はきょとんと見つめ返したのち、意外にも明るく破顔する。

無邪気な心《しん》からの笑みを見せ、方治の手を掴んで立った。

口なし虎

強い風が、がたがたと戸板を揺らしている。北里は相沢よりも内陸に位置し、広い平野と険峻を抱える藩だ。冬を迎えれば山稜から冷たい颪《おろし》が、何物にも遮られずに吹き寄せてくる。

「ああ、いいお味だ」

しかしながら肌を切る風の猛りも、上機嫌で箸を進める三十日衛門には届かない。こうした気象に晒されるがゆえに、北里の家々は風と火に備えた造りで建てられている。戸を閉めて籠もってしまえば、激しい大気の唸りすら酒の肴《さかな》のひとつだった。

三十日衛門が食い道楽を決め込むのは、亀鉄の二階である。

床机《しょうぎ》ばかりの一階とは異なり、この飯屋の階上には個別の座敷が誂《あつら》えられていた。主として町奉行所の面々が、内密の話の折に用いる席だ。

清康との一件ののち、方治と三十日衛門は芹沢邸を辞した。

次々と急変する事態に、頼母がとうとう癇癪《かんしゃく》めいた激発を示したからだ。町方与力の振る舞いは、それほど手に負えないものだったのである。頑是《がんぜ》ない子供が駄々を捏《こ》ねて八つ当たりするが如き錯乱ぶりで、これではどんな話も耳に入るまいと思われた。

古くから泣く子には勝てぬと言う。見切りをつけた篠田屋のふたりは、後を家人に任せて早々に立ち去ることとした。その際目にしたのは、音高く障子を閉ざし、自室に籠もらんとする頼母の背であった。頭から布団を被ってじっとしていれば、嵐はいずれ過ぎ去ると信仰するのであろう。

そうして、その足で訪れたのが亀鉄だった。

「流石《さすが》はお志乃さんのお墨付きです。ご亭主はいい腕前をしていらっしゃいますな」

頼母の無様など忘れ果てたように、三十日衛門は満足げに舌鼓を打っている。

羽振りのいい与力同心が常連なだけに、亀鉄は値の張る酒や食材も取り揃えていた。廃《すた》れつつあるとはいえ、かつては街道筋として栄えた藩だ。贅沢品や嗜好品の流通はまだ絶えていない。

老人はそうした酒をゆったりと楽しみ、内儀に料理の講釈を受けては勧めのままに、高値の小鉢の注文を繰り返している。余程に亭主の包丁が気に入ったものか、芹沢邸を辞してから、もう一刻（約二時間）ほどもここに腰を据えていた。浮き世離れした様子のこの翁《おきな》を、店の者はどこぞの裕福なご隠居と踏んだらしい。一見《いちげん》でありながら、扱いは下にも置かぬものである。ただし至極丁寧な応対は、老人が落とす金を見込んでのことではない気配だった。

ひと口ごとに目尻を下げる三十日衛門には、つい釣り込まれて微笑んでしまうような、食を楽しむ風情《ふぜい》がある。皿を褒めるにも衒学《げんがく》ではなく、密やかに施された工夫を目敏く称えるやり方をする。器の上げ下げに現れる内儀がそのたびに笑みを振り撒いていくのは、まず愛想ばかりではあるまい。

「ささ、方治さんも一献」

勧められるがままに杯を受けはしたものの、対面の方治は苦虫を噛み潰した面持ちである。

「放胆は結構だがよ。御前。ちょいと油断が過ぎやしねェか」

既にかなりの量を聞こし召す三十日衛門とは対照的に、彼はちびちびと舐めるように嗜むのみだ。ここを敵地と見て、気を張っている様子なのは明らかだった。

「なに、こうして方治さんがついていてくださいますからな。私は気楽なものですよ」

太平楽じみた物言いだが、三十日衛門のことである。それだけが理由ではあるまい。

そう考える笛鳴らしの目の色を読んだか、翁は言の葉を継いだ。

「駁の方々には、しばらくこちらを構う暇《いとま》はないということです。芹沢様は小人ながら、それでも立派な庇護者でした。家屋敷の提供のみならず、町奉行所の動きを彼らに報せもしていたでしょう。そのような便宜が明日からは一切なくなるとなれば、まあ大変なことですな」

「これまで通りに運びたきゃ、頼母を宥めて賺《すか》して用いなきゃならねェってことか」

今までに費やした労力に縛られて、切り捨てるべきを切り捨てられない心の働きが、時に人には起こりうる。更に人手と時間を注ぎ込めば損失となると知れていても、ずるずると底無しの沼を埋め立てようとしてしまう作用だ。三十日衛門はこの心理が忍群に起こり、駄々っ子めく頼母との関係修復に時を注ぎ込むだろうと見越している。

「ええ。交渉が不首尾となった折のために、備えも為さねばならぬでしょう。ですが駁が不穏との噂は、もうあちこちに聞こえ始めております。なかなかに難しい仕業かと」

まるで世の自然な流れを言うに過ぎないとばかりの口ぶりだが、流言飛語は三十日衛門の得意の手だ。駁一党にとっての逆風は、この老人が仕立てたものに相違なかった。

「それに少し、毒も注いでおきましたので」

「あん?」

不意の発言に、方治は思わず身を乗り出す。

「いえ、いえ。実際に毒物を用いたのではありませんよ。いわば埋伏《まいふく》の毒に近いものです。清康さんに、お連れがいらしたでしょう。こまさんと仰るのですが、あの方と言葉を交わせましたのでね」

一体いつの間にと問うたなら、答えは方治と清康が切り結ぶ隙に、であろう。大した時間もなかったはずだが、それでもう知人の如く語るのだから、三十日衛門の手並みはやはり只事でなかった。

正直を言えば、方治はあの巫女を傀儡《くぐつ》としてしか見ていない。心を折られて意思を喪失し、ただ繰《く》り糸のままに踊る存在だ。横から糸を断ち切ったところで、動く力なく横たわるばかりであろう。ものの役に立つとは考え難い。だが三十日衛門がわざわざ声をかけて何事かを吹き込み、それを成果のように述べるのだ。ならば一角《いっかど》の役割を為《な》すはずだった。

なにせ老人の人間観察は異常に鋭い。暴かれたくないものを抱《いだ》く者は、まずその目に決して触れぬよう隠れるしかない眼力なのだ。果たして彼に隠し果《おお》せる秘密などあるのかと、常々畏敬するところである。

「どう転がるかまではわかりかねますが、羽平の姓を持つお方です。もしご縁がありましたら、その折は仲良くお願いいたしますよ」

この翁《おきな》は、どこまで先を見るのだろう。呆れの息を吐き出して、居残りは顎を撫でた。

「剣呑な話が出たところで、もうひとつ片付けてしまいましょうか。実は近々、方治さんに笛を所望せねばなりません」

「――へえ？」

「奏《そう》する相手は、駿清康ということになりますでしょうな」

目を眇《すが》めた方治に、楼主は続ける。

「芹沢様が仰られた親藩贔屓の図ですが、同じ形を予見して不安を覚える方がいらっしゃいましてね。相沢藩としては、巻き返しが怖い様子なのです」

確実に効果を表すとは言えぬことだが、徳川の血筋は、他藩の上層部にもそこはかとない危惧を抱かせるのに十分なものであったのだ。隆盛期を迎える相沢にとっては特にだろう。再び流通の主軸を外れ、貧乏藩に成り下がる可能性など看過できるものではない。真偽にかかわらず、危うい芽ならば早く摘むに限るとの判断だった。

清康が北里に確たる地盤を築かぬうちであれば、藩と藩ではなく、一妓楼と一介の素浪人の揉め事で済む。ならば今のうちに首を獲るべきとする向きが出て当然なのだ。

「随分と嫌らしい工尺譜だな。御前につけばよ、少しはマシな笛になるんじゃあなかったのかい？」

――まだ気持ちよく人が斬れるはずですよ。

これは、かつての三十日衛門の言葉である。野盗の類《たぐい》に身を堕とそうとしていた笛鳴らしの剣を、老人はそう使嗾《しそう》して買い上げたのだ。

どう取り繕おうと、我が刃は薄汚れて血に塗《まみ》れ、錆びて刃毀れしたものである。方治はそのように観じている。それでも、それだからこそ、彼は三十日衛門の言葉に救いを見た。大の虫を生かすために小の虫を殺す。そのような笛があり、そのような所望をされるのだと信じた。

だが今回の話には、どうにも身勝手な政治の色が強い。薄汚い勘定による決定としか思えぬものだった。篠田屋の遺恨を晴らすため清康を討てと言われたならばふたつ返事で承知したろうが、裏を知れば皮肉のひとつも献じたくなる。

「すみませんね、方治さん。ですが相沢のお歴々は最近、損をしたとお思いのようなのです。色里から得られるはずだった富を、私に掠《かす》め取られたとお考えなのですな。

諸岡様は殊更で、負けぶんを取り戻そうと躍起になっておられます。難題を申し付け、私がしくじりさえすれば、それを切り口に遊郭の富を取り仕切れると信じていらっしゃる」

「ますます嫌な御託じゃあねェか」

眉を寄せて方治は吐き捨てる。一層に胸の据わりが悪くなった。受けねば三十日衛門の追い落としに拍車がかかるというのだから、聞いてしまった以上、選択の余地のない話である。

「すみませんねえ」

「まーったくよぅ。耳触りのいい話で誤魔化してくれりゃいいものを」

「ええ、ええ。そうすべきでした。お志乃さんをはじめとした皆々の仕返しを、と頼めば、方治さんに否やはなかったでしょうなあ」

相変わらず心中を見透かすような物言いに、居残りは不機嫌がありありとわかる鼻息を吐いた。そう口にされると、随分と自分は甘い心根の持ち主のようではないか。

そんな方治の渋面を、三十日衛門は好々爺《こうこうや》然とした微笑で眺めやった。

「では、こう申しましょう。とある方の、ご婚儀が成らぬようにしていただきたい」

「いやいやいやいやいや、藪《やぶ》から棒にどういうこったよ」

「はて。お忘れですか、方治さん。芹沢様が仰っていたではありませんか。田殿の姫御前と、つまりは菖蒲さんを清康さんに娶《めあ》わせる、と。勝手ながら私は、あの方を娘のように思っておりますからな。嘘と真、どちらであろうと狸な男とは添わせられません。男親気取りのたっての願いです。お引き受けくださいますな？」

「……娘たァ図々しいぜ、御前。歳を考えりゃ、いいとこ孫だ」

「おや、おや。これは手厳しい」

応《こた》えた様子もなく三十日衛門は酒盃を呷《あお》る。それからちょいちょいと方治を手招きし、内緒話めかして囁いた。

「ですが実際のところ、菖蒲さんには借りが嵩《かさ》んでおりまして。少しはお返ししておかないと、心苦しくてならないのです」

「一体全体、あいつに何の恩義だい？」

「それは勿論、義信様の一筆を頂戴した御恩です。あのお方は、お殿様とも直接口の利けるご身分ですからな」

頼母に面会を承知させた裏には、どうやらそのような工作があったものらしい。この老人がわずかの間に整えた段取りに、方治は改めて愕然とする。

「そもそも今日の押しかけは、虎の巣穴への乗り込みです。上使ぶった体裁を得なければすぐさまに狼藉者扱い。そのまま寸刻み五分刻みもありえたでしょうな。機会を作るのみならず、身の守りまでしていただいたわけです。まあ清康さんに呑まれて立ち合いを許してしまった芹沢様は、我に返ってさぞ肝を冷やしたことでしょう。形ばかりとはいえ殿様の使者に、家中で傷を負わせたならどうなるか。それを思うと、あのご錯乱も無理からぬところです」

人の好い笑みで、三十日衛門はのうのうと人の悪い言いをした。

「だがよぅ。あいつだって武家だ。なら嫁に行くのも婿を取るのも、とっくに覚悟のことだろうさ。そこに口を挟むってのは――」

「そういえばですが」

方治の言いを遮って、老人は独白のように口を開いた。

「お久しぶりにお顔を拝見した折、ありがたくも『皆は息災か？』と店の者を気遣う言葉をいただいたのですよ。それでお志乃さんやおこうさんの話をお伝えしたのですが、どうもご不満というか、やきもきされているご様子でしてねえ。どなたか特に、気にかかるお相手がいらしたものでしょうか。いやはや、年寄りは察しが悪くていけませんなあ」

「……」

歯の隙間から漏れた、「この爺」の一言は、紛れもなく負け犬の遠吠えである。

「方治さんは、無用の顔出しはならぬと自分を戒めているのかもしれません。ですが私のように老い先が短くなると、用がなくとも顔を出すのが人情と思い始めもするのです。そうそう、前もって報せて行けば、お殿様のご尊顔を拝せるやもしれませんよ」

「お偉い方をありがたがる流儀はなくてな。神仏と一緒でその手の御仁は、遠くでご活躍くださるのが一等いいと決まってるんだ。そもそもあちらが、俺なんぞには目もくれねェさ」

「いえ、いえ。義信様は変わった人間がお好きでしてね。魏武《ぎぶ》に似るなどと申す向きもあるくらいです。私のような枯れ木まで召し出そうとするくらいですから、きっと方治さんも気に入られますとも」

「むしろ大丈夫なのかよ、その殿様はよ。そいつァ穏やかな評判じゃあねェだろう」

魏の武帝といえば、「清平の奸賊、乱世の英雄」と評された人物だ。その身は最後まで後漢の丞相であったが、彼の子は献帝《けんてい》より禅譲を受け、帝位に就いている。幕府への反意を疑われてもおかしくない世評であり、義信の参勤交代が毎年のように遅れるのは、或いは幕閣の警戒の表れであるのかもしれなかった。だが三十日衛門は、

「平地《へいち》に波瀾《はらん》を起こす方ではありません」と方治の杞憂をやんわり否定し、

「それで、いかがです。菖蒲さんのために、お引き受けくださいませんかね？」

「受けるさ。御前の頼みとありゃあな」

素っ気ない返答を聞き、ふむ、と不満足の顔で老人は額を撫でた。

「方治さんは意固地ですなあ」

「うーるせェや。それよりも御前に聞いておきてェ。あれを、駁清康をどう見た？」

対峙してみた彼は、予断通り凄まじい剣士だった。繰るのは速く鋭く、それでいて不思議に艶めく剣であり、ああした煌きを才と呼ぶのだろうと思う。騙し討って辛うじて引き分けめかしたが、あれは自身の敗北であったと方治は受け止めている。ほんのひと呼吸の隙を拾って、どうにか体裁を繕ったに過ぎない。

その上で、やはり虚ろとの印象が拭えなかった。人の形をした枠だけがあって、少しも中身を伴わない。好き勝手に振る舞うようで、意思も欲もまるで感じられぬのだ。勝ち負けどころか生き死にすら無頓着な心地に、あれはある。

だからこそ気になった。

斬鉄の刹那《せつな》、清康が一瞬だけ見せた羨《うらや》みはどこへ向けられたものなのか。そして打ち倒されたのちの破顔は、何に由来するものなのか。

方治は相手への理解が、紙一重の勝負を制するものと考えている。ゆえにこの不可解を捨て置けず、人心の理解に秀でた三十日衛門に尋ねたのだ。

「そうですな。私も一見しただけですから、確《しか》とは申しかねます。ですが、寂しげなお方と思いましたよ」

「寂しい？」

意外な表現に、つい鸚鵡《おうむ》返しが口を出る。尊敬と憧憬《どうけい》を受けこそすれ、そういった表現が似つかわしい相手とは思えなかった。

「ええ、とても寂しい。あの方はおそらく、神仏なのですな。神棚に祭り上げられ、仏壇に飾られて、人扱いされないのでしょう。信じられ尊《たっと》ばれ、余人ならば満足のいく扱いなのかもしれません。ですが幸不幸は味わう者の舌次第。どれほど眩しく羨《うらや》ましく見えようと、あの方にとっては苦でしかないのだと思えます。対等な存在のない、孤独の地獄です」

方治の内からは出ないような見解だった。だが省察《せいさつ》すれば、人のかたちなど各々に異なるものだと知れる。老人の語る境地もまた、ありえぬものではないのだろう。

「恨み辛《つら》みで自分の形を決めるなと言うのは簡単ですが、人は感情のいきものです。方治さんもご存じの通り、時には我から直しようなく歪みましょう。そこへ真っ向から対等に噛みついたわけですから、もしかすると今日の対峙は、清康さんにとって光明であったかもしれませんな」

「随分と、同情的な舌じゃねェか」

「いえいえ、あくまで一瞥からの知ったかぶりですよ。それに、なら何をしても許されるかといえば、また違いますでしょう」

情深さと同居する三十日衛門の不思議な冷淡が、また顔を覗かせていた。それは長く生きた彼だからこそ至る、透徹したありさまのようだった。

「つまるところ、敬意というのは隔絶です。孤立なのです。これも、心当たりがおありでしょう？　方治さんは、あまり人様を祭り上げてはいけませんよ」

「年寄りは説教臭くていけねェや」

念押しされれば自分の青さが身に染みる。眉を寄せて居残りは舌を鳴らし、

「とまれ笛の所望は請け負いだ。となりゃ、ちょいと代わりを探さねェとな」

話を逸らすように、畳に転がしていた脇差を撫でた。篠田屋を発つ折に、方治が帯びていた長脇差ではない。相沢の刀屋で購《あがな》った、間に合わせの数打ちだ。士分以外は帯刀が禁じられた時分であるが、旅路の護身としてならば、町人であっても脇差の所持が許されている。所謂、道中差である。この言い抜けで購った、斬られた刀の代用

品だった。

「斬られた刀は、志乃さんの選別でしたか」

「ああ。折角のご下賜を駄目にしちまった。後で詫びを入れねェとなァ」

清康に断たれた長脇差は、折れた刀身を鞘に納め、紙縒《こよ》りで抜けぬように結束してある。見た目だけはちゃんと刀のようだが、最早直しも叶うまい。

このため、方治の呟きには憂鬱があった。元より道具を惜しむ男ではないが、贈られた物を損壊させた点ばかりは後ろめたく感じるのだ。察して、三十日衛門が膝を打つ。

「では、私がその筋に頼んでみましょうか。磨《すり》上げたものを、お守り刀にしてお志乃さんに差し上げればよろしい。方治さんが用いていた刀ですから、ご利益もきっとありましょう」

「そいつァ助かる。志乃の機嫌直しになりそうだ。よろしく頼むぜ、御前」

肩の荷が下りたとばかりに息を吐いて杯を舐め、そこでふと気づいて、笛鳴らしは顔を上げた。

「そういや、今更なんだがよ」

「はいはい。どうされました」

「芹沢相手に言ってたろう。この後、登城するだとか、なんとか。ここで聞こし召していいのかよ?」

「はて。そのようなことを申しましたかな?」

またも空惚《そらとぼ》けた物言いである。殿様に報告云々は、どうやら話を都合よく進めるべくの偽りであったらしい。

「やーれやれ。長生きするぜ、御前はよぅ」

呆れた方治は天井を仰いで節をつけて言い、後方へ大の字に転がった。

＊＊＊

口の中がからからだった。指の先がちりちりと熱い。鳩尾《みぞおち》の下がきゅうと痛んで、ともすれば苦いものが喉を遡《さかのぼ》ってくる。固く握った手のひらには、じっとりと汗が滲《にじ》んでいた。

神職めかして白小袖と緋袴を纏う羽平こまの体は、今にも怯えに震え出しそうだった。

けれど、萎えてもおかしくない足は、意外なほど平然と動いて、先に立つ布代忠吉の背を追っていく。槍の柄を切り詰めたような直刀を帯びた彼は、左腕にも手甲《てっこう》を装着している。これが彼の戦《いくさ》支度だと、こまは知悉《ちしつ》していた。

忠吉は、清康と黒塚の意のままに動く猛虎である。殺戮の機能だけを突き詰めた、不気味な人形の如き男だった。命じられた通り、眉ひとつ動かさず、何ひとつ喋らず、ただ黙々と殺す。自分の意思を備えるかどうかすらも怪しかった。もう十年近くの付き合いになるが、こまは彼の声を聞いた覚えがない。

そんな男が武装するのだ。きっと血なまぐさいことが起きるのだと、こまは確信していた。あの時のように、また誰かを殺すのだ。あの時のように、また誰かが死ぬのだ。その誰かとは、今度こそ自分であるのだろう。

夜に沈む芹沢別邸の中庭を抜け、黒塚おなと駁清康の待つ、離れへと進む。それが死に至る道だと理解しながら、彼女に追従する以外の方策はなかった。

やはりこうなったと、こまは唇を噛む。

これまで通り、口を噤《つぐ》んでいるべきだった。淡い夢など見るのではなかった。

しかし彼女には、もう後がなかったのだ。策であると知りつつ、儚《はかな》い希望に縋らざるをえぬほどに。

大国を奉じる巫女として活動し、羽平の姓を授かるものの、こまは駁の里の生まれではない。

彼女に付随する全ては貸し与えられた幻想であり、押しつけられた役割だった。こまの真実とはただひとつ、求められるがままに囀《さえず》る駁忍群の手先である。

彼女は今日で言う、映像記憶能力の持ち主だった。一瞬だろうと目にしたものは脳裏に焼きつけ、のちのち写生画を取り出して眺めるような正確さで思い出すことができた。田畑に遊ぶ雀《すずめ》たちを一目見て、記憶だけを頼りにその数を言い当てることすら可能だった。しかも、こまの記憶力は視覚のみに留まらない。一度聞いただけの経文を丸々諳《そら》んじられるのだから、とんだ門前の小僧だった。

あらゆる光景とあらゆる話を自在に再生するこの才が、交渉と諜報にどれだけ利便かは言うまでもあるまい。情報を重んじる駁に、延《ひ》いては黒塚にどれほど魅力に映ったかも、また同様である。

忍群は異能の噂を聞きつけるなり、彼女の家族を皆殺しにした。そうして攫った娘に、「こま」と名づけ、我が物として飼った。その名は無論、手駒の意であったろう。

塗籠《ぬりごめ》の牢に囚われた彼女は当初、当然ながら抗った。親兄弟を鏖殺《おうさつ》した輩の言いつけなど、聞く耳を持たなかった。

すると牢内に、一羽の小鳥とその餌が差し入れられた。籠の中の鳥は、こまが給餌をせねば飢えて死ぬ。意図が読めぬまま、彼女はその世話を始めた。やがて小鳥が懐き始め、こまもまた愛着を覚えた頃を見計らい、黒塚は現れた。

籠に手を入れ、こまの目の前で小鳥を握り潰すや、

『お前の所為だよ』

そう断言し、泣き喚くこまを一瞥もせず老婆は立ち去り——翌朝には、新しい鳥がこまのもとへ差し入れられる。そのうちにそれは猫になり、犬になり、赤子になった。どう哀願しても、彼らが辿る運命は変わらなかった。

『やめて。お願いやめて。やめなさいよ！』

悲鳴と懇願は一切聞き入れられず、死は遂行され続ける。それはこまの能力を逆手に取った調教だった。

生まれ持った才覚がゆえに、彼女は無残を記憶してしまう。繰り返し、克明に再生してしまう。一度きりでも忘れられない己の無力さを幾度となく見せつけられて、彼女の心の翼はどうしようもなく折り砕かれた。

『お前の所為だよ』

黒塚は囁き続け、ついにこまもそれを認めた。

親兄弟が殺されたのも、この牢獄に死が充満するのも、全部あたしの所為なんだ。そう思い、そう信じた。幾重もの恐怖の鎖に縛られて、こまの精神の主導権は黒塚に奪われ果てた。

そうして彼女は元の我が名と共に、一切合財を諦めた。

自分しか知らぬ名なら、ないのと同じだ。存在しないのと同じことだ。それならいっそ、心ごと失くしてしまえばいい。そうすれば楽になる。楽になれる。

やがてこまは黒塚の望むがままの形となった。老婆の設《もう》けた枠に収まり、その意の通りに動く傀儡《くぐつ》となった。

以来、彼女は、決して大切を作らぬよう生きている。作れば必ず、毒蛇の如き老婆の手が伸びるからだ。

誰も頼らず、誰も愛さず——こまにとって孤独とは、生が持つ別の名であった……

北里での仕掛けにおいても、彼女は指示の通りに働いてきた。

忍群の調べをさも霊験のように語ってきたとは既に述べたことであるが、のみならず家屋敷を訪れては間取りを記憶し、家人と交わす言葉の一字一句と、その折の表情を焼きつけて感情を読み解き、新たな千里眼のとば口とした。そうして人心を捉え、駁の名を根づかせてきたのだ。

これらの情報は、いずれ忍群が、黒塚が藩を仕切る折にも役立つのだろう。それは私意に感け無辜《むこ》を顧みない政治と見えたが、こまの心は何も思いはしなかった。

しかし彼女の氷結に、ひびを入れたものがある。

それはあの清康の敗北だった。

駁清康は風貌こそ美しく優しげだが、あのおぞましい老婆の主《あるじ》である。本性は酷薄極まるものと決まっていた。更には、怪物的な身体能力を誇る忍群の精鋭たちすら歯牙にもかけぬ剣腕まで備えている。恐れ戦《おのの》くしか法のない、言わば神仏の化身だった。ゆえにあの日の立ち合いにおいても、彼の勝ちを疑わなかった。いつものような、清康の戯れだと信じていた。隔絶した実力から、そういった振る舞いを彼はよくする。けれど勝負は伯仲し、決着と見えたその後も、笛鳴らしは動きを止めなかった。少しも諦めることなく喰らいつき、あろうことかあの絶対者を殴打して、ついには打ち倒してのけた。それどころか転げる清康を見下ろして、手を差し伸べまでしてみせたのだ。

本当に、信じがたい光景だった。

余人には理解しがたい衝撃だろう。しかし長く彼の絶対性を刷り込まれたこまにとっては、天が割れるのを目にする心地だった。わずかな希望が光のように胸に差し、傍らの老人の――榎木三十日衛門の囁きが、急速に色を帯びて耳に響いた。

『逃げるべきですよ。あなたの番が来ないうちに』

何もかも見通しているとしか思えないその言いは、ざわりとこまの危惧を撫で上げた。

駁忍群は変革を迎えている。古い形を脱ぎ捨てて、変態を遂げようとしている。そのための禊《みそぎ》として、不用物の切り捨てが活発化するのは必然だった。

そしてこまは、道崎重蔵の死を知っている。

こまと同じく姓を賜る身だったが、扱いがたい性質であったせいか、黒塚の毒で理性を侵され知性を壊された。その上で、文字通り斬り捨てられた。思い返せば、重蔵の姉も同じ目を見ている。人を庇い慈しむ性質が、弟の才を損ねるものとして火にかけられたのだ。

いずれ自身もそうなるだろうという焦慮《しょうりょ》が、こまにはあった。何せ、自分は知り過ぎた余所者だ。忍群の表も裏も、細大漏らさず頭蓋に収めている。そんな女の行く末など、自《おの》ずと知れようというものだった。彼女は迫る死の兆しを、ひしひしと嗅ぎ取っている。

これまでならば、逃れようのない運命として、傍観のようにこれを受け容《い》れていただろう。しかし要《かなめ》の石が揺らぎ、諦念が崩れ、こまの心には生の欲求が生じていた。物事を決して忘れない彼女の心が、かつてのぬくもりを再生し、鶫《つぐみ》は今一度羽を得た。

生きて、どうしたいのかを問われたとしても、返す答えをこまは持たない。それでも生きたかった。ここで命を終えれば、己の生は駁一党に利用されるだけのもので終わってしまう。そうではないのだと、それは間違ったことなのだと、彼女は誰よりも自分に証明したかった。

だから、声を上げて囀《さえず》ることを決めたのだ。知る限りを尽くせば一矢報いることも能《あた》おうと信じた。

思い定めたこまは、下知の伝達にわずかばかり介入し、齟齬《そご》を蒔《ま》いた。人心の機微を回想し、それを手繰って不和を撒き、指揮系統を乱しに乱した。皮肉にも、これらは黒塚の薫陶である。

芹沢邸での敗戦ののちも、依然、駁は頼母の別邸を拠点としていた。それでいて詮議がないのは、庇護からではない。行方を晦《くら》まされるより所在を掴んだままにしておきたいという、お上《かみ》の魂胆ゆえだ。黒塚もこうした気運を察している。よって群れをいくつかの小集団に分け、北里の各地に潜ませていた。

だがこまの蠢動《しゅんどう》により、この分隊の悉《ことごと》くが捕らわれる運びとなった。

忍群を捕縄したのは斎藤弥六郎。かつて頼母により暗殺の標的とされ、それでも生き延びた剣客である。裏を返せばあの与力が殺意を抱くほど目障りな硬骨漢であり、そこを見込んで、こまは彼に密告をしたのだ。

駁、道崎、黒塚、布代。

こまに冠せられた羽平を除く四姓は傑出した技量を備える。そしてこれに遠く及ばぬとはいえ、他の忍群も練られた兵法者である。実力を考えれば、町方同心ひとりとその御用聞きらの手でどうこうできる集団ではない。尋常の包囲など、容易《たやす》く切り裂いて逃げ延びるはずであった。

しかし奉行所に囲まれた駁の忍びは、その全てが自害めいた自爆を遂げて果てた。

忍群の男衆は、全て死兵として教育されている。決して上位者に叛《そむ》かぬよう、徹底して思考を仕立て上げられているのだ。ちょうどこまの小鳥のように、彼らは里に家族を作らされ、その命を質草として握られてもいた。課せられた下知を果たせなければ、もしくは上位者に刃向かえば、累はその縁者にまで及ぶ掟である。

けれど任務の最中《さなか》の落命であれば、咎《へ》は己が身ひとつで済んだ。

ゆえに。命をひどく安く見る教育を経た駁の者は、その教育がために、責任逃れのような自死を選ぶのだ。

ひとつひとつの局面で容易《たやす》く命を投げ出せる兵は、確かに攻勢においては凄まじい力を発揮しよう。だが半面、守勢に著《いちじる》しく脆かった。簡単に死の側へ片付いて、逆境への粘りがまるでない。

これは、こまには見えていた弱さだった。

黒塚に教育を施されつつも、彼女は今も人並みの暮らしを忘れていない。なればこそ気づけた短所であり、突きえた欠点だった。

こまの策略により、ただでさえ少数精鋭を気取る駁の人的資源は枯渇しつつある。いずれ彼女の警護——無論、これは監視と同義である——も他所《よそ》へ回され、手薄になに違いなかった。その頃を見計らい、こまは忍群より抜けを行うつもりだった。

この動きと働きは、篠田屋の側も掴んでいたのだろう。

『恋しくば　訪ね来てみよ　和泉《いずみ》なる』

忍群の目を盗み、いつの間か芹沢別邸の壁に書きつけられていたこの落首が何よりの証拠だった。

黒塚をはじめ、群れの内にだけ生きる者たちにはまるで意味の取れぬものである。だが外との窓口であるこまは、共感を得て取り入る話術の一環として、流行り物の知識をひと渡り仕入れていた。だからこれが、浄瑠璃のとある演目の中で詠まれる歌だとひと目でわかった。この歌は、「信太《しのだ》の森のうらみ葛の葉」と続くのだ。かの妓楼の屋号にかかるは明白だった。

僥倖《ぎょうこう》と言えた。清康に、駁に敵しうる存在が属する一味が、我から受け容《い》れの構えを示してくれたのだから。

しかし、こまは動けなかった。

隣には常に影の如く、忠吉が控えていたからである。

布代忠吉は、剣においては清康と竜虎とされた男だ。風雲を得て天に昇った竜に敵うべくもないとはいえ、辛うじてその背を追いうる虎であり、四姓の中でも技量は一層に秀でている。

そしてこまにとっては、黒塚とは異なる意味で恐怖と嫌悪の対象だった。

こまが翼を手折られ、里での自由を許されて以降、彼は護衛として彼女に侍るようになった。しかしこまは、この出会いより先に忠吉の顔を見ている。闇を切り取ったようなこの大男こそが、彼女から家族を奪った殺人者だった。父を、母を、兄を、姉を。小枝を折るように殺していった男の顔は、こまでなくとも忘れられまい。忠吉は、鮮明に再生され続ける死の記憶の象徴だった。

そんな男が、常に傍らで目を光らせるのだ。迂闊な逃亡などできようはずもなかった。

もし怪しみを受けたなら、直ちに首が飛ぶだろう。避けえぬ死への恐怖から抗いを始めたというのに、そうなれば本末転倒である。

だが、慎重に慎重を重ね過ぎたのだ。今宵の呼び出しは、首鼠《しゅそ》両端を持すようなこまの尾を、黒塚がついに掴んだからのものであろうと思われた。駁においては、黒塚の意思こそが法である。詮議も吟味も必要がない。でありながらこのような召喚を受けるのは、戦慄以外の何物でもなかった。

こまの恐怖心が諦めに転化したのは、踏み入った離れ座敷に転がされた者を目にした瞬間だ。手足を拘束され猿轡を噛まされたそれは、こまに仕える婢女《はしため》だった。幾度か、奉行所に落書《らくしょ》をさせた覚えがある。

――逃げようなんて無理だったんだ。全部、無駄だったんだ。

手足が萎え、悲鳴を上げて屈み込んでしまいそうだった。

「彼女が、何か粗相でも？」

それでもどうにか己を律し、こまは耳に快い声を作る。尋ねつつ、自分を待ち受けていた清康と黒塚に視線を投げた。逃げ道を塞ぐ意図だろう。後背に、ぴたりと忠吉が寄り添う気配を感じる。

「まずは、お座り」

黒塚に命じられ、こまは一礼して端座する。これで咄嗟に駆けることも難しくなってしまった。羽毛を一枚一枚抜いていくようなやり口に、ますますこまの心が弱る。

「このところ、奉行所の後塵を拝していただろう？　あれはね、彼女の内応だったそうなんだ。だから捕らえてみたら、苦し紛れにおまえの名前を出すじゃないか。とんだ濡れ衣だと思うけれど、一応確認はしないといけない。それで呼び立てさせてもらったんだ」

床の間を背に口を開いた清康は、娘とこまを交互に見やる。そうして、赤い唇を優しく笑ませた。

「――おまえは、無関係だね？」

喉元に刃物を突きつけられたようだった。

どう答えるべきなのか。どんな答えを望んでいるのか。じっと見据える清康の瞳の黒は、夜の底めいて計り知れない。

何事か言い含められているのか、本来ならばこまを圧して急かすはずの黒塚は、沈黙を保ったままだ。そのことが、より一層に恐ろしい。

縛られた女の目が、必死の懇願を浮かべてこまを射ていた。娘の返答に自身の命が懸かっているのが明白なのだ。当然の縋りであろう。

実際のところ、この女は無実である。町方奉行所に手紙を落とさせはしたが、その中身を彼女は知らぬ。黒塚の命と聞かされ、こまの言いつけ通りにしたに過ぎなかった。おなの名さえ出せば、駁の者は疑いも逆らいもしない。

「……はい」

永劫より長い逡巡を経て、ようやくこまは口を開いた。ぐつぐつと悔恨に身を煮られる思いだった。己が恐れたことを、他へと押しつけている。黒塚おなと少しも変わらぬ振る舞いであろう。

「はい。一切与《あずか》り知らぬことでございます。全てはこの女の一存でありましょう」

女の目が絶望に染まり、激しく身を捩《よじ》る。清康が、醒《さ》めたように瞬きをした。

「そうか。それなら、いい。後はおばばに任せるよ」

息を吐くと彼は壁にもたれて目を瞑り、代わりに黒塚が、じろりとこまの顔を睨《ね》める。

「それじゃあ聞こうか、こま。お前ならこの娘に、どんな罰を与える？」

淡々とした響きの奥に、愉悦を秘めた声音だった。獲物を前に、舌をちらつかせる毒蛇のさまを思わせる。

黒塚の下問は、実に忌《い》まわしい代物だ。女への刑を軽くすれば、必ず老婆はその理由を訊ねるだろう。重くしても、答えに迷ってもまた同様だ。ただこまを責めるために、「お前の所為だよ」とまたしても告げるためだけに、彼女は問いを発している。

「し、死罪が適当かと」

「どのように処するね？」

「裏切りの理由がわかりかねます。かといってそれを調べる猶予も人も、今はないかと存じます。ならばひと思いに……」

「理由次第では許すのかね？　許さず無残に殺すのかね？　どういった思惑があれば、お前は見逃してやるのだい？」

「それは……」

返事に窮し、こまは全身に冷たい汗をかいた。呼吸が浅く、小刻みになる。緊張に視野が狭まり、ぐらぐらと世界が揺れた。どうにか上手く言い繕い、女ともども生き延びるのが最善であろう。だが気を呑まれたこまは、ろくな言葉を生めなかった。毒気のような老婆の悪意に、彼女はすっかり浸されている。

「まあ、いいさ。お前はこれまで仕置きに関わってこなかった。判断の不十分は許してやろうか」

「……ありがたく存じます」

視線が逸れ、圧力が薄らいだ。溺れる寸前で水中から首を出した者のように、こまは大きく呼吸する。その膝元へ、鞘ごと懐剣が転がされた。黒塚が取り出し、投げ置いたのだ。

「罰は定まった。こま、お前がおやり」

「え」

「裏切りの事実がある。それだけで十分さ。理由なぞいらないんだよ。だからお前が言った通り、胸を突くなり喉を突くなり、ひと思いに殺しておやり」

縛られたままの女が一層に激しく暴れた。しかし黒塚が指で体を押さえると、一体どこをどうしたものか、その動きがぴたりと止まる。ただ瞳に涙を溜め、彼女は救いを求めてこまを見た。

「どうしたんだい？　できない理由があるのかい？」

「……」

しゃらりと刃音を立てて、こまが懐剣を抜く。空《あ》いた手を突き、這うようにして女へ寄った。目を見開いた女は、切っ先が喉元に触れるのを感知して、その面《おもて》を白く絶望に染める。

だが、こまにできたのはそこまでだった。

彼女の腕はそれ以上動かない。力を籠めんとはするが、体は震えるばかりで意のままとならなかった。惨くも死の訪れを引き延ばされ、女はただ恐怖を飽食させられている。

「仕方ないね」

懐剣を握って震えるこまの指に、老婆の手が重なった。そうして童《わらべ》を教え導くように、あっさりと刃を進める。

くぐもった苦鳴が上がった。刀身が肉に沈む感触。やわらかなものをぶつぶつと裂き、やがて硬いものに突き当たる。痛苦のもだえが、失われゆく命の反射的な蠕動《ぜんどう》に変わり、その全てが絶えた時、女は骸《むくろ》と成り果てていた。黒塚が主導して刃を引き抜く。傷口から朱が迸《ほとばし》り、こまの記憶に、またひとつ死が焼きつけられた。

骨張った老婆の指が離れたのちも、懐剣を手放せないままだった。五指は真っ白になるほど強く柄《つか》を握り締め、噴き出て絡む血の色を際立たせている。逆手を用いて、こまは我が指を一本一本引き剥がす。ようやく刃が畳に転がり、その傍らにへたり込んで虚脱した。普段は背に流す黒髪が、ばさりと俯いた顔にかかる。耳に轟《とどろ》くのは、激しい自分の息遣いばかりだった。

それでも、やがて波が引くように動揺は静まり、こまは正常な思考を取り戻してゆく。ぼんやりと見開いた目が改めて惨状を映し、罪の意識の芽生えと共に、卑劣にも心には安堵のさざなみが広がって――

「今、ほっとしたろう？」

その鼻先へ、ぬうと黒塚が顔を寄せた。

額が触れ合うほどの距離で、硝子玉《がらすだま》のように無感情な目玉がこまを覗く。

「里からこの女の家族を呼び寄せてある。明日はそやつらに、お前の処刑を任せるとしよう。お前の決めた通りの処罰だ。拒むのじゃあないよ」

「あ……」

「それまで、じっくり理由を聞かせてもらおうかね。猶予なぞ、ひと晩あれば十分さ。ねえ、こまや？」

黒塚からすれば、紐に括った秋津《あきつ》を眺める心地であったろう。

こまの体へ絶望が満ちる。彼女の精神には黒塚への恐れと服従が刷り込まれていた。この老女の与える責め苦を思い、咄嗟に舌を噛み切ろうと試みる。が、無駄だった。黒塚はそれすら読んでいる。布を巻いた指を喉奥まで突き込むことで、いとも容易《たやす》く自害を阻んだ。

脱力し、濁った瞳のこまを眺め、こんなものだろうと黒塚おなは考える。老婆の中で、羽平こまの処分は既に決定していた。この問答は清康に請われて為した茶番でしかない。

この娘は鶏肋《けいろく》なのだ。捨てるには惜しいが、用いるには最早、旨味がない。

そもそも、利便だが手入れの難しい道具でもあった。

もしこまの異才が血によって伝わるものだったなら、黒塚は彼女に子を生させていただろう。忠誠に欠ける人間を用いるよりも、無垢な赤子を一から育てる方が効率がよい。だが資質の継承は、実践以外では確かめようがなくなっていた。後の憂いをなくそうと、短慮にこまの家族を殺《あや》めたためだ。

仕方なく手間をかけて本人を用いたが、見込んだ通り、その記憶能力は非常の輝きを放つ珠だった。迂闊《うかつ》に身重にしてしまえば、これを活用する機会が減じる。なんとも勿体のない話であるから、さしもの黒塚も交配の実験は慎んできた。しかし、こうも露骨な利敵を為《な》すなら話は別だ。逃して他所《よそ》に拾われれば面倒この上なく、そろそろ処分のし時であろう。

折しもこまの謀略により、忍群の感情は波立っている。これを慰撫《いぶ》すべく、こまを憎むべき裏切り者に仕立て上げるつもりだった。残忍に処刑し、そののち新たな羽平の選出により結束と士気を高めようというのが、おなの魂胆である。

その前に死なれてはつまらなかった。指ひとつ動かす気力も失せるまで拷問しようと考える。それまではひとまず猿轡を噛まし、拘束しておけばよいだろう。

だが、こまを縛《ばく》そうとした黒塚の体は、次の瞬間、昆虫めいた俊敏さで横様に跳ねていた。凄まじい殺気を感知したがゆえの動きである。一瞬遅れて老婆の在った空間を、一刀が貫いていた。

「……どういう料簡だい、忠吉」

流石《さすが》に惑乱したのだろう。我が業も忘れ、黒塚がつい問うた。無骨な篭手《こて》でこまを助け起こした忠吉は、答える舌を持たない。

黒塚に視線を向けたまま、彼はこまの小さな背を、離れ座敷の外へと押しやった。その横顔は無言ながらも雄弁に、ただ「逃げろ」と告げていた。

「なんで……？」

呆然と、泣き出す寸前の幼子の顔でこまが振り向く。一瞬だけ目を閉じて、やはり忠吉は答えない。その姿に何を見たのか、こまはわっと駆け出した。遠ざかる足音を聞きながら、忠吉はほんの少しだけ目元を緩める。より上位の者からの命《めい》もなく姪持ちを妨げる駁はいない。そしてこまは羽平である。この座敷さえ脱すれば、彼女を抑止する者はいないはずだった。

追おうとした黒塚の鼻先を、再び忠吉の刃が掠《かす》める。老婆は庭とは逆の部屋隅に追いやられ、舌打ちをして身構えた。

対して忠吉はずしりと重厚に腰を落とす。虎口。繋がりを求めるように左腕を前方へ差し伸べた、城砦の如きかたちだった。離れ座敷の空間を、ひとりで埋め尽くす威圧がそこにある。

そうしてじりじりと爪先で、彼は黒塚との間合いを詰めた。黒塚おなが如何《いか》な技を秘めようと、この鉄《くろがね》めく質量を打ち崩せようとは思えなかった。両者の明らかな体格差もあり、状況は明らかに黒塚にとって不利である。彼女もそれを悟るのだろう。唾《つばき》を飲んで、怒りも露わに顔を歪めた。

だが毒蛇を弑《しい》すべく伸ばした手の先へ、ゆらりと割って入った美しい影がある。

「そうか」

駁清康。それまで無関心を決め込んでいた青年が、いつしか鯉口《こいぐち》を切っていた。

「ようやく叛《そむ》くんだね、忠吉」

言って、彼は幸福そうに微笑する。

布代忠吉は、清康の友だった。

幼い頃より神格化されていた清康だが、そうしたものを差し置いて、歳の近いふたりは無二の親友だったのだ。共に駆け回り、悪さをし、腕を磨いてきた。

無論そのような振る舞いが許されるのは、幼い時分だけである。剣において竜虎と評判を取り、分を超えて清康と肩を並べる忠吉を、黒塚が苦く思わぬはずがなかった。

彼女は謀《はかりごと》を巡らし、ある催しを企《くわだ》てた。研鑽《けんさん》の名目で武名の高い里の者を寄り集め、数日の期間を設《もう》けて立ち合わせることとしたのだ。

駁の武技は武器術から徒手空拳の組み打ちまで、あらゆる分野に幅広い。ゆえに不殺の縛りのみが言い渡され、勝敗は立ち合う者同士が決する試合となった。双方が得心の行くまでぶつかり合う形である。降って湧いた娯楽に、里のほとんどがこの練武を見物に詰めかけた。年少ながら清康と忠吉はここでも格別の存在感を示して勝ち上がり、ついには互いで雌雄を決する運びに至る。

忠吉のもとに黒塚が訪れたのは、その前夜のことだ。

『わかっているね、忠吉』

家屋の外へ少年を呼び出し、老婆はただひと言を告げる。

それだけで、忠吉には全て理解できてしまった。立ち合いの組み合わせも、自分たちの破竹の快進撃も、全て黒塚の手のひらの上のことであったのだと。衆人環視の熱狂の中で清康と忠吉の間に上下を作り、以降それを揺るがぬものとしたいのだと。

血気に逸《はや》る少年は、当然のように反駁《はんばく》を試みた。が、何を言うよりも早く、老婆はただ頭《こうべ》を巡らせる。視線の先には忠吉の家があり、その中には父がおり、母がおり、弟妹がいた。

それで、翌日の勝負は清康の勝ちに終わった。

拮抗した切り結びから、木刀ながらも清康は五月蠅《さばえ》の太刀を見せ、忠吉の剣を弾き除《の》けた。軽く胴を打たれはしたものの、被害は決定的でない。無手となった忠吉だが、体格の利を活かしそのまま組みついてよい場面だった。しかし彼は躍りかかる代わりに退《しざ》り、片膝をついて頭を垂れた。我から負けを認めたのだ。

清康はしばし唖然とし、やがて顔色を失望に変えた。「おまえもか」と、色の褪《あ》せた瞳が語っていた。

忠吉はその日勝ちを失い、友を失った。

以後、忠吉は心を凍らせ、ひたすら里に忠勤を尽くすようになる。少しでも駁の、清康のためになろうと思ったのだ。詫びとはならぬだろう。だが、何もせぬよりはましだと信じ、二度と彼を失望させまいと心に誓った。黒塚の指示にただ首肯して、西へ東へ、務めに我が手を汚し続けた。そのようにしてある夜、ひとつの家族を鏖殺《おうさつ》した。

鬼畜の所業ながら、忠吉にとっては慣《な》れきった仕業でもあった。けれど親が子を庇い、子が親を救わんとするさまを目にした時、ひとり生かした娘が覚えのある喪失の瞳を見せた時、彼の心は再び震えた。

——なんだ、これは。

まるで悪夢のようだった。麻痺させてはならない部分を麻痺させていたのだと彼は初めて悟り、同時に、清康を虚ろな神仏の位《くらい》に押し込めてしまった者こそ己だと今更に悔いたのである。

娘を連れて里に戻ると、忠吉は黒塚に直談判をした。清康をはじめとする里人の扱いについて申し立てたのだ。

だが上位者に反駁《はんばく》すれば誅罰が下るは、駁において必定である。諫《いさ》め言は黒塚の眉を顰めさせただけに終わり、しかも報いは露骨だった。その日の夕餉の折、彼は焼けるような痛みに喉を掻き毟《むし》ることとなる。毒物の混入だった。恐るべき毒性は忠吉の喉を焼き、舌を奪った。何者の仕業であるかは、語るまでもないことだろう。

　忠吉はそののち、羽をもがれたこまの常侍とされた。この配置は、扱いの難しい人間をまとめ置くものではない。忠吉とこま、双方の心中を知る黒塚の悪意の表れに相違なかった。

　どうにかこの娘を救ってやりたいと思った。しかし爛《ただ》れた喉から出るのは、喘鳴《ぜんめい》のようなひょうひょうという音ばかりである。言葉での意思疎通など到底叶わず、文字を用いれば迂闊《うかつ》な証拠を残すこととなる。そもそも少女は、類稀《たぐいまれ》なる記憶能力の持ち主だ。親兄弟を殺《あや》めた忠吉の罪を忘れることは決してなく、よって彼を信じることもまたあるまい。

　それでも。

　憎しみと諦念が同居する眼の光を浴びるたび、彼は意を固くした。

　もしも次の機を得られたならば、その折はきっと過《あやま》たぬ、と。

　それは今だと忠吉は思った。

　今こそ彼と彼女を救う機であり、今日この時のために、自分は生き恥を晒してきたのだ……。

　改めて心を折られ、黒塚の意のままとなったこまの姿は、清康にかつての忠吉を想起させるものであったろう。

だが忠吉は、これこそを清康の似姿《にすがた》と見た。

密やかな友の望みに、忠吉は助力し続けてきたつもりである。共犯として、彼の穢《けが》れの半ばを負おうと決めていた。これに巻き込まれる者たちを悼まぬではないが、彼らは忠吉と同じ罪を犯す身だ。

けれど、羽平は違う。

攫われ、捕らわれ、翼を失い空を諦め果てた鳥。自身と鏡写しのこまを殺《あや》めれば、清康の虚無はますます堆《うずたか》くなると知れている。

こまのみならず清康のために、これを許すわけにはいかなかった。

かつて虎と評された男は、自らを遅きに失した愚鈍と断ずる。知恵の回る者なれば、もっと上手い道筋を見出せたろう。しかし自分は、このようにしかできなかった。このようなつまらぬやり方しか選べなかった。しかし。

——友よ。

声なき声で彼は呼ぶ。あの日より背を向け続けてきたものと、ようやく向き合えた心地だった。

俺はまだ、かつての友誼《ゆうぎ》にしがみついている。お前をまた、人の位《くらい》に引き戻せると信じている。

お前をがらんどうの人でなしに貶《おとし》めたのが俺ならば、我が血を浴びせることでお前を正そう。それがお前を友と呼ぶ、この俺の責務のはずだ。

「おばばは、逃げた小鳥を追えばいい」

「しかし、御身を危険に……」

「聞こえなかったかな？」

珍しく苛立ちを孕《はら》む清康の声音に、黒塚は身を縮こまらせた。忠吉の間合いを脱し、指示を待って遠間《とおあい》から様子を窺っていた忍びたちを呼び集める。

形だけを見れば、こまを守って立ち塞がった忠吉が、一転、清康に阻まれる格好だった。だが黒塚と清康は知らぬのだ。巣を張り獲物を待ち受けるばかりの老婆と、受動的で気まぐれな青年は知らぬのだ。

姫御前どもがそぞろ歩くこの土地の夜において、常衣の白を追うのはひどく難儀だ。きっと羽平は逃げ延びる。そのことを、忠吉は確信していた。これで彼女への贖罪を果たしたとは思わぬが、おそらく、これ以上は為せぬだろう。その行く末に天佑《てんゆう》あれかしとただただ祈る。

軽く顎を引き清康へ謝意を伝えると、中庭へ飛んだ。降り立つなり、腰を落として低く構える。繋がりを求め左腕を伸べるかたち。即《すなわ》ち、虎口である。追って、清康も庭へ出た。抜き放った秋水《しゅうすい》を脇へ側《そば》める。それは見えず測れぬ彼のかたちだった。

清康の関心は、忠吉のみに向くようだった。様子からしてこの立ち合いに、余人を介入させることはあるまい。

ならば、と忠吉は彼ひとりに意識を向ける。あの日とは違う。今の自分に一切の不純はない。随分と回り道をした。だが最後に辿り着く場所がお前との対峙であるのなら、悪い生では決してない。

互いが互いを知り尽くすゆえ、決着までは一瞬だった。

ふわりと舞に似た足取りで、清康が距離を詰める。人の死角に滑り込み、惑わす歩法に、しかし忠吉は反応した。犯した過ちを捉えるように、忠吉の左腕《さわん》が突き出される。が、これは何も掴めず空を切った。摺り上げた清康の太刀が、堅牢なその篭手《こて》を上方へと逸らしている。

そのまま打ち伏せんとする忠吉と、跳ね除《の》けんとする清康。双方の力が拮抗し、刹《せつ》那《な》、膠着《こうちゃく》が生じる。

そして、清康の体が半転した。後《あと》の足を軸に、前の足で地を蹴り描く高速の半円。

刃を身に巻くようにして発生する旋回の太刀。鋼鉄の摩擦により、甲高く不吉な、羽音めいた唸りが上がる。入神《にゅうしん》の業が篭手に仕込まれた鉄棒を断ち斬り、忠吉の腕は、どこへも届かず宙を舞う。

「さようなら、忠吉」

上がる血煙の陰から繰り出された刺突をも外し、清康はもう一度別れを告げた。退路を失くした者特有の、引き返せない諦念がその顔にある。

これに応じてひょうひょうと、破《や》れ笛のように忠吉は喉を鳴らした。口元に浮かぶのは痛苦ではなく、穏やかな許容の笑みだった。

清康の刃が閃《ひらめ》き、巨体がどうと倒れ伏す。血刀を下げたまま、勝者もまた、しばしそこに立ち尽くした。

月下、赤い唇に淡く花のような笑みを浮かべ——

その姿は、どうしてか泣きじゃくる子供に見えた。

＊＊＊

息を切らして夜を行くさまは、狂女さながらだったろう。

纏う常衣は返り血を浴び、目からは涙をぼろぼろ零し、いずこを目指すともなく、こまは駆け続けていた。

どこをどう走ったのかもわからない。混乱に陥ったまま、ただ彷徨《さまよ》っている。あまりに多くが一時《いちどき》に起きて、頭の中がぐちゃぐちゃだった。

――なんでよ？

ぐるぐると心の内を巡るのは、どこへ逃れるかの算段でも、迫り来る追っ手への恐怖でもない。忠吉に向ける問いだけだった。

――なんであんたが、あたしを助けるのよ……⁉

わけがわからなかった。

布代忠吉は、こまの家族を淡々と殺し尽くした男である。憎むべき敵《かたき》である。こまはあの光景を忘れないし、忘れられない。

だから常に近侍する彼に、怯えつつも憎しみを浴びせ続けてきた。親しみなど、何ひとつ見せた覚えはなかった。だのにどうして、忠吉はあたしを救ったのだろう。黒塚と清康への敵対は、明らかに生を擲《なげう》つ行為である。そのような献身に自らが値するとは、こまには到底思えなかった。

けれど背を押した彼の目は、ほんのわずかに笑んでいたのだ。

その顔は、行くべき道を見出した旅人のように厳しく、同時に年嵩《としかさ》の兄弟めいた優しさを湛えていた。そんなもの、今更見たくなんてなかった。また、忘れられなくなってしまうのだから。

だが、あの表情と記憶の画とを見合わせれば、わかることがいくつもあった。霧が晴れるように目の前が開けた。

無意識に目を逸らし、また意識的に曲解してきたけれど。忠吉はいつも心を砕き、こちらを気遣ってくれていた。

つまらぬご機嫌取りだと、良心の呵責《かしゃく》を免れる振る舞いだと切り捨てることは、克明に過去を顧みられるこまだからこそできなかった。振り返った全ての情景が、疑いようのない真摯さを、悪性だけでない忠吉の人間性を教えていた。

守ってくれていたのだ。傍らで、いつも。

今以上の悲運が降りかからぬように。黒塚の手が及ばぬように。無形の傘を差しかけてくれていたのだ。

無論、ならば彼を許せるかと言えば、違う。断じて違う。

けれどもっと早く理解に至っていれば、今とは違う形を選べていたはずだった。忠吉の沈黙を読み解かなかったのは、惨劇の記憶に心を囚われ続けたこの身の咎に他ならない。

もう、どんな言葉も届きはしないだろうけれど。憎しみとは別に、感謝を伝えたかったと思う。

同時に、唯一の味方を喪失した孤独が、火のように胸を焼いた。

頼る先と考えていた篠田屋とて、所詮は敵を同じくするというだけに過ぎない。ならば我が寄る辺は三千世界のいずこにもなく、ただ露と消え果てるを待つばかりだ。

結局、逃げ切れなんてしない。望みは何も叶わない。どう足掻いたところで無駄なのだ。希望は影だけを見せて、いつもあたしを置き去りにする。

——嫌だ。もう、嫌だ。

思った途端、心が折れて足が萎えた。

走る速度がたちまち落ちる。そうなると、もう息が続かなかった。抜けを警戒されたこまは、忍群の鍛錬を一切施されていない。体力は同じ年頃の娘と遜色ないのだ。

武家屋敷の白塀に手を突くと、そのままずるずるとへたり込む。冷えた夜気を吸い続けた喉が痛んだ。荒い呼吸と速い鼓動だけが、命の名残めいてなおも体を震わせている。

周辺の地図も駁の配置も記憶していたから、今しばらく隠れ潜みはできるだろう。

だが、もうどうにも気力がなかった。

いずれ音もなく駁の兵が現れて、自分は捕縛されるに決まっている。そうして黒塚の思う通りの死を遂げるのだ。世は所詮このように、一部の強者の意だけを映して流れゆくのに違いなかった。

――ごめんね。折角、助けてくれたのに。

俯いて土を眺めたまま、詫びる。命懸けの厚意が無に帰《き》すことだけを、ひどく申し訳なく感じていた。

諦めに支配され、まぶたを閉じた、その時。

小さな足音を耳が捉えた。ついに死に追いつかれたのだと、こまは身を固くする。

だが、

「どうした？　どこか具合が悪いのか？」

続けて聞こえたのは、やわらかな労《いたわ》りの声だった。意外を覚え、ぼんやりと目を開ける。

まず見えたのは白色だった。明かりも持たずに編み笠を被って大小を帯び、装《よそお》うは死に装束めかした白装束。傍らに立った人物の風体はこれで、つまり流行の姫御前の猿真似だった。

「どっか行きなさいよ。ここに居ると巻き込まれるわよ」

馬鹿にかかずらう気はなかったから、不機嫌に拒絶を告げる。けれど、白装束は執拗だった。

「そうか、誰かに追われているんだな。なら、私のところに来るといい。しばらくは匿《かくま》える。それからのことは、後で考えよう。切羽詰まった頭じゃ、いい思案は出ないからな」

こまに目線を合わせるようにしゃがみ込み、甚《いた》く簡単に、察しが良いとも悪いともつかぬ物言いをする。

あまりの言葉に、ついこまは顔を上げた。

「……なんなのよ、あんた」

ようやくの誰何《すいか》に、白装束は少しだけ沈黙する。やがて、「怪しい者じゃあないぞ」と言い置くと、編み笠を軽く持ち上げ、面を見せた。

「今はお忍びだから——そうだな、菖蒲と呼んでくれ」

快活な、それは少女の笑みだった。

蛇信心

不意の火から時は経ち、諸岡用人の詮議も大過なく乗り越えた篠田屋だが、普請は未だ為さぬままだった。雨風を防ぐ補修こそすれ、焼け焦げた門戸などは手つかずで、通り行く者に無残な印象を与え続けている。これは誰に強いられたでもない、三十日衛門の意向であった。

『この度は皆々に、随分と怖い目を見せてしまいました。しばらくは骨を休めていただきましょうか』と老人は弁じ、その言葉通りに、店《たな》の者に金を渡して里帰りさせたのだ。遊女を縛る借金の証文があるとはいえ、これは放胆な振る舞いだった。思わぬ恨みを受けて居城を焼かれ、自棄《やけ》を起こしたとすら見えなくもない。

方治などはこれに、

『女郎の薮入りたァ恐れ入るぜ。ひとりも戻らねェ時はどうするんだい？』

と申し立てたが、老人は気にも留めない。

『その折には隠居して、猫と碁でも打ちましょうかね』

そう嘯《うそぶ》いて知らぬ顔だった。だが篠田屋は苦界《くがい》にありながら不可思議な連帯を備えた店であり、女たちのほとんどが戻るだろうとは、大方の見《けん》が一致するところである。

そもそも三十日衛門が気を病むでも、自らを戒め蟄居《ちっきょ》するでもないことを、笛鳴らしは承知している。これはただひたすらに、駁忍群と対決するべくの処置であった。如何《いか》様に彼らを誘き寄せるつもりかは知れないが、焼けて人の立ち入らぬ篠田屋を舞台に、老人は決着をつける心算でいるのだ。

それが証拠に、店への残留を希望した身寄りや故郷のない者たちは、仲の良い幾人かごとにまとめられ、湯治《とうじ》や参詣といった遊山の差配をされている。篠田屋勤めの大半が妓楼を離れた格好だった。残るは三十日衛門の裏を知る人間ばかりである。

こうして静まり返った篠田屋の裏手で、笛鳴らしは奇妙な作業に励んでいた。

ちょうど長脇差の長さと幅に切り分けた薪雑把《まきざっぽう》を、土に打ち込んだ棒杭《ぼうくい》へ縦に固定し、それに自らの刀身を当てて半回転。引き斬る動きで木っ端《こば》を両断する仕業である。

見る者が見れば、それは五月蠅《さばえ》の太刀の模倣だと理解したろう。より観察が鋭ければ、方治の斬断する木っ端が、全て同じ軌跡を描いて彼の前方へ飛ぶことにも気づいたろうか。

また時に、より細い木枝を括り、片手で斬り払う真似もした。そうして己が後背に飛ばした木っ端《こ ぱ》を、手の指の股に挟み取るのだ。

どのような存念か、三十日衛門と共に北里から戻って以降、笛鳴らしは暇さえあればこの型を繰り返していた。何かの加減を試し続けるふうであった。

「ご精が出ますね、せんせ」

びっしょりと汗に濡れた方治の背に、妓楼の内より少し舌足らずな呼びかけが届く。

「……おこうか」

掴み取った木切れを投げ捨て、笛鳴らしが振り向いた。目線を受けた女は、深く垂らした前髪の奥でひっそりと笑み、居残りを手招く。

「ええ、わたしです。もう半刻は没頭なさってますよ。ひと息入れるのがいいのじゃありませんか?」

彼女の持つ盆には、湯飲みがふたつと串団子が載っていた。寒気の強い中だが、茶から立ち上る湯気は薄い。すぐ喉を潤せるよう、わざと冷まして持ってきたのであろう。おこうとは、そうした気回しを能《よ》くする女だった。

「悪いな、いただくぜ」

「はい、ご賞味ください」

元々、いつまでと決めて始めた業ではない。脇差を納めると袖で額を拭い、方治は誘われるがままに縁側へ並ぶ。

「随分と熱心ですけど、一体何のお稽古なんです？」

茶碗を手渡しながら、小首を傾げておこうは尋ねた。以前から気心の知れるおこうだが、このところ、ふとした拍子に見せる親しみの距離が一層に近い。

遣手《やりて》の仕事を任せるに当たり、篠田屋の裏の働きのこと、彼女の敵《かたき》であった猪のことを三十日衛門が言い含めたというから、そこに端を発する厚意であろう。おこうには元よりこの一件に、方治の関与を勘繰る節があった。それが確信に至ったというわけだ。

「ご指名でな。今度座敷で披露する品玉《しなだま》さ。披露の相手はなんせ葵の御血筋だ。上手くやらねェと首が飛ぶ。必死にもなるってもんさ」

品玉とは、複数の鞠や刀剣を投げ上げ受け止める曲芸をいう。ここに方治の意図が横たわるのだが、おこうにはそこまではわからない。

ただなんとない韜晦《とうかい》を嗅ぎ取り、笛の所望に絡むのであろうと憶測するばかりだった。居残りの意固地は今に始まったことではないから、これ以上は問うても無駄だと見切りもしている。

「ところで北里はどうでした？　菖蒲様、お元気でしたか？」

「いや、別にあいつの顔は見ちゃいねェよ」

「ええ⁉　じゃあ菖蒲様にお会いしたのは御前だけ？」

「あァよ。別段会いに行く理由もねェだろう」

　腹蔵なく答えると、憤慨した様子のおこうは片手で縁側をばんと叩いた。

「会わない理由もないでしょう！　何しに北里に行ったんですか！」

　まるで童《わらべ》のように口を尖らせている。俺が何したってんだと、居残りは顎を撫でた。

「しかしあいつはお武家様だぜ。御前が訪ねるならまだしもよ、居残りがぶらりってのは、あっちの外聞が悪かろうよ。棲み分けってのは大事だろうが」

「せんせは、時々不格好です」

「いやいや、平素不格好さ」

　茶化しを叱りつけるように、おこうはばんばんとまた縁側を鳴らす。

「わたしは女郎でせんせは居残り、つまりはお客様です。住んでる世界が違います。だからってせんせは、わたしを避けたりしないでしょう？　わたしだってせんせを避けません」

「そりゃお前、同じ店の──」

「おんなじ、世の中のことですよ」

ぴしゃりと言い切って、おこうは前髪越しに方治を見つめた。ぐ、と笛鳴らしが詰まったところへ、

「おっと、こいつは修羅場でしたかい？」

「半助か。どうした」

救いの神とばかりに、現れた牛太郎を振り仰ぐ。

「いえ、実は――おこう姐さん、何かご機嫌が悪いんで？」

居残りを追い詰め損ねたおこうにじろりと睨まれ、半助は首を竦めた。いいから先を続けろよと、方治は手で仰いでみせる。

「ああ、その、実はお客人が見えられまして」

「店は開けてねェだろう」

「ですからその、それがね」

「どうもはっきりしねェな。誰が来たんだ。御前の客かい？」

「へえ。御前のお客人ではあるんですが、御前だけのお客人かってぇと、ちょいと違いやして」

妙におこうを気にかけて、牛太郎はへどもどと言葉を濁す。いい加減、苛立った方

治が眉を寄せると、「うへえ」と牛太郎は呻いて腹を括った。

「いらしたのは、菖蒲様でござんすよ」

「あら！」

「あん？」

おこうが嬉しげに手を叩き、方治の眉間にはますます皺が寄る。

「せーんせ」

節をつけて歌うように呼ばわると、彼女は立って方治の腕を捕まえた。

「参りましょう。さあ参りましょう。さあ。さあさあさあ」

「おいおこう。お前何をそんなに浮かれてやがる。おい。おいって言ってんだろう」

ぐいぐいと引かれ、渋面の居残りが従う。本当に嫌なら振り解きもできように、されるがままの連れ立ちだった。

ふたりを見送った半助は首を捻り、それからもう一度、「うへえ」と漏らした。

＊　＊　＊

幸運に恵まれるとは、こういうことを言うのだろうか。

通された奥座敷で三十日衛門を待ちながら、こまは所在無く周囲を見回す。隣の菖蒲は牛太郎らと久闊《きゅうかつ》を叙《じょ》しており、他に知己《ちき》のない彼女はどうにも肩身が狭かった。居心地の悪さは、ここが敵地ということもある。駁の一味であった自分は、篠田屋にとって恨みの対象であろう。焼け爛《ただ》れた店を眺めるに、憎悪がないなど考えつかぬことだ。菖蒲という少女の案内があればこそ、こうして丁重に客人扱いされているのは間違いがない。

本当に、何者なのだろう。こまは横目に白装束を盗み見た。この娘がかぶれではなく、真正の田殿の姫御前だと、かつて王子屋徳次郎と椿組を打ち払った当人であることは理解している。駁の足がかりとして黒塚が目をつけた娘であり、こまも彼女の顔を覚えていたのだ。だから篠田屋と縁深いのも得心できる。

しかし、こまの疑念はそうしたところにない。菖蒲という少女は、どこか本質的に、浮き世と乖離して見える。自分と地続きのいきものだとはまるで思えなかった。

手を伸べられ、救われた身で言うもの憚《はばか》られるが、綺麗過ぎて気味が悪い。だというのに、目が離せない。

——どうして、こうなったのかしら。

駁に囚われていた頃から呟いていた言葉を、異なる感情で繰り返す。

――本当に、どうして。

ひとつ嘆息して、こまは今朝からのことを反芻《はんすう》した。

こまを拾った菖蒲は、彼女を住まいへ連れ帰った。

幸いにも駁に捕捉されることなく着いた先は、田殿の道場にほど近い、士分としては質素極まる家屋である。父親の死後、正式に家督を継ぐ者がないから、道場にある屋敷に暮らすのは遠慮しているのだと娘は告げた。その折の面持ちから、親の記憶が多い場所が辛いのだと、こまは憶測している。

更に菖蒲は平然と、昼は手伝いが来るが夜は独りだと明かし、

「だから遠慮せず、安心して上がってくれ」

と言ってのけた。無用心を隠す素振りもなく、黒塚が狙うのも当然だという感慨しか湧かない。それでも精根尽き果てたこまにとって、饗された食事と鉄瓶一杯の湯、そして寝床の誘惑は抗いがたいものだった。結局、長く居座れば迷惑をかけると思いつつも、勧めのままに一泊したのだ。

軽く眠り、すぐ発《た》つつもりだったのに、気づけば夜が明けていた。厨《くりや》からは良い香りが漂い、当然のように朝餉はふたりぶん用意されていた。

「簡単なものですまないけれど、美味しいぞ」

渡されたのは一膳飯だった。煎り酒で煮込んだと思《おぼ》しき油揚げと葱の刻み、そして旬の大根をおろしたものが載っている。

「以前教わったんだ。その時作ってもらったのは、卵でとじられてふわふわだった」

こまが口を開こうとするたび、菖蒲はそんな屈託のない話題で遮り、箸を進めるように促した。こまにひと言も喋らせぬまま食事を終えると、そこでようやく、「さて！」と切り出した。

「詳しい事情は知らないけれど、あー、えっと……お前はこれからどうするつもりだ？」

「こまよ。羽平こま。そう呼ばれてたわ」

「そうか。こまか。私は──」

「菖蒲でしょ。それでいいわよ」

名乗りを遮る蓮《はす》っ葉《ぱ》でやや稚《いとけな》い言い口は、こまが心のうちに保ち続けた、彼女本来の物言いである。無礼と取られるのを承知でこれを敢えて用いたのは、駁から逃げ切る覚悟と、菖蒲を深入りさせまいという心情の表れだった。

少しでも好感を抱いたものは皆、殺されてしまう。自分の所為で死んでしまう。

幾度も重ねて施された黒塚の呪縛は未だ強く、それゆえこまは、この娘を遠ざけようと決めていた。だから、「世話になったわね」とまず手を突いて頭を下げ、自分の身の上は省いて駁忍群について語った。これまでの所業の数々と、そして菖蒲が狙われていることまでもを余さず、赤裸々に。

菖蒲から見れば、こまは返り血を浴びたまま、道端に泣き崩れていた人間だ。訳ありとは察しているだろうが、ここまでの厄介事は想定外のはずである。安い同情心で到底背負い込めるものではないから、全てを聞けば、自分を奉行所に突き出すなりなんなり、処断の手を打つだろうと考えたのだ。

「それで？」

けれど、菖蒲はきょとんと首を傾げただけだった。

「それで、って……」

「だからそれで、私はどうすればいいんだ？　あと、こまはどうしたいんだ？　その一味と不仲になったから、こまは昨日逃げていたんだろう？　もうそういうことをしたくないから、逃げ出してきたんだろう？」

少年のような凛々しさと、少女のものやわらかさを同居させる娘は、その印象のまま真っ直ぐに、そして優しく言葉を連ねる。

「どうすれば私は、こまの助けになれる？」

じっと目を見つめて問われた。その真摯さがこまの頭に染み込むまで、たっぷりふた呼吸を要した。

「ば、馬鹿じゃないの⁉」

この娘は、自分に手助けを申し出ているのだ。そう理解して、反射的に出た言葉がそれだった。

「あのね。あたしは今、拒んだの。あんたの助けなんて要らないって撥ねつけたの。わかりなさいよ！」

「そうだったのか？」

「そうだったの！」

またも小首を傾げられ、こまの苛立ちがぐんと増す。呆れるほどのお人好しだった。本来ならつけ込んで利用すべき好餌だが、そんな心地にすらなれない。

「だけど昨日は、助けてって顔をしていたぞ？」

「気の所為よ！」

「こまは怒りっぽいなあ。まだお腹が空《す》いているのじゃないか？　おかわりいるか？　空腹だったり眠たかったりすると、ろくなことを考えないんだぞ？」

「……っ‼」

　憤慨のあまり、声を失くした。言葉は通じているのに、会話が成り立っていない。なんなのだろう、これは。

「あんた、なんで疑わないの？　あたしは駁の一味だったって言ったわよね？　どうして騙されてるとか思わないわけ？」

「こまはそんなことしないだろう。いい子だって、私は知ってるぞ」

「……何を言ってるのかわからないんだけど。ひょっとして頭でも打った？　大丈夫？」

「勿論だ」

　手打ちにされても仕方ない物言いだったが、菖蒲はまるで気にせず、大きく頷いた。

「だって初めて会った時、こまは私に言ったじゃないか。巻き込まれるからどこかへ行け、って。あの時、こまはもうどうしようもない状況だったはずだ。世の中の全部が敵で、自分に味方なんてない気がしていたのだろう？　私にも経験があるから、少しはわかるつもりだ。とても痛くて苦しくて、でも自分ではどうにもできなくて。そこへなお辛いことがあって、もういっそ楽になってしまいたい。――そんな気分だったのじゃないか？」

掌《たなごころ》を指すように言い当てると、娘は労《いたわ》りを籠めて微笑んだ。

「だからこまはやっぱりいい子だ。そんな時に、私の心配をしてくれたんだ。それは、悪い人間のすることじゃない」

どれだけ太平楽なのだろう。善人だからこそ、誰かのためにと言い訳をして、一層惨《むご》い悪を働くことがある。自分だって同じだ。保身のために他を犠牲にし続けてきた。直接に殺《あや》めたのはあの婢女《はしため》だけであるけれど、命じられて為した自分の働きは、数知れぬ害を及ぼしてきたはずである。その事実を知らないから、こんな綺麗事を言えるのだ。だからこれは哀れみだ。上から投げ渡される傲慢なものだ。

「あたしは自分のために他人を踏みつけてきたわ。笑わせないで。そんなのが善人なわけないでしょう」

「そうだな。幸せになりたい気持ちは誰にもあるけど、人を踏みつけに幸福を得ようとするのは、きっと間違ったことだ。でもな、こま。そもそも間違ってないこと、絶対的に正しいことなんて世の中にあるんだろうか。浅学寡聞にして私は知らない。ただ、もし正しさというものが本当にあるのなら。私はそれが、悲しいことの正反対であって欲しいと思う」

菖蒲の両手が、卓上で白く握り締められたこまの拳を包む。

「会ったばかりだけど、私はこまをいい子だと思う。そんな子が悲しげにしているのは嫌だ。なのでこまが大丈夫になる手助けをしたい。それは私の願う正しいことだからな」

羽平こまは忘れない。だから今も覚えている。幼い頃に受けた家族の、隣人の、世界のぬくもりを。駁の暮らしでは縁遠い、いっそ消えてくれた方が楽な記憶であったけれど、彼女は珠のようにこれを抱《いだ》いて手放さなかった。

そんな本物の感触を知るからこそ、わかってしまう。忠吉の庇護も菖蒲の心配りも、かつて与えられた優しいものに等しいことが。

不意の温かさに、こまはくらくらと惑乱する。それは飢えきった胃が、急には食物を受けつけぬさまに似ていた。

——大体何よ。さっきから、「いい子」って。

目を閉じて、深呼吸した。

あたしより年下で、背丈だって低いくせに。なに面倒を見てやる大人みたいな顔してるのよ。そりゃ確かにこっちが助けられた側だけれど、なら本来懇願するのはあたしでしょう？　だのにどうして、あんたが頭下げるのよ。逆でしょう、逆。あんたの中では正しいのかもだけど、絶対に間違ってるわよ！

どうにか平静を取り戻そうと、胸中に精一杯の駄々を積み上げていく。そこへ菖蒲が、また口を開いた。

「ああ、もしこまが私に迷惑をかけるとか考えてるなら、気にしなくていいぞ。これは、私のためにすることだから」

変わらず明るいのに、声は透き通ってどこか寂しい。手のひらをすり抜けてしまったものを、遠く思い返すような響きをしていた。

「前に、自分が三千世界に独りきりだと思い込んでいた時。私を助けてくれた人がいたんだ。その人は勝手気ままな手出しだったと言い張るけれど、私が救われたのに変わりはない。手を伸べてもらえて、あの時、私はとても嬉しかった。それこそ泣き出してしまいそうに嬉しかったんだ。だから私も、いつか誰かにそんなふうにできたらって思っていた。ほら、私のわがままだろう?」

言葉を切って、菖蒲はそっとはにかむ。

「それに、約束もしたんだ。そういうふうに生きるって」

――こいつは俺のわがままだがよ、菖蒲。お前はそのまま咲いててくれ。陽の当たるとこで、綺麗に咲いていてくれよ。

表情を隠すように、若衆形《わかしゅなり》の前髪を摘まんだ。

「だから気にしなくていいんだぞ、こま。これは私が、私のためにすることだ」

「気にするに決まってるわよ！」

「……」

「なんであたしが変なこと言ったみたいな顔するの⁉　大体何よ、約束って。約束した通りに生きるって！　馬鹿じゃないの？　本当に馬鹿じゃないの⁉　そんなの理想の押しつけよ。ただの呪いよ！」

こまが激発したのは、菖蒲がほのめかした約束が、彼女の知る呪縛に瓜ふたつと感じたからだ。周囲にただ己の理想を強い、それ以外のありようを認めない。黒塚の為《な》す醜悪な枠組みの押しつけと、そっくり重なるように思えたからだ。

「うん、確かに約束と押しつけは似ているかもしれないな。いいことと悪いことは、いつだって紙一重だ。だけど私は、やらない理由を探したくないと思ってる。まず実際にしてみなければ、物事がどう転がるかはわからない。そのわからないをやらない理由にしてしまったら、何ひとつ始められないぞ。初めが嘘でも悪事でも、そんなのは関係ない。何の上にだって、綺麗な花は咲くんだ」

屈託のない笑顔を向けられ、こまはぐっと言葉に詰まる。あまりの楽観に、もうため息しか出なかった。

駮はこの娘の過去を調べ上げている。実の父と叔父に囮《おとり》として使われ、九死に一生を得たのが彼女だと、こまはそう記憶していた。悪意や偽計を、人一倍恐れて当然の経歴である。

なのに。

なのにどうして、そんなに明るく笑えるのだろう。

真っ向大上段から粉砕された心地だった。羨望と憧憬《どうけい》が、たまらなく綯《な》い交ぜになる。またも拒絶が悲鳴のように口をつきかけたその時、もう一度、大きな手に背を押された気がした。

「――本当に。本当に助けてくれるの？」

「勿論だ。苦しい時は頑張らなくていい。辛い時は寄りかかっていい。私は、そうさせてもらった。だから今度は私の番だ」

勢い込んで肯《がえん》じてから、「ただし」と菖蒲はひどく鋭い顔をした。

「こまにも相応の覚悟はしてもらうぞ」

「覚悟？」

告げられた言葉を鸚鵡《おうむ》返しすると、彼女は再び大仰に頷く。

「助けられる覚悟だ。守られる覚悟に傷つかれる覚悟、それから石に齧りついたって幸福になる覚悟もだ。助けられる側が、誰よりも一生懸命じゃなくちゃならないと私は思う。だから全部が片付いたら、下なんて向かずに笑ってもらうぞ。いいな？」

言われるまでもないことだった。自分はもう助けられ、そしておそらく託されている。ただの一度も言葉を交わさなかった、あの虎に。

けれど口を開けば嗚咽《おえつ》が漏れそうだったから、こまはただ、幾度も幾度も首肯した。それを自身の言いの所為と感じたのだろう。菖蒲は困り顔をして、あやすようにこまの頭を撫でた。平素なら振り払ってやる所作だが、どうしてか今は抗えない。まぶたの裏に熱いものが滲《にじ》み、こまは袖で顔を覆った。屈辱だった。

こまの歔欷《きょき》を見守り、よしよしと頭を撫でていた菖蒲は手を止め、決まり悪く頬を掻く。

「まあ偉そうに言ったけれど、実のところ、私は人を守れるほど強くはないんだ。だから格好がつかないけれど、頼れるものは全部頼って足掻こうと考えている。それでこまは、まずどうするのがいいと思う？」

「あんた、ねぇ」

考えなしの告白に、呆れてこまがふわりと笑った。ごく自然に出た、年頃の表情だった。それからもう一度目元を拭い、切り替えて居住まいを正す。

「私は、篠田屋を頼ろうと考えています。菖蒲様の伝《つて》でお城に縋るのは悪手でしょう。立て続けのしくじりで、黒塚おなは北里藩からの撤退も視野に入れています。であれば、城中に死兵を送り込むのも躊躇しません」

如何《いか》に堅牢な城であろうと多くが出入りする以上、死角は必ず生まれてしまう。訓練を積んだ忍びであれば、どうとでも押し入れてしまうものなのだ。そして懐《ふところ》に潜り込んだ駁の忍びは、我が命を火炎とし、より多くの死の引き換えとする仕業を躊躇《ためら》わない。

「篠田屋がされた手口だな」

「はい。ですが榎木三十日衛門は妓楼の門戸を閉じ、人の行き来を制限して守りを堅固にした様子です。今の篠田屋に同じ仕業は通らないでしょう。ですから」

「その前に、こま」

続けかけた舌を菖蒲が遮った。

「なんでしょう?」

「言葉は改めなくていいぞ。私はさっきまでのこまがいい。急に調子を変えられると、なんていうか、気持ちが悪い」

「気持ち悪いってどういう意味よ!?」

「そうそう、それだ。そっちの方がこまらしいぞ」

深々と嘆息して、こまは眉根を押し揉んだ。恩人と考えて気を遣えばこれである。

「なら、そうさせてもらうわ。篠田屋はどう見ても駁に備えてる。でもあたしを受け入れてくれるかどうかはわからないのよ。あたしに手を貸すってことは、駁と全面的に争うって意思表示だもの。それをしたら、後はどちらかの息の根が止まるまでの潰し合いになる。だから足を運んだところで、知らぬ顔を決め込まれるかもしれないわ」

「そこは大丈夫だ。こういう時のために、三十日衛門とは色々話し合ってある」

「でしょうね。あんたが昵懇《じっこん》だから、まあ見放される心配はないだろうって思ってたわ。ただ問題は、どうやって篠田屋まで行き着くか、ね」

人員を減じたとはいえ、北里領内には駁の監視網が張り巡らされている。こまの記憶を頼ればおおよそは躱せるだろうが、黒塚もそこは弁《わきま》えているはずだ。新たな蜘蛛の巣を張り巡らしていておかしくはない。特に篠田屋は、こまの逃げ込む先として注視されているだろう。道のりを注視する忍群の目を掻い潜り、どうにか相沢にたどり着く必要があった。

「それも大丈夫だな」

しかしこまの懸念を聞いて、菖蒲はなんでもないことのように言い切った。

「状況は前と同じだ。任せとけっ」


それからのことはとんとん拍子だった。

白小袖を着込んだ菖蒲はこまにも同じ装《よそお》いをさせ、仕立てた馬で北里を発《た》った。女性武芸者である別式女《べっしきめ》の例に見るように、女人の騎乗はないことではない。菖蒲にも馬術の心得があった。が、至極珍しい芸当なのに変わりはなく、おまけに馬を扱えないこまを後ろに乗せての疾走だ。目立たぬはずのない旅路であったが、その後が巧妙だった。

馬が疲れてくると、菖蒲は面識があるらしい農家にこれを預けた。そして道とも呼べない山道に踏み入り、何の妨げも受けずに北里を脱してのけたのである。

駿も知らぬ経路であり、驚くばかりの土地勘だったが、「今度はわざと目立たなくていいから、楽な道中だな」との言いが、その理由を明らかにしていた。こうして落ち延びるのは、菖蒲にとって二度目のことなのだ。足を速めてその背を追いつつ、

「なんで楽しそうなのよ……」とこまは内心呆れ果てる。

篠田屋宛ての一筆を貰えるだけで御の字だと思っていた。本人の同行はまさかのこ

とである。先達をしてくれるのもそうだが、独りではないのが何よりもありがたかった。単身の旅路であれば、こまの心はまた弱り果て、全てを諦めてしまっていたかもしれない。

だがそうした感謝と恩義を上回って、この娘は困りものだった。ものの考え方が、なんというか違うのだ。どうにも危なっかしく、そして勝てる気がしない。

「こまは、方治に会ったことがあるんだったな」

「ええ、まあね」

しかもこまが口を噤《つぐ》めば、すぐさまに声をかけてくる。気遣いなのか、気質なのか、見当がつかなかった。

「方治は意地が悪いけど、凄く意地は悪いけど、とても腕が立つんだぞ！　それに三十日衛門と志乃は頭がいいんだ。全部打ち明けて舵取りを任せれば、絶対悪いようにはならない。だから篠田屋に着けば安心だ。もう少し頑張ろうっ」

言われて、芹沢邸での記憶を呼び返す。笛鳴らしは恐るべき獰猛であり、三十日衛門は腹の知れない狡猾というのがこまの見解だった。

「確かに笛鳴らしの方は狷介《けんかい》で拗ね者な印象だったわ。あんたとは相性が悪そうね。まるで反りが合わないでしょう？」

記憶に基づき同意を示すと、菖蒲は虚を衝かれた面持ちで黙り込む。けれど沈黙は一瞬。こまが怪訝を覚えるより早く、彼女は猛烈な反駁《はんばく》を開始する。

「だ、だけど方治は時々凄く優しいんだ！　私のことはすぐさまに忘れるって、ちゃんとそう言ってくれたんだぞ！」

「……それ、嫌われてるのじゃなくて……？」

他愛のないやり取りを交わしつつ色里の面番所を目礼だけで通り抜け、なんとも呆気なく、こまは篠田屋まで逃げ果《おお》せたのである……。

思い返せば返すほど、夢の中のように現実味のない出来事だった。

何か大きな流れに攫われて、あれよあれよという間にここまで来てしまった感がある。その流れの名は、間違いなく菖蒲というのだ。こまがぼんやり菖蒲の横顔を追ったところで、がらりと襖が開いた。姿を見せたのは楼主、榎木三十日衛門である。

菖蒲が挨拶を申し述べ、老人はにこにことそれに応えた。牛太郎らは頭を下げて退出してゆく。

「こまさんも、よくいらっしゃいました」

あの日の芹沢邸と同じ調子でかけられた声に、こまはぞっと総毛立つのを感じた。

不意に何もかもが、この老人の手のひらの上で進んでいるように思われたからだ。

眼前に佇むのは、黒塚と同様に得体の知れない、夜の闇より底の見えない怪物ではないのだろうか。そんな怖気《おぞけ》をどうにか打ち消し、こまは深々と頭を下げる。楼主はやはり好々爺然《こうこうや》と頷いて、隣り合って座る菖蒲とこまの前に、卓を挟んで腰を下ろした。

老人に続き、のそりと入室したのが笛鳴らしである。彼はじろりとふたりの娘を一瞥したきり、他所《よそ》を向いて部屋の隅に片胡坐《かたあぐら》で陣取った。

篠田屋秘蔵の人斬り包丁にして、駿清康と互角以上の剣士。あの日、己の檻を砕いてのけた相手でもある男に、こまは気圧され目を逸らす。菖蒲は「意地が悪い」と評していたが、その程度で済むのは彼女が身分と利用価値のある存在だからだろう。自分などが迂闊《うかつ》に声をかければ、帯びる長脇差の錆となるに決まって――

「相変わらず、方治は照れ屋だな」

だが彼を見るなり、ぱっと顔を綻ばせた菖蒲が平然と言った。まるで物怖《ものお》じのない、懐こい犬のような振る舞いだった。笛鳴らしが鬱陶しげに眉を寄せる。

まずい、と直感した。いざとなれば割り入れるよう、こまは軽く腰を浮かせる。

「そうですなあ。人見知りともどもいっかな治らず、いやはや困ったものです。方治さん、お久しぶりの顔合わせじゃありませんか。ちゃんとこちらへいらっしゃい」

苛立ちを垣間見せた野犬に、三十日衛門までもがそう告げた。火に油を注ぐ所業だとやきもきしたが、方治はひとつ息を吐いて、素直に尻を上げる。そうして招かれるがまま、三十日衛門の隣に座り直した。菖蒲と楼主は当然とばかりにそのさまを見守っており、笛鳴らしの激発を恐れるのはこまばかりの様子である。

「……あー、なんだ。息災だったかよ？」

着座して口を開かぬのも体裁が悪いと考えたのか、居残りは菖蒲を見つめ返し、至極当たり障りのない発言をした。

「勿論だ。方治はどうだ？　怪我はないか？　酒を過ごしてはないか？　志乃に迷惑をかけてないか？　おこうを困らせてないか？　それから、ええと、ええと……」

「少し落ち着け」

不機嫌めいた面持ちながら、方治の目だけが優しく笑う。

「まーったくよぅ。色々馬鹿らしくなるなァ、お前は」

ふたりの間のやわらかい空気を察し、こまは取り越し苦労を悟った。そうして、なんとない納得をする。

気づけば三十日衛門が、にこにことこちらへ微笑を向けていた。駁と相似に違いないと決め込んでいた篠田屋だが、どうも印象を改める必要がありそうだ。

「元気そうなのは何よりだがよ、有り余って勇み足ってのは考えものだぜ？」

「でも放っておけなかったんだ。こまは、私みたいだったから」

笛鳴らしの口ぶりは、既にこまについて知悉《ちしつ》するが如きものだった。応じる菖蒲にも驚く様子がないのを見るに、彼女が何らかの手段を用い、予《あらかじ》め彼らへ事情を伝達していたのであろう。

「それに篠田屋なら、方治なら、きっと大丈夫だろうって」

続く言葉は人任せの無責任とも取れるものであったが、菖蒲の気質を方治は嫌というほど承知している。「ま、仕方ねェ。適材適所だ。お前にゃ借りもあることだしな」と呟いて、諦めたように顎を撫でた。

「だが俺は鰯の頭の類《たぐい》じゃあねェ。信じたところで霊験は示さんぜ」

「うん、わかってる。いいも悪いも、大抵は天じゃなくて人がするんだ。方治は神様じゃあないから、できないことはできない。でもそういう道理だからこそ、私にも小さな何かはできると思うし、したいと思う。これは約束でもあるからな」

胸を張られ、居残りは答えに窮して口を噤《つぐ》む。

「未熟を見たら笑うのではなく、補ってやるのが大人というもの。一度ご縁があったのですから、最後までお付き合いすべきではありませんか、方治さん」

「対岸から楽しげだな、御前はよぅ」

居残りは目を瞑って、立てた側の膝に頬杖を突き、舌を鳴らした。なんとも不貞腐れた素振りである。それから片目を開けて菖蒲を見やった。

「ところで俺は、お前をなんとお呼びすりゃいい？　菖蒲ってのはあの時だけの仮の名だ。だからってオイだのコラだのと呼びつけるわけにもいかねェだろう」

「これまで通り、菖蒲でいいぞ。もうすっかり呼ばれ慣《な》れてしまったからな。それに」

言葉を切ると、少女は少しはにかんで、

「方治がつけてくれた、特別で秘密の名前と思うと格好がいいだろう？」

虚を突かれた居残りは一瞬だけ素の表情を覗かせて、それからふいと他所《よそ》を向いた。

「ああ、あと呼び方だけじゃなくて態度を丁寧に変えるのも駄目だぞ。方治にお行儀よくされたら、きっと凄く気持ちが悪いからな」

菖蒲は更に言い募り、堪らず噴き出したこまは、方治に睨まれ身を竦めた。

＊＊＊

これより遅れること数刻。濃密さを増した夜の内より、相沢遊郭の灯を眺める影たちがある。黒塚おなと、彼女が率いる駁忍群だった。

総勢、十一名。

いずれも漆の色をした忍び装束に身を包み、万端に戦支度を整えていた。黒塚の号令一下、闇を頼りに色街へ忍び入り、篠田屋を襲撃せんという構えである。

こまの策略により、彼らはその数をますます減じていた。人数のみを見るのなら、既にして篠田屋にやや劣る。しかし質ではこちらが勝ると黒塚は確信していた。その点を加味して試算をすれば、形勢は五分か、或いはわずかに駁が有利。仕掛けて一方的に勝利するには心許ない戦力差であるが、黒塚おなに憂いはない。

振り返った視線の先で、緋色地に白絣《しろがすり》の羽織が星明りを浴びていた。唯一忍び装束を纏わぬ青年が、そこに美しく佇んでいる。

彼こそが、黒塚が正面対決に踏み切った最大の理由だった。

ほぼ拮抗する盤面だとは、清康を抜きにしての見立てである。そこへ図抜けた才の持ち主たる彼を投入したならば、後のことは明らかだった。

我が陣営の勝利は磐石と、黒塚はほくそ笑む。

敵方は所詮牛太郎ども。腕が立つのは笛鳴らしひとりと知れている。駮に名を連ねこそすれ、こまは体術も知らぬ小娘だ。共に逃げた田殿の道場剣法など、そもそも物の数ではない。狐火の三十日衛門はこちらを待ち受ける風情《ふぜい》だが、何、煤《すす》けた妓楼でどれほどの陣を張れようか。

生涯かけて作り上げた駮の力量を、彼女は信仰めいて恃《たの》んでいる。これを疑うということは、自身の生を、自身の価値を疑うに等しかった。

羽平こまの逃亡を許し、ここまで後手に回り続けたことは確かに不覚。しかし小娘どもにしてやられたのは実力ではなく、ただの不運に過ぎぬと黒塚は断じている。

あの夜、追っ手となった忍びたちは、揃ってこまを見失った。星明りのみが頼りであったとはいえ、常衣の白はよく目立つ。本来ならばありえぬ失態である。しかし北里領内には、姫御前一派が闊歩《かっぽ》していた。英雄を求め英雄に憧れ、その姿を模倣するかぶれどもだ。彼らの白小袖がこまの姿を晦《くら》まして、駮は彼女を取り逃がした。

こまと菖蒲両名の藩外脱出を掴めなかったのも、あの白装束に帰因する。駮の忍びたちは、道のそこここに立ち現れる模倣の白を、悉《ことごと》く検《あらた》めねばならなかったのだ。

何より厄介なのは、彼らは菖蒲の模倣なれども協力者では決してないという点だ。捕え締め上げたところで、何の手がかりにもなりはしない。徒《いたずら》に時間を喪失するばかりなのである。木を隠すなら森の中、とはよく言ったものだ。黒塚にしてみれば、よもやの逃亡幇助であった。

ここへ忠吉の裏切りの事後処理が加わり、ついに駁は娘らの篠田屋への道行きを妨げえなかったのである。

まったくあの男も面倒な真似をしてくれたものだと黒塚は考える。こまの裏切りは掴んでいたものの、まさかあれまでとは予想外だった。意のままに繰れる人形として仕立てたはずが、とんだ狂いを生じさせてくれたものだ。小癪《こしゃく》の感に舌打ちをし、しかし、と毒蛇は意識を切り替える。

彼奴輩《きゃつばら》の幸運もこれまでだ。自らの手より逃れんとする者を、黒塚は決して許さない。

「では清康様。後のことは手筈通りに」

「ああ。わかっているよ、おばば」

太い筒を手のひらに載せて黒塚は言い、清康は一瞥して頷いた。

これは打ち上げ筒に類似した品である。花火玉めいた火薬が込められており、着火すれば炎色反応で色づいた光が、長く尾を曳いて飛ぶ。清康を効果的に、そして衝撃的に用いたい黒塚が、突入の合図として用意したものだった。

篠田屋で想定されるのは屋内戦であり、このようなものの使用には適さない。だが駁忍群は上位者の指示なくして動かぬ集団であり、そのため黒塚は後方より指図に専念する段取りとなっていた。

打ち上げれば当然、光と音が統率者の居所を明かす形になる。けれど、この短所は瑣末事と黒塚は見ていた。すぐさまその地点に清康が現れる以上、敵戦力の集中は望むところなのだ。殺到する有象無象を相手に、黒塚の珠玉は存分に腕を振るうことだろう。そう考えるなら悪目立ちはむしろ長所、誘引の一手とすら言えなくもない。

第一に狙うは榎木三十日衛門の痩せ首だ。あの老人なくば篠田屋の活動もまたない。散発的な反攻は残れども、それは首のない死体の痙攣に似て、じき絶える代物と決まっていた。

第二は羽平こまである。あれは駁を知りすぎている。最早生かしておくだけで害悪となりかねない。

第三が田殿の娘だった。これは殺さぬよう厳命を下してある。所詮は小娘。生きて捕らえさえすれば、如何《いか》様にも仕立ててのける自信が黒塚にはあった。

三十日衛門の口を塞いだ上で娘の身柄を押さえれば、風聞を用いて北里の民心を取り戻すことも叶おう。妓楼の悪漢どもに誑《たぶら》かされた姫御前を救い出したと筋を書けば、衆愚などころりと騙くらかされるに決まっていた。本人の口でそれを裏打ちさせれば尚更である。

北里に拘泥《こうでい》せず、篠田屋なき後の相沢で立身する手もまたあった。

黒塚は、諸岡政直を含めた幾人かと既に接触している。いずれも政敵の多い人間であり、忍び働きを入り用としていた。ひとまず仕えて取っ掛かりを得れば、のちのち主従を逆転させるなど容易《たやす》いことだ。

明らかに二兎以上を追う思考だが、嫗《おうな》は我が了見を信じて疑わない。清康はただ微笑を湛えるばかりで、彼女を正す者はここにいない。

やがて老婆の手が上がり、忍び装束らがひとつのいきもののように動き出した。終夜眠らぬ遊郭の絢爛たる灯火すら呑み込まんと、彼らは波のうねるが如く、ひたひたと押し寄せてゆく。

色里はぐるりと板塀を立てて外周を囲い、唯一大門を出入りの口とする。だがこの他に非常時の木戸があることを駁一党は知悉《ちしつ》していた。木戸番たちは声もなく殺害され、骸《むくろ》は目立たぬよう、事前に掘った穴に埋《うず》められる。

遊里は喧騒が溢れていた。

夜《よ》が更けるも知らぬげに、三々五々立ち歩く酔漢ども。大声で笑う彼らの頭上から三味線と小太鼓の音《ね》が降り注ぎ、遊び戯れる嬌声までもが入り交じる。憂き世のしがらみを離れ、束の間の楽しみに揺蕩《たゆた》うさまは、人の生の発露と言ってもよいだろう。その光が落とす影の中を、散開した忍群は音も風もなく駆け抜けた。

誰ひとりの目にも留まらぬ移動は、死角を選《え》り抜くがゆえのものである。だがあまりに自らの存在を殺したそのありさまは、人が我から目を逸らす穢《けが》れであるかにも思われた。命を謳歌するこの地において、彼らは死のように異物だった。

ほんのわずかの時を経《へ》て篠田屋の中庭へ、十名は欠けることなく揃う。黒塚の周囲に侍《はべ》り、忍群は次の指示を待った。

煌びやかに明かりを灯す周囲とは一線を画し、焼け焦げた妓楼はただ暗黒に佇んでいる。内部はすっかり寝静まるかに見受けられたが、この情勢下でそんな悠長があるわけもない。息を殺し牙を研ぎ、駁を待ち構えているはずだった。

こうした状況を予見しつつ、黒塚は敢えて敵方の鋭気を外さなかった。時を置けば置くほどに、三十日衛門の備えは堅固さを増すと知れている。また風聞を操る彼に、こまが駁の内情を明かす猶予を与えたくなかったのだ。

ゆえにこの局面においても、黒塚は躊躇《ためら》わない。

指差された数名が、焼け残った奥座敷への侵入を開始する。

迎撃を想定する以上、隠れ潜むは最早不要。巧遅ではなく拙速を選択した彼らは、閉じた襖をひと息に開け放ち——そして、愕然とした。

そこには何もなかった。局《つぼね》を形成する襖どころか、家具も調度も悉《ことごと》くが取り去られ、あるのはがらんとした空間ばかり。無残な白骨のように柱が並び、闇に溶けるほど遠くまで、畳だけが広がっている。

思わず息を呑み、動きを止めた瞬間だった。

闇の中に、ぽっとひとつ火が灯る。幻想の如き光の輪に、老人の姿が浮かび上がった。榎木三十日衛門である。

「ようこそ、篠田屋へ」

好々爺《こうこうや》然と微笑むのが、遠間《とおあい》ながらも明瞭に見えた。端座する老人の後背で、いくつかの影が立ち上がる。既にして半弓を引き絞る牛太郎たちだった。

黒塚の叱咤が響き、忍びたちが走った。

懐《ふところ》に手裏剣を呑む彼らだが、半弓の有効距離は投擲《とうてき》より長い。思わぬ手法で作り出された広場において、射程の利は存分に活かされるだろう。

しかし黒塚の目は、牛太郎らの拙さを見抜いている。弓とは、射るのに技術を要するものなのだ。彼らがその道に通じた武芸者でないことは、引き番《つが》えるさまから明らかだった。射手の数自体も少なく、粗い狙いを補うだけの矢数はない。今少し間合いを詰めさえすれば、十分に状況を覆《くつがえ》せる。

駁側が此度用意した得物は火車《かしゃ》剣ではない。黒塚の接触した要人の中には遊郭に肩入れする者もある。相沢への移転を考慮するなら、妓楼を炎上させ、文字通り余計な火種を作るのは上手くないという配慮だった。

だが代替の十字手裏剣には、当然のように神経毒を塗布している。傷口から体内への浸入量程度では悪寒に似た発熱と脱力を生じさせるのみだが、殺さずとも、殺せずともよいのだ。この場において用を為さなくなるのなら、それは死人と同一である。

左右に跳び違えて矢を外し、忍群は老人へ迫撃した。それぞれの手から黒く焼かれた十文字の刃が放たれ、しかし直後、三十日衛門の手前の畳が跳ね上がった。床下に伏せていた者たちが、肉薄に合わせ行動したのだ。厚い畳が盾となり、投じられた手裏剣はひとつたりとも標的へ届かない。

突如出現した壁にたたらを踏んだ忍びたちへ、畳の裏から曲線を描き、白い球体が飛ぶ。反射的に打ち払った途端、球体は容易《たやす》く破損し、中の粉薬を撒き散らした。卵殻に詰めた目潰しである。

あっと叫んだ忍群目掛けて、畳の陰から幾つもの影が躍り出た。

「囲め囲め！　今のうちに囲んで殴れ！」

半助の胴間声《どうまごえ》に、六尺棒を携えた牛太郎らが続き、強烈な痛みに目を覆う忍びどもを袋叩きに伸《の》していく。

ただの数の暴力だった。こうなっては技も術もあったものではない。後続の忍群が棒振りどもへ手裏剣を打とうとするが、三十日衛門の声に合わせて畳持ちが進み出て、棒打ち組を覆い隠してしまう。畳の裏に簡便な持ち手を取り付け、仕寄《しよ》りの如く用いているのだ。

「油断すんな。相手は強《つえ》ぇぞ。目ぇ潰せ。菖蒲様のお手製だからと出し惜しむなよ。どんどん投げろ！　片端から投げろ！」

再度卵殻が投じられ、まるで合戦のような陣形に、駿は手もなく狩り立てられる。

「な……！」

あまりに一方的な展開に、黒塚はただ絶句した。そうして、風聞を思い出す。

榎木三十日衛門は狐火の三十日衛門。これを追えば必ず惑う——

自失しかけた老婆を我に返したのは、鈍く腹に響く爆音だった。殴打に晒されていたひとりの忍びが爆裂したのだ。

先に篠田屋を焼いた折とは異なり、黒塚は隷下に自決用の爆薬しか持たせていない。生じる炸裂は使用者の面体を潰す程度のものであり、同士討ちの回避と隠密性重視のために鉄屑の用意もないから、周囲への殺傷力はなきに等しい。

つまり起きたのは、死を強いる黒塚すらさせることのない、無意味極まる四散だった。が、まるで誘われたかのように、音は次々に連鎖する。

駁の兵の性《さが》だった。

命《めい》を受けた上での死は裏切りではない。許されるのだ。縁者に罪科が及ぶこともない。時に恐るべき牙として機能する思考が、今日この場においては補いようのない脆さとして作用した。死を恐れぬ彼らは、教え込まれた通り、嬉々として死を選んだ。

忍群の圧倒的劣勢は、もう誰の目にも明らかだった。

実のところ、篠田屋と駁の戦力比は、おなの見立て通りで相違ない。だが戦術において三十日衛門は、黒塚をはるかに上回った。

破綻せずに恐怖を植えつけ成功してきたことからも知れるように、黒塚は秀でた統率者である。しかし平時と戦時の有能は等号では結ばれない。彼女は軍勢を率いる将足りえなかったのだ。

或いはこうも言えよう。毒は時として妙薬となるが、それがいつまでも妙薬のままとは限らない、と。

黒塚おなという劇薬は常用には向かなかった。彼女は却って忍群の余命を減じたのである。

動転したまま、老婆は後方へ跳ねた。無事な者を前に出して戦線を構築し、自身は立ち木を遮蔽《しゃへい》に取る。

おなは才気に溢れる人間だった。群を抜く天賦を備え、自身もこれを自覚し、自負してきた。彼女は常に勝ち続けてきた人間であり、全ての振る舞いが成功体験に裏打ちされている。ゆえに、こうして追い詰められた折の対処を知らなかった。

退くべきか、と弱気が過《よぎ》る。

自分と清康さえいれば、忍群などいくらでも立て直しが利く。多くの腕利きを失ったとはいえ、駁の里は健在だ。此度は退き、いずれ捲土重来《けんどちょうらい》を――

心の衰えを支えるように、我知らず黒塚は幹に手を突く。そこにくしゃりと、樹皮ならぬ感触がした。はっと見やると、和紙がそこに釘打ちされている。

白地には、星明かりにも瞭然と文字が書き記されていた。黒塚の目は魅入られたように墨を追い、やがて喉の奥から声にならない悲鳴が漏れた。

――黒塚おな、この樹下に死す。

綴られていた一文とはこれである。

読まれている。読み切られている。何もかもが見透かされているのだ。頭身の毛も太る恐怖が黒塚を鷲掴みにし、彼女に懐《ふところ》を探らせる。

そして、夜天へ光が遡《さかのぼ》った。

なんとも上手く嵌《は》まったものだ。

空へ打ち上がる光を眺めて志乃は思う。駁を鎧袖一触《がいしゅういっしょく》したこの流れは、三十日衛門と志乃の主導の下に企まれたものだった。

こまから内情を聞き及ぶなり、三十日衛門は駁を多様性のない硬直した組織と看破したのだ。

個人が単独の見解によって全体を動かす忍群の体系は、黒塚の体験だけに縛られた歪《いびつ》なものだと老人は言い切った。

『信じたいものだけを信じ、見たいものだけを見る、凝り固まったお人ですな。方治さんや志乃さんが、人の話を聞かなくなったようなものです。駄々っ子と少しも変わりがない』とまで述べ、方治に顔を顰《しか》めさせたものである。

老人はこまに一層詳しく黒塚おなの人となりを語らせ、そののち議論を重ねて陥穽《かんせい》を成した。黒塚が自身の全てを見透かされたと感じたのも道理。これは駁に対する軍略ではなく、彼女個人を対象とした詐術であったのだ。

一例を挙げれば、庭木に留めた紙である。

孫臏《そんぴん》の剽窃《ひょうせつ》を記したこれは、実のところ、遮蔽《しゃへい》となるほどに太い幹を持つ木全てに打ち付けてあった。黒塚が指揮を執る折の癖を聞き出して施した仕掛けであり、こまの記憶があればこそできた脅かしである。

対黒塚おなの備えにおいて、彼女の功績は計り知れないものがあった。

その功労者はといえば、ただぽかんと口を半開きにしている。あまりにあっけない駁の敗北が、余程に信じられぬらしかった。

価値観の変異は、時に強く大きい心的衝撃を伴うものであるが、志乃ですら図が当たり過ぎたと驚くほどの戦果である。長く黒塚に支配されてきた彼女が、我が目を疑うのも無理からぬところだろう。

「大体こまのお陰だな！」

鞘を握り柄《つか》に手をかけ、油断なく周囲に目を配りながら、常の調子で菖蒲が囁く。

こまはきょとんと自分を指差し、それからこくこくと頷いた。

そのやり取りに少しだけ目を細めつつ、志乃は穴より上がって外に出た。

彼女ら三人が潜んでいたのは畳の盾の後背、三十日衛門の眼前の床に開いた穴の内である。黒塚は火を用いぬと読み切った上で、守るべき人間をひとまとめに隠していたのだ。最初の囮《おとり》を務める三十日衛門にこそ若干の危険があるものの、戦力の集中するこの場はその後、逆に最も安全な居所となる。そう見越した差配だった。

ちょっとした登りの動作だったが、途端、思わぬ痛みが走る。志乃の傷は未だ癒えきらない。微熱が続き、無理に動けば傷が開きかねない状態だった。小さく呻きよろめいたところを、ぐいと方治に抱き留められる。

「そんなざまでも、面ァ拝みに行くのかい？」

「そうだよ。どうしても見ておきたいのさ。悪いね、先生」

腕に縋って億劫な体を支え、志乃は答える。手を借りつつ奥座敷より進み出て、淡い月影の下、光の尾の根に佇む老婆を見やった。

黒塚という人間について聞き及んだ時、志乃はそれが同類であることを直感した。自分と同じく、欲しがられたい人間だ。愛されたくて愛されず、望まれたくて望まれず、置いてけぼりになった人間だ。だから独りきりの楼閣を築き上げ、そこに他人を押し込んでしまったのだと理解ができた。

誰もが自分より速く行くなら、みんな歩けなくしてしまえばいい。

誰もが自分より高く飛ぶなら、みんな地に落としてしまえばいい。

それは、そうすれば置いていかれないという歪んだ願いに他ならなかった。

黒塚を、「人の話を聞かなくなった志乃」と評した三十日衛門はまったく正しい。

叶うことなら作り上げた檻にお気に入りだけを閉じ込めて、ひたすらに承認され悦に入《い》りたい欲求は、今も遣手《やりて》の内に燻《くすぶ》っている。

だからこそ、志乃は見たかった。

この衝動を抑えず、長く己の箱庭を統治してきた女がどのような顔をしているのか。

その夢の終焉を、どのような顔で眺めるのか。

悪趣味この上ないと知りながら、見届けたくて堪らなかったのだ。

そうして、ああ、と嘆息した。

黒塚の背は矍鑠《かくしゃく》と伸びていた。忍び装束に包まれた体は、鋼のように鍛え込まれている。壮年の男すら容易《たやす》く打ち倒しそうな威風があった。両眼は精気を漲《みなぎ》らせ、突きつけられた敗北にも決して屈さぬ強い光を灯している。

一種の英雄の姿だった。

だが志乃にとって、それはひたすら醜悪である。己の知恵、己の了見、己の正しさのみに固執し、他人の心には一切斟酌しない、我意ばかりの亡者と見えた。媼《おうな》はただ己のために、様々な芽を踏み躙ってきたに違いなかった。

　人は生きれば老いていく。後生《こうせい》に追いつき追い越され、教え託し、伝え繋いで死んでいく。それが道理であり、摂理であろう。黒塚おなは、その輪から外れ落ちていた。老婆が纏うのは長く生きた者の不可思議な荘厳でなく、死に時を失い生き過ぎた者の不気味さだった。

　ゆっくりと、志乃は瞬きをする。

　どんな答えを得たわけでもない。どんな悟りを開いたでもない。ただ、居場所を追われることを恐れ続けた心が、すとんとあるべき位置に落ち着いた。そのような心持ちだった。ふっと、靄《もや》が晴れた気がした。

「気は済んだかよ」

　ぶっきらぼうな物言いに、静かに頷く。「そうかい」と応じたその声は、いつもより少し、優しいように思われた。

「わからないもんだね。あたしは思ったより人が好きで、しかも人に好かれたいみたいだよ。こんなに嫌な女だってのにさ」

　微かに心根を漏らすと、方治ははんと鼻で笑った。

「なーに言ってやがる。お前は随分と慕われてやがるじゃねェか。居残りの俺からすりゃあ、羨《うらや》ましい限りだぜ」

人間、存外に自分のありさまが見えぬものであるらしい。志乃はわずかに目を細め、鼻で笑い返してやった。

それから、きっと老婆に目を据える。

「黒塚おな」

呼ばわると同時に、棒手裏剣が夜闇を飛んだ。指の股に複数本を握り込み、左右に腕を翻しつつ打ち放つ、黒塚特有のやり方だった。両の手を用いて繰り出された投擲《とうてき》は、恐ろしく速く、正確である。だがそれらは志乃の急所を抉《えぐ》らず、代わりに藺草《いぐさ》へ深く食い込むのみに留まった。引きずってきた畳仕寄りを、笛鳴らしが横合いから突き出したのだ。遣手《やりて》と居残りの姿は、その陰にすっかり消え失せている。

「あんたの負けだよ。あんたが連れてきた九人は死んだ。あんたの無能が殺したのさ」

身を潜めたまま、志乃は言葉を続けた。艶めく気だるい掠れ声が、老婆の顔を歪ませる。

「まださ、小娘。じき清康様がいらっしゃる」

黒塚の応じる声には、この上ない自信が満ち満ちていた。

この老女は心の底から確信している。清康さえ現れれば戦況が覆《くつがえ》ると盲信し、狂信している。清康と方治の立ち合いを目にしたのは、不幸にも駁ではこまのみなのだ。

「あの方がいらっしゃれば、お前たちなど——」

「来ないよ」

その希望を、志乃はすげなく一蹴する。容易《たやす》く黒塚が沈黙したのは、彼女もわずかながら不安を抱いていたからだろう。

遅すぎるのだ。

清康は篠田屋近辺に待機する手筈となっていた。黒塚の合図が上がれば、すぐさま斬り込めるようにだ。それが、今になっても姿を見せない。

疑いの影がかすかに差した。静かな死闘の舞台となった篠田屋は、周囲の妓楼の華やかな光と人のさざめきに取り囲まれ、夜の中に孤絶している。その戦場において、老婆は更に孤独だった。

「駁清康はここへは来ない。色々と思い返して、羽平こまが明言したよ。彼は心底、忍群を嫌っているとね」

「戯《ざ》れ言を！」

口角泡を飛ばして黒塚は叫ぶ。こまの名と共に語られたその言葉は、彼女に忍者らしい虚心を忘れさせた。

「あの方が我らを見限るなど、そのようなことがあるものか！　どれほど心を尽くしてお育て申し上げたと思っている。ご器量を存分に顕《あらわ》すべく、わたしがどれほど……！」

だがどう叫ぼうと、清康が現れぬ実情に変わりはない。生じた疑心は、黒塚を絶望へと追い立ててゆく。

「それが根だと、まだ気づかないのかい？」

やがて老婆の舌が途切れ、そこへ志乃が囁いた。

「自分のかたちも幸せのかたちも、それぞれが手前勝手に決めるんだ。横から無理強いしていいものじゃない。才があるからと笛好きに剣を押しつけたなら、それは余計なお世話と決まってるのさ。理解おしよ、黒塚おな」

反論を許さず、舌鋒は攻め立てる。気圧された黒塚が、我知らず数歩退いた。

「――何もかも、あんたの所為だよ」

ひと呼吸置き、転瞬切り込む呼吸の鋭利は、刹那《せつな》閃《ひらめ》く太刀行きに似る。言霊《ことだま》は存分に老婆の臓腑を抉《えぐ》り、その目を大きく見開かせた。

「あんたが清康に厭われたのさ。あんたが清康を厭わせたのさ。何よりの証拠に、彼はあんたを決して名で呼ばれなかったそうじゃあないか」

猿。虎。鶫《つぐみ》。

清康は駁の四姓に対し、そのような独特の呼称を用いていた。確かにこれは無関心の、延《ひ》いては嫌悪の表れであるやもしれぬ。だが黒塚への呼びかけは、いつだって「おばば」だった。血縁的な親しみが、そこにはあるに違いなかった。違いないと思わねば、最早おなは立ち行かなかった。

老婆の惑乱を見計らい、じわりと畳が前に出る。動揺の隙を狙ったものであろうが、これは悪手であった。敵意を感知した黒塚は、たちまち冷徹な忍びの思考を取り戻す。歳なりに曲がりかけた背が伸び、腰がわずかに沈んだ。縦横自在の方角へ跳ね飛べる身構えである。同時に双手が懐《ふところ》に滑り込み、再び抜き出されたその時には、両の指の股に棒手裏剣が挟み込まれていた。

じりじりと間を詰める盾に対して、黒塚は鏡面のように精神を研ぎ澄まし、身構える。

右か左か。それとも蹴倒して直進か。

いずれの形で笛鳴らしが現れようと、その瞬間に手裏剣を浴びせかけてやるつもりだった。攻めあぐねたように、緩慢な畳の動きが止まる。会話が途絶れ、黒塚の位置が定かでなくなったがゆえの停滞であろう。

嫗《おうな》はほくそ笑む。なれば亀の如く、縁《へり》から顔を覗かせるがいい。いずこから首を出そうと、その頭《こうべ》を打ち割ってくれよう。自在な投擲《とうてき》の構えを維持したまま、じわりと爪先で距離を詰め——そこへ、背後から斬撃が来た。

驚愕しつつも、黒塚は身を捻る。咄嗟の反応が、辛うじて老婆を救った。後方からの刃は存分に肩を割り、しかし彼女を殺すことなく走り抜ける。

「仕損じたのかい？　だらしのない先生だねえ」

「うーるせェや」

呆れたような声音に、血刀をひと振りしつつ方治が答えた。

完全に、黒塚の不覚である。笛鳴らしは女と共に、あの畳の向こうにあるのだと信じ込んでいた。問答によって注意が逸れるのをじっと待ち、いずれ躍り出て長脇差を振るうものと思い込んでいた。

しかし志乃が言葉巧みに気を散らすうち、方治は死角を影の如く移動して、いつしか黒塚の背に迫っていたのだ。

状況を理解した黒塚は、苦痛の色すらなくひと跳びし、笛鳴らしへ向け腕《かいな》を打ち振る。ただの一挙動と見えて、数条の手裏剣が夜を裂いた。

致命の傷を受けた人間が為《な》すとは到底思えぬ反撃である。利くはずもない腕を動かしたのは、黒塚の恐るべき才覚の一端だった。感嘆の声を漏らし、方治は庭木に身を隠す。

その一瞬を盗んで黒塚は身を翻し、脱兎の如く駆けた。負傷による遅滞は少しもない。老婆は篠田屋の敷地を飛び出るや、たちまち影も見えなくなった。

「ちょいと、先生！」

「問題ねェよ。長くはないさ」

危惧する志乃に首を振り、方治は長脇差を拭って納めた。即死ではなかったが、あれは生きているのが不思議な傷だ。強烈極まる精神が一時《いっとき》活動を可能としても、すぐさまに肉体が音《ね》を上げるのは目に見えていた。

斯《か》くして密やかな決戦は、篠田屋の勝利で幕を閉じる。

顔色悪くへたり込む志乃を、方治は横抱きに抱え上げた。そのままのそりと奥座敷へと運び込む。腕の中で女が何事か喚いたが、自ら望んで無理をして、傷を開いた阿呆の弁だ。端から聞くつもりはなかった。

＊＊＊

篠田屋から通りを二本渡った先に、一宇《いちう》の寺がある。

死んだ女郎を無縁仏として弔《とむら》うための寺であり、客の足が向く場所ではない。色里が夜の盛況を増せば増すほど、逆に境内《けいだい》の静けさは募る。

そこに、ふたつの影があった。一方は見目麗しい青年。もう一方は肩を斬り割られた老婆。

駁清康と黒塚おなの両名である。

両者の邂逅《かいこう》は偶然ではない。人気《ひとけ》のなさに目をつけて、忍群は襲撃後の合流地点をここと定めていた。

「何ゆえ……」

喘鳴《ぜんめい》のように、嗚咽《おえつ》のように、憎悪のように、絶望のように黒塚が問うた。大量の血を流し、それでもここまで辿り着いたとは、恐るべき生命力という他ない。まさに蛇の如き老婆であった。

「何ゆえ、おいでくださらなんだか！」

ほとんど這うようにして足元まで来た黒塚を、星明かりを見上げたまま、清康は目にも入れない。

「気が乗らなかったんだ」

やがて返して寄越したのは、子供の言い訳めいた言葉だった。

「それにもう、駁は終わりにするつもりだったからね」

この寺で彼が待ち受けた理由を述べるなら、それは駁の生き残りを斬るためである。

清康にとって忍群とは、己を祭り上げるもの、人として認めぬものの総体だった。

いずれ破滅を遂げさせようと、思い定めた存在だった。

「では悲願、我らの、悲願は……」

「我らじゃあなくて、おばばの悲願だろう？　都合よく縋られても困る。おれを巻き込まないでくれるかな」

清康が、ようやく黒塚と視線を合わせる。心底倦《う》んだ目の色をしていた。

「おばばは好きにしてきたろう？　おれも、好きにさせてもらうよ」

「ああ……」

血の気を失った老婆の面《おもて》が、代わりに絶望で満たされていく。

「その様子だと手勢は全滅かな？　流石《さすが》は笛鳴らし、といったところか。……ああ、駁は終わりと言ったけれど、おれにもまあ情はある。おばばは斬らずにおくよ。といってもその傷じゃ、もう長くはないだろうけれど」

いっそ優しい声音だった。囁いて踵《きびす》を返しかけた清康の足を、掻き抱くように黒塚が捕らえる。

「おま、お待ちを……！」

「なんだい？」

「呼んでくだされ。名を。この、婆の名を」

篠田屋で突きつけられた無関心を、嫌悪を、せめて最後に否定したかった。自分は必要な存在であったのだと、我が孫のように愛した彼の中に、何か残せたのだと信じたかった。

だが、難題を突きつけられたと言わんばかりに、清康は困惑の形で眉を寄せる。

「無理だよ。すまないけれど、覚えてないんだ」

赤い唇に感情のない微笑を浮かべ、にべもなく彼は告げた。老婆の生涯に、何の価値もなかったという宣告だった。

呆けたように黒塚は口を開く。その瞳が、ふっと焦点を失った。

取り縋ったはずの腕をすり抜け、清康の姿が遠ざかる。どれほど手を伸ばそうと、その背に届くべくもない。ただ空《くう》だけを掴み、老婆の体は墓地に転げた。
多くを支配し多くに畏怖された彼女の、それが哀れな末期だった。

鵺月夜

北里に辻斬りの噂が聞こえ出したのは、もう年も暮れようという頃だ。

無論、ただの辻斬りではない。三猿のような異常の殺人者でなければ、すぐさまに奉行所が乗り出して終《しま》いである。毒虫が巣を成し、いくつもの火種が燻《くすぶ》る地であるが、公然と無法が罷《まか》り通るものではないのだ。

ならば何者かと問えば、それは剣士の亡霊なのだという。

緋色地に白絣《しろがすり》の羽織を纏う彼は、老若男女の別なく見惚れるような美貌に、幾多の苦渋を経《へ》て枯れた老人のような憂いを湛え、常に同じ辻に立つ。日の光が紅を帯びる頃、どこからともなく現れて、残照が去り夜の帳《とばり》が下りる頃、どこへともなく消え失せている。

昼夜が入り混じる曖昧な刻限にだけ姿を見せる彼の瞳は、ただ茫洋と彼方を眺め、まるで何者かを待ち受けるようだった。

誰を待つかについては、語り手の了見によって異なってくる。

ある者は一族を戮殺《りくさつ》して遁《のが》れた仇を追うのだと言い、またある者は生き別れとなった許婚を探すのだと語った。諸説に必ず共通するのは、この青年を最早生きてはいない者とする向きである。

当然ながら、彼は生者だ。足があり、呼吸をし、鼓動を打ち鳴らしている。だがその佇まいは幽明の境を踏み越えて、死者を観じさせるものであった。

この剣士が獲物を求め、能動的に動くことは決してない。にもかかわらず彼が辻斬りと称されるのは、間合いに入る人間の悉《ことごと》くを斬り捨てるからだ。

横を駆けた子供も、杖を頼りに歩く按摩《あんま》も、美貌に好色を刺激された男も、親切心から声をかけた女も。一切合財の区別なく、一刀の下に両断された。自動的で反射的なその太刀筋は、まるで嫌悪と拒絶の具現だった。

この残虐が知れ渡ったのち、功名心に駆られ彼に挑む武芸者が幾人か出ている。が、いずれも刀と胴を重ねて四つにされ果てて、辻斬りに名を成さしむるのみに終わった。

それでも彼の纏う死の気配に魅入られるのか。火に飛び入って焼ける蛾の如き輩は尽きず、青年は夕ごとに血と臓物を振り撒いた。

しかし、奉行所は積極的に彼を追わなかった。

これにはいくつかの理由があるが、青年が常に同じ辻に現れることと、剣の距離に近づきさえしなければまったくの無害であることが大きい。まさしく触らぬ神に祟りなし。彼に斬られるのは、嵐の海に舟を漕ぎ出すような愚者の振る舞いと見做《みな》されたのだ。

あやかしめいた風聞ばかりを拡大させて、ゆえにこの辻斬りは、今も北里の黄昏《たそがれ》に居る。

「なあ御前。先だっての笛の所望だがよ、あの話は立ち消えかい？」

巷説を聞き終えた方治の、これが第一声だった。所は篠田屋、内所奥の一室である。駁との一戦ののちに職人を入れ、妓楼の修繕は粗方が済んでいた。そろそろ商《あきな》いを再開しようかという頃合いである。

「無論、まだ生きておりますよ。……方治さんも、そうお考えですか」

楼主の応答は、過日のやり取りを受けたものだ。

——実は近々、方治さんに笛を所望せねばなりません。

——奏する相手は、駁清康ということになりますでしょうな。

わざわざ調べるまでのこともなかった。方治と三十日衛門の両名共が、噂の辻斬りが駁清康であると直感している。頷き合って互いの意を確かめ、笛鳴らしは陰鬱に息を吐いた。

「あいつは、自由になったんじゃあなかったたっけなァ」

逃げて逃げて逃げ延びて、どこぞへ雲隠れしてくれればよかった。だが彼の素性を知る者が多い、北里や相沢に居るのでは駄目だ。黒塚と同じく清康の血を利用しようとする者が出るに決まっていた。そしていずれかの勢力が動けば、静観を保つ他も応じて動く。

またしても神輿《みこし》に祭り上げられるか。不必要な存在として暗中に葬られるか。いずれにせよ、彼に人らしい生は残るまい。

真新しい畳の香《か》を吸い込み、居残りはもう一度嘆息をした。

人の心は得体が知れない。月のように満ちては欠けを繰り返し、実態の掴みようもない。だから方治に、清康の中身はわからない。

わかるのはひとつ。

彼を捨て置けば、より手ひどく転がり落ちるということだけだ。

「まーったくよぅ。頼みの品を頂戴に来ただけだってのに、嫌な話を聞かせてくれるぜ」

「申し訳ないことです。ですが、方治さんを待っているのだろうと思いましてね」

言われるまでもないことだった。方治もまた、あの日の清康の破顔を連想している。

「わかってるさ。俺が、行くべきだろうよ」

痛ましげな目のまま、三十日衛門は静かに頭を下げた。方治はひらひらと手を振って、

「勿論、酒手《さかて》は弾んでもらうぜ？」

「ええ、ええ。お任せください」

承諾を受け、笛鳴らしは図太く唇を歪めてみせる。長脇差ともうひとつの鞘を握り、腰を上げた。

「もう発《た》たれますか」

「早いうちがいいだろうさ」

「方治さんは、鵺《ぬえ》というものをご存じですか？」

応じつつ襖に手をかけた背へ、唐突に老人が問うた。

「昔に出たってあやかしだろう。頭が猿で胴は狸、手足は虎で尾が蛇ってな具合だったか」

「はい。仰る通り、様々が交じり合った化け物ですな。転じて正体の掴めぬもの、得

体の知れぬものをもそう申します。ですがこの怪物は、鵺という名ではないのです」

「へぇ？」

「鵺とは元来、虎鶫《とらつぐみ》を言うそうで。その囀《さえず》りに似た不気味な声を出すので、この化け物を鵺の声で鳴くあやかしと呼んだのだそうです。つまるところ彼は、自分の名すら持たぬ怪物なのですよ。いささか、哀れを催しますな」

「あァ――哀れだな」

束の間、瞑目し、それから方治は肩越しに老人を見返った。

「御前は、最初からあいつに親身だったたな」

「ええ。私も同じく弱い人間です。型に嵌《はま》れば窮屈だ、息苦しいと思います。けれど枠を失えば、自分の形を保てません」

自嘲めかして言うが、さてどうだかと方治は思う。どれほどの驚天動地が起ころうと、この老人の泰然自若は崩せぬ気もする。だがそのような印象こそ、周囲が斯《か》くあれかしと押しつけた幻想なのかもしれなかった。

「水を差すようなことを申しましたが、お気をつけてくださいよ、方治さん。私の頼みの筋であなたに万が一があれば、あちこちから睨まれてしまう。寿命がうんと縮まります」

「一体御前は、いくつまで生きる算段だよ」

軽く笑って、居残りは内所を後にする。北里へ発《た》つ前に、顔を出す先があった。

うとうとと熱に微睡《まどろ》むところへ、「起きてるかい？」と耳に馴染んだ声がした。どうにも仲の良いまぶたをこじ開け、志乃は頭《かぶり》を振って眠気を追いやる。

「起きてるよ」

声に寝惚けの色が交ざるのを、不機嫌を装《よそお》って誤魔化すと、間を置かずに襖が開いた。

「邪魔するぜ」

「まったくさ。遠慮ってものを覚えて欲しいねえ」

居残りには目もくれず、志乃は寝床から天井を仰ぐ。そこにあるのは偽らざる不機嫌だ。寝起きの顔を眺められるのは業腹だが、だからといって隠すのも、殊更意識しているようで口惜しい。

「先だっては忍び入るご無礼をしたからな。今日は挨拶を学んできたのさ。褒めてくんな」

剽《ひょう》げた言いを志乃は鼻で笑い飛ばした。

「で、何の用だい？　夜這いにはまだ刻限が早いだろう」

「おいおい俺ァ居残りだぜ。無一文でお前に手を出す度胸はねェよ」

軽口を返しつつ後ろ手に襖を閉めて、方治はいつも通り無遠慮に志乃の局へ滑り込む。枕元にどっかと尻を置き、片胡坐《かたあぐら》をかいてから調子を変えた。

「御前に笛の所望を受けてな。またぞろ北里に行くことになった。なんで、その前に面《つら》ァ拝んどこうと思ってな」

聞いて体を起こそうとした志乃を、方治が手のひらで制止する。

「大人しく寝てろ」

「もうおおよそ平気なんだよ。あの医者坊《いしゃぼん》が大袈裟なだけさ」

「あれも俺も、お前を案じて言うんだよ。いいから寝てろ」

強く肩を押さえられ、諦めて力を抜く。実際、まだ傷が痛むのは確かだった。

「駁清康かい？」

呻くような吐息を漏らしてから、志乃は問う。昨今は床に伏し、噂流れに疎い彼女だが、こうも手蔓《てづる》を与えられれば憶測がつくというものだった。

「ああ。どうも箍《たが》が外れちまったみたいでな」

なんとも言えない苦い色が、笛鳴らしの面《おもて》を過《よぎ》る。

「前に、言ったっけねえ。神仏に縋る気持ちがあたしにもわかるって。自分の形がすっかりわからなくなった時、何を信じたらいいのかもわからなくなった時に、そういう杖が入用《いりよう》になるって」

三猿との対峙の折に見た清康と、こまから聞き及んだその半生を思い浮かべ、志乃もまた、咀嚼《そしゃく》めいてゆっくりと瞬きをした。

「あの御仁は、その杖さえなくしたんだねえ」

深々と嘆息してから、今度は眠るように目を瞑る。

「先生、ちょいと聞いてもらえるかい」

「ああ」

「あたしはね、添え木なのさ――」

そうして、誰にも語ることのなかった真情の吐露をした。

生まれてこの方、愚痴など誰にも零したことはなかった。それを今するのは何故だろう、どうした風の吹き回しだろうとは、自分でも思う。どうせ伝わりはしないと諦めつつも紡ぎ始めた言の葉は、仏頂面ながらも余計な口を挟まない方治のお陰ですらすらと続いた。

中途で、この男は不幸を聞き慣《な》れているのだと思い出す。女郎たちから身の上話を聞き出して、笛鳴らしは蒐集《しゅうしゅう》するのだ。世を羨望し続ける、それが彼の処世術だった。聞き上手なのも頷ける。

お陰で方治に買われたがる女の心地が、少しばかりわかってしまった。

そうまでして共感を求めたい心細さが、ただ黙って耳を傾けられるだけで楽になる不安が、世にはあるのだと気づいてしまった。迂闊《うかつ》をしたと志乃は悔いる。こんな頼り方を覚えたら、歯止めが効かなくなりそうだった。もうこれっきりにしておこうと密やかに意を固める。

「とまあ、そんな具合でね。あたしは認められたくて必要とされたい、あの黒塚と相似の女なんだよ。こっちを見て欲しくて仕方がないのさ」

奇妙に満ち足りた気分で己の恥部を語り終え、志乃はそう結んだ。

そののち閉じていたまぶたを開き、口の両端《りょうはし》を精一杯上げて、笑みの形を模倣する。

「このところの醜態で、御前の愛想も尽きたろうからねえ。おこうって代わりができたことだし、あたしはお役御免。あんたが戻る頃には、もうここにいないかもしれない。だから今のうちに、先生には話しておきたかったのさ。出がけを引き留めて悪かったね」

「お志乃、お前」

「ああ、おこうの面倒はちゃんとみてやるんだよ。あの子はあんたを憎から――」

「聞けよ、お前は人の話をよ」

早口に捲し立てる唇を人差し指で封じられ、遣手《やりて》は鼻白む気配で居残りを睨《ね》めた。

「回り過ぎてお前の知恵は時折お粗末だ。人様のありように嘴《くちばし》を容《い》れるのは趣味じゃあねェが、まず言っとくぜ。お前が面倒な女なのも、お前が大した女だってのも、こちとらとっくに承知なんだよ。俺だけじゃあねェぞ。御前もおこうも牛太郎どもも、皆様揃ってご存じだ。まーったく、なんだって婆の面《つら》拝みに固執するかと思えばくだらねェ。自分で思うよりお前は好かれてんだ。もっと世の中を甘く見ろ。少しは息がしやすくなるぜ」

斜に構えて皮肉ばかりの男の口から珍しい言いが滑り出て、志乃は目を丸くする。優曇華《うどんげ》の花を見たような心地だった。

「大体、御前がお前を見限るなぞあるものかよ。ありゃ図々しくも、お前のことも娘かなんかと思ってやがる。手前の歳を考えろってんだ」

「……なんだい、慰めのつもりならよしとくれ」

だが内心は揺れつつも、それを外に出す可愛げがないのが志乃だ。反射的に憎まれ口が滑り出て、流石《さすが》にしまったと口を結ぶ。しかし案に違《たが》って、方治は目だけで笑った。それは悪童仲間の合図のように、ひどく気の知れた所作だった。

「おいおい、宸襟《しんきん》を安んじてやったんじゃねェか。感謝しやがれ」

「上から何様のつもりだい、この唐変木」

「言いやがる。添え木木っ端《こつぱ》はお前の側の自称だろうが」

悪態を吐《つ》き合いながら、志乃はこうした信頼のあることを思い知る。この男の言う通り、世の中は甘いのかもしれない。優しいのかもしれない。

「ま、俺の了見になるんだがよ」

遣手の心のささくれがわずかなりとも治まったのを見て取って、方治が声の調子を変えた。

「そもそも見返りを求めて何が悪いって話だぜ。上善《じょうぜん》水の如しとは言うがよ、無償の善意なぞ続きやしねェだろう。お前の仕事ぶりなら、むしろもっとを求めても罰《ばち》は当たらねェさ」

「……そんなものかねえ」

無感情に応じる声には、方治にしか見抜けぬ喜色が籠もる。

――こいつがこうも簡単な女だとは、御前だろうと知るまいよ。

底なしに抜けた感慨を抱きつつ、居残りは続けた。

「それによう、添え木の何が悪いってんだ。後々不要だからどうした。今はどうしたって要るんだろうが。眺めせし間に変じていくのが世と心だ。今日美しいものが明日醜く変わり果てることも、どうしようもねェ陋劣《ろうれつ》の上に小綺麗な花が咲くこともあらァな。一時《いっとき》だけでも見惚れたんなら、夕暮れの赤を褒めてやれ。後を案じて先に怯えて、それで今を損なうのは馬鹿ってもんだぜ。行く末がどうなろうと、過去はそのまま棒立ちだ。なら、思い出は褪《あ》せねェよ」

「先生は、どうにも感傷的なお人だよ」

「混ぜっ返すな。柄じゃねェのは承知の上だ」

不貞腐れたように、方治はぷいと他所《よそ》を向く。「誰のためだと思ってやがる」と付け加えられれば、志乃も二の句を継げない。

「土台、長く連れ添ったもんを、おいそれと投げ捨てて忘れられねェだろう。面《つら》つき合わせてりゃ愛着も出る。でなけりゃお前は、どうして後生大事に親のことを抱えてんだ。あったんだろう？　褪せねェような、いいこともよ」

「かも、しれないね」

もう遠い記憶を辿り、志乃は胸元へ片手を添える。こまのような異才がなくとも、そこには忘れようのない、ほのかな温もりがあった。

「ほらよ」

過去を透かし見るその鼻先へ、風情《ふぜい》を解さぬ男の手で見慣《な》れぬ鞘が突き出される。

「たとえ物だとしたってよ、人様の気持ちがあると思えば、粗略にゃ扱えねェもんさ。受け取っときな」

「一体全体なんだってのさ……？」

戸惑いつつも手に取ると、渡した方治が頭を下げた。

「お前がくれた刀の成れの果てだ。俺の腕が足りねェばかりに、清康に斬られちまってな。大分役立ってくれたってのもあるが、何より賜り物を打ち捨てるのは忍びねェ。それで磨《すり》上げて小刀にしてもらったのさ。返礼と言えばちょいと違うが、収めといてくれ」

小刀となった長脇差を手のひらに載せ、遣手《やりて》は矯《た》めつ眇《すが》めつする。それから鯉口《こいぐち》を切って刀身を眺め、やれやれと頭《かぶり》を振った。

「まったく、物持ちの悪い先生だねえ。世話のし甲斐がありゃしないよ」

これればかりは返す言葉もなく、笛鳴らしは平身する。溜飲を下げ、志乃は口の端を上げた。

「どうせ御前の入れ知恵だろうけれど。でも、ま、機嫌を取ろうって算段だけは認めたげるよ。あたしも、これくらい重宝されたいもんだね」

「お前なら心配ねェよ。人間、求めに応じてどんな形にだって収まれるもんさ。この俺みてェにな」

胸を張っての請け合いだったが、志乃はじろりと呆れた横目で方治を睨《ね》めた。

「あんたは収まってない方の例だよ。前にも言ったろう。先生は居残りなんだ。とっとと金払いを終えて、どこへなりと行っておしまい」

彼はそもそも自由なのだと、遣手《やりて》はそう考えている。剣に因《よ》らず殺しに因らず、口を糊《のり》するが叶う身だ。だからこそ三十日衛門も、居残りという境遇を用意したに違いなかった。

「ふんだくるなり追い出そうたァ、ひでェ女だ。捨てられるのは俺の方かよ」

今度は言葉の裏を察した上で、笛鳴らしは不機嫌めかして舌打ちをする。

これは方治なりの義理立てだった。志乃には志乃の意図があるように、彼にも彼の意地がある。嵐の折の止まり木を、晴れの日に見向きもしない薄情は、笛鳴らしの矜持《きょうじ》に反した。

こうなれば梃子《てこ》でも動くまい。嬉しいような悲しいような心持ちで、志乃は静かな息を吐く。

「難儀なもんだねえ、先生は」

「人のこたァ言えねェだろう」

「あたしなんぞは可愛いものさ。あんたにゃ及びもつかないよ」

「そんなにご感心なら神棚に祭って、礼賛《らいさん》でもしてくんな」

子供めいた拗ね具合だと、胸の内で笑った。

今度の制止は振り切って、志乃は無理やりに上体を起こす。懐剣を枕元に置くと煙草盆を引き寄せた。火打ち道具を握り、方治を手招く。

「あんまり、足止めしたじゃいけないからね」

そうして、囁きながら切り火をした。

「気をつけて、行っておいで」

「ああよ」

頷いて長脇差を掴み直し、笛鳴らしが尻を浮かす。ふと思いつき、志乃は悪戯顔《いたずらがお》で微笑んだ。

「ま、安心おしを。手足の一、二本なくしても、あたしが面倒をみてやるさ。愛着ってものが、世間にはあるらしいからね」

「おいおいおいおいおい志乃さんよぅ。そこはまず五体満足、無事と武運を祈るところじゃあねェのかい？」

「冗談さ。人手が足りなくなるのは困りものだからねえ」

「……お前の言いは笑えねェよ」

首を竦める方治を寝床から見送り、とんと襖が閉じたところで、彼女はそっと独語する。

「ちゃんと帰っておいで。――いい子で、待っているからさ」

＊＊＊

自分は、いつ死んだのだろう。

残照に染まりながら、駿清康は自問する。

友を失った時か。その友を斬り捨てた時か。恋する人を亡くした時か。その弟を手にかけた時か。それとももっと早く、生まれ落ちたその時にか。

始めから彼は特別だった。物心ついた頃から、一段高みにある存在だった。血筋があり、才覚があり、何より黒塚の庇護があった。

崇められ、讃えられ、期待され、見上げられ。常に周囲から一線を引かれ、特別なものとして扱われてきた。どうしようもない壁を築かれて、その檻の中で息苦しく過ごしてきた。

近づく意思のない憧憬《どうけい》と尊敬は、疎外と少しも変わらない。

ゆえに清康の心は、幼くして吹きさらしの荒野にあった。遮るものなく残忍な辻風を浴び続け、やわらかなものを、あたたかなものを剥ぎ取られていった。

それでも、彼の生に一筋の灯火もなかったわけではない　肩を並べる朋友がいたこともある。

けれど友は剣において彼を裏切り、そののちは清康を党首と仰いで、ただ従順に従うばかりとなった。

これが黒塚の差し金なのは明らかなことである。だが彼女の差配に意見できる者はなく、自分が何を言おうと、老婆は「全ては清康様の御為《おんため》になりますれば」と嘯《うそぶ》いて憚《はばか》らない。

それで、清康は諦めた。願いと祈りとは、時に毒と呪いに似る。

世界が斯《か》くあれと望むなら、自分はそのようにあろう。その方が楽だと彼は悟り、押しつけられた領袖《りょうしゅう》としてのかたちに沿うようにした。

閉じた輪の中で更に狭い輪を作り、その箱庭で万能を振るった。それはとても楽なありようだった。何も思わず考えず、やがて何ひとつ感じなくなった。

そのまま空虚に君臨し続けられたなら、清康は幸福であったかもしれない。

だのに彼は恋をした。

その人は里の女だった。手のかかる弟を抱えつつも独力で家を切り盛りする、眩しい活力の持ち主だった。駁にありながら、黒塚に屈さぬ数少ない人間だった。

清康が彼女を知ったのは、弟の処遇を巡って彼女が懲罰を受けた折である。だが確かに黒塚に逆らった、迅速で露骨な報いとして、その人は片足の自由を失った。かに奪われながら、彼女の瞳の光はまるで損なわれなかった。己が持たない、命そのもののような強さに清康は見惚れ、興味を抱き近づいた。関心は、やがて恋慕に変わった。

自分のような者に突然の好意を向けられ、彼女はさぞ困惑したことだろう。けれどふたりはやがて心を通わせ、ひっそりと逢瀬を重ねる仲となった。この関係は、誰にも悟らせていないつもりだった。

が、所詮は児戯だったのだろう。

ある夜、不慮の火が彼女を襲った。炎上した家にいたのは彼女と弟のふたりであり、弟は命を拾ったものの、彼女は手当ての甲斐なく落命したと報された。

しかし清康の目は節穴ではない。弟ともども助け出された彼女が、密かに刺殺されたことを彼は見抜いていた。裏で糸を引いたのが何者であるのかも、また。

黒塚は英才教育を施したつもりであったのかもしれない。自身と同じく孤独に君臨することこそ、正しい支配者の姿と確信していたのかもしれない。

けれど言うまでもなく、これは凄まじい悪手だった。一時《いっとき》は静まっていた清康の中の風が、再び吹き荒れたのはこの時である。狂風は憎悪以外の何もかもを奪い去り、ただ瞋恚《しんい》の火を駆り立てた。

この日、駿の全てが彼の敵となり、敵《かたき》となったのだ。

以来、清康は黒い炎《ほむら》を絶やさずにきた。いつかこの群れを打ち滅ぼすことだけを願って生きた。忍群が北里で得た千載一遇の好機は、彼にとっても同様の機であった。

気ままと奔放を装《よそお》い、彼は忍群の行く末を、少しずつ悪い方角へと傾けていった。過程で幾人もが死んだが、彼らは清康を人と見ない人でなしである。いくら使い潰そうと、心が痛むことはなかった。

そうして、望み通り忍群を打ち滅ぼし。

そうしたら、何もなくなってしまった。

自らを縛る檻を壊し、けれど枠を失ったその途端、清康は己のかたちを見失った。

何がしたいのかも、どこへ行きたいのかも、彼にはわからなくなってしまったのだ。

まるで歩く骸《むくろ》であると自嘲する。

自分はいつ死んだのだろう、いつから死んでいたのだろうと繰り返し問い、やがて生きたことなどなかったのだと自答を得た。

沈思するうちに夕暮れは去り、佇む清康の周囲に、虚しい夜の闇が落ちてゆく。冷たい風が辻を吹き抜け、黒雲の合間から漏れる月だけが、清《さや》けく彼を照らし出す。褪《あ》せぬはずの過去からも目を逸らし、清康という名の残骸は、ただ待っていた。

胸中に、ひとつの面影がある。それは笛鳴らしの姿だった。

清康を敵手として――打ち倒しうる対等の相手として見るその双眸は、ひどく新鮮なものだった。勝敗を決して諦めず、最後まで喰らいつく気概も、道を譲られてばかりの清康にはないものだ。

彼は全てを、退廃的で絶対的な運命の定めるところと諦観する。笛鳴らしのありようは、この観念と真っ向から相対するものと見えた。まるで、あの人のようだと思った。

ゆえに終焉の形として、彼は方治を待ち受ける。

清康に残る唯一の執着であったが、叶いはすまいと考えていた。己の願いが成就した例がないこともある。だが何より、笛鳴らしに理由がないのだ。命を懸けて清康と刃を交わす道理が、方治の側に何ひとつないのである。

だから細く寂しい笛の音を聞いた時、清康はまず我が耳を疑った。

けれどそれが実在と知り、また月影を纏って歩み来る方治を認め、清康の全身を郷愁に似た感情が満たす。

「……」

黙したまま、花のような唇に、万感の微笑が浮かんだ。


時は、しばし遡《さかのぼ》る。

三度《みたび》北里の地を踏んだ方治を出迎えたのは、今宵の辻の封鎖を仕切る斎藤弥六郎であった。

「ようやく来たか、居残りめ。臆したかと案じたぞ」

言いぶりと仏頂面からして、さぞ笛鳴らしを厭っている風情《ふぜい》だが、来訪を聞き及ぶなり自ら応対役に名乗りを上げたのだとは、先ほど親しんだ御用聞きが耳打ちしていったところである。旦那らしいこったと、方治は少し笑った。

弥六郎を筆頭に、辻斬りの捕縛に逸《はや》る町方同心を抑えたのは、矢沢義信である。

この殿様は、出没する剣士が駁清康であると即座に断定し、篠田屋に信書を認《したた》めると同時に、奉行所の動きを強く制した。

三十日衛門の報告を受けた義信は、駁忍群の力量をおおよそで把握している。それゆえ心ある者らがこれに挑み、無用に命を落とす愚を避けたのだ。一賊徒相手に多数の藩士が死傷する事態が、藩として上手くないというのもある。多数の矢鉄砲を用いれば手もなく撃ち殺せはしようが、斯様《かよう》に合戦めく振る舞いが城下で許されるはずもなかった。

こうして、またも篠田屋の助太刀を待ち詫びる形となった奉行所だが、三猿の折とは異なり、ただ手を拱《こまぬ》いていたわけではない。

清康が現れるのは、屋形町《やかたまち》のとある辻だった。消息に通じる者ならば、過日、三猿が斬られた地点と知るだろう。

寄らば刃を振るう辻斬りの性質を把握した彼らは、持ち回りで手勢を駆り出し、人の足が向かぬよう、連日この付近を封鎖していた。武家屋敷の一角であり、通行の多からぬ場所であればこそ叶った仕業である。

が、捕らえるべき相手を眼前に我慢を重ねるのは、著《いちじる》しく士気を削ぐ状況だ。獲物を睨み、改めてひと当たりを主張する手下《てか》の宥めもあったのだろう。

弥六郎の面《おもて》には、気疲れの色が濃い。本来ならば自ら刀を握って飛び出してもおかしくない人間が、よく我慢を重ねたものだった。

「女どもがなかなか離してくれなくてな。なんせ、金の借りがあるもんでよぅ」

労いとは思えぬ軽口を返してから、方治は清康との一騎打ちを告げる。古色蒼然たるやり口に、当然ながら弥六郎は難色を示した。危ない橋をわざわざ渡らずともよかろうというのである。

「ご斟酌ください、斎藤さま」

しかし、これを横から諌《いさ》めたのがこまだった。

「殿方には意地と一分があると申します。士分ならずとも腰に秋水《しゅうすい》を帯びる身なれば、お二方は余人に知りえぬ心持ちを抱《いだ》き合うのでございましょう。割り入るは無粋と存じます」

篠田屋での一件ののち、彼女の身柄は北里の奉行所預かりとなった。天賦の異才を活用すべくであり、同時に駁の残党から守護する意図でもある。大国の巫女として知られた顔ゆえ迂闊《うかつ》に表へ出せぬ身だが、その才覚の及ぶところは広く、既にして重宝される様子だった。

菖蒲の声がかりにより、後見には斎藤弥六郎がついている。政治はできないが、そのぶん剛直な御仁が目を光らせるのだ。悪く利用しようと、こまに手出しをする者はないはずだった。

「仔細があってよ、旦那。俺とあいつは、けりをつけなきゃならねェのさ」

すかさず方治が尻馬に乗った。弥六郎が、情誼《じょうぎ》に訴える物言いに弱いと見てのことである。同心は腕を組んでしばし唸り、そののちに問うた。

「本当に、独りで構わぬのだな」

「ああ。もしも俺が斬り死にしたら後は頼まァ。旦那の手を煩わせねェよう、精々《せいぜい》傷《て》を負わせておくぜ」

念押しに首肯され、不承不承《ふしょうぶしょう》の体《てい》ながら弥六郎が引き下がる。仏頂面を作り直して、他の捕り方へこのことを伝えに向かった。

「ねえ」

長脇差の目釘を湿らせる方治の袖を、引いて囁いたのはこまである。

「……大丈夫なの？」

「誑《たぶら》かしを助《す》けておいてご質問だな。絶対なんぞ絶対ねェが、ま、やれるだけやるさ」

「そ。なら清康さまのこと、頼むわね。あの人を止められるのって、あんたくらいだと思うし」

先ほど弥六郎に向けたものとは、まるで異なる声音と語調だった。思い返せば菖蒲にも、このような言い口をしていたように思う。

ただ、菖蒲に対するこまの挙措《きょそ》には、確かに強い親しみがあった。けれど方治へ向ける舌からは、負けん気の刺《とげ》しか感じられない。

「さーてさて、どうだかねェ。お前も見てたろう。俺は、一度あいつに負けてるぜ？」

自負を引っ込めた笛鳴らしが芹沢邸での出来事を持ち出すと、こまは意外げに目を丸くした。

「え？　あれはあんたの勝ちだったでしょ？」

嫌味でも皮肉でもない響きに、方治はなんとも言えず顔を顰《しか》める。こまもまた、判断の食い違いを恥じるように咳払いした。

「……とにかく。なんとなくだけど、あたしは託された気がしてるのよ、忠吉に」

「お前を逃がしてくれたって男だったか」

「そうよ。命の恩人で、親兄弟の敵《かたき》」

聞いた覚えを口に出すと、こまは何でもないように頷いて、居残りが省いた部分を補足する。

「あいつはね、もっとちゃんと時機を選んで、清康さまのことを止めようとしてたんだと思うの。でもその前にあたしが危うかったから、こっちに体を張っちゃった。馬鹿よね。ただの憶測だけど、もしそうだとしたら、あたしが代わりに清康さまをなんとかしてあげなくちゃじゃない？」

「お前がそう思うんなら、それが正答なんだろうさ」

万人に共通する正解も正義もないと、笛鳴らしは弁《わきま》えている。彼女が自ら見出した答えがあるなら、口出しは無粋に決まっていた。

「だけど悔しいことに、あたしじゃどうにもできないのよね。だから、あんたに任すわ。『頼れるものは全部頼って足掻こう』って、あの子も言ってたし」

「あいつを引き合いに出せば、何でも通ると思うなよ」

「思ってないわよ。だから商談。あんたに清康さまを斬ってもらうには、どれくらい支払えばいいの？」

猫めいた瞳に真摯に見上げられ、方治はふんと鼻を鳴らす。

「要らねェよ。もう受けた仕事だ。二重取りは主義じゃねェ」

追い散らすように手を振り、そこでふと訝りを覚えて問うた。

「お前はよぅ、随分とあいつらに拘《こだわ》るんだな。すっぱり忘れたいもんなんじゃねェのかい?」

——だっていつまでも憎んでいたら、あいつがずうっとこの世にのさばってるみたいじゃありませんか。だから忘れてやるんです。もう、なんとも思ってやらないんです。

かつて方治は、そのように強《したた》かな忘却を目の当たりにしている。それゆえの感慨だった。応じてこまは、ほんの少しだけ笑む。

「忘れられないもの、あたしは。それにね、待遇の差は別として、黒塚が清康さまとあたしにしたことっておんなじなのよ。あんな窮屈ありゃしないわ。だからちょっぴりだけ彼のこと、今は可哀想って思ってる。それで仕方なく、片隅で覚えててあげるのよ。あたしの同情なんて、向こうからしたらごめんでしょうけど」

こまの不可思議な前向き具合に、なるほど菖蒲と気が合うわけだと方治は妙な得心をした。するとそれを見透かしたように、彼女はきっと眉を吊り上げ、

「言っておくけど、あんたもわりと似たことしてるんだからね。あの子の親も、叔父も、それからあんたも。あの子に背負わせ過ぎなのよ。できるからって何もかもしてのけてたら、大変になるに決まってるでしょ。大人なら考えて、ちゃんと支えてやりなさい！」

「覚えのねェ話だな」

明らかに心当たりがある顔で居残りは他所《よそ》を向き、それから妙案とばかりに手を打って付け足す。

「ああ、支えるってんなら、ひとつ今から白小袖に着替えるか。俺が上手くしてのけりゃ、きっとあいつのご利益が増すだろうぜ」

「やめなさいよ馬鹿」

直後、躊躇なく脛《すね》を蹴られた。初顔合わせでは随分と怖《お》じられていたように思うが、遠慮が失せたものである。

「あんたまであの子を祭り上げてどうするのよ。大体あんたが敬して遠ざけているのって、単に自分の不格好を見せたくないだけでしょう。そうやって引けてる腰が、一等不格好なのよ！」

「加減しろよ、痛《いて》ェだろうが」

痛むのが足か耳かは明言せずに、方治はこまの額に爪弾きを喰らわせた。こうも案じてくれる人間が傍にいるのだ。菖蒲の今後に問題はなかろう。

まだぎゃあぎゃあと騒ぐこまを押しのけ、戻った弥六郎と頷き合って、方治は辻へと足を進める。

見上げれば宵の空に月が出ていた。弦月《ゆみはり》にやや満たぬ、片割れの月である。高空には強い風が吹くのだろう。雲流れがひどく速い。銀《しろがね》の半円は時に隠れ時に現れ、まるで人の心だと方治は思う。

ふと興が湧いて、笛を出した。唇を当てると、澄んでやわらかな音《ね》が滑り出す。奏でるのは方治の生国の祭囃子だった。陽気でも賑やかでもなく、むしろゆったりと静かな調べが表すのは、旅の空で抱《いだ》く郷愁だとも、遠く離れゆく者への惜別だともいう。

牛のように歩むうち、やがて清康の微笑が見えた。奏楽を止め、方治はくるりと指の股に笛を回して懐《ふところ》に収める。

「よう」

「やあ」

年来の友人のように声をかけた方治へ、やはり気軽に、清康は応じた。

「鶫《つぐみ》は、元気でやっているようだね」

遠巻きにする捕り方に目をやってから彼は言う。その中にこまが交ざっていると、とうに気づいていたのだろう。

「ああ、自由気ままに飛ぶようだぜ。ちょいと気ままずぎるきらいもあるがな」

己が見限り見捨てたあの小鳥は、立派に空へ帰ったのだ。

肯定を受けた清康は、忠吉の正しさを穏やかに思う。

「そうか。羨《うらや》ましいよ」

「どうしたどうした、辛気臭《しんきくせ》ェ顔してよぅ。色男が台無しだぜ？　よかったじゃねェか。お前が無駄で無意味と断じたもんは、全部が全部、無駄で無意味に消え失せた。一切合財お望み通りだ。なら笑えよ、駁清康」

「手厳しいな」

応じつつ清康は、言われた通りに――習性通りに微笑んだ。

「おれはね、皆と同じに生きられればよかったんだ。人の輪の端っこに、少し加わるだけで満足だった。それだけでよかったのに、どうしてこうなってしまったんだろう。なあ、笛鳴らし。教えてはくれないか。おれはどこで間違えたんだろう？」

どこかで立ち止まれたのではないかと、今ならば思う。

忠吉の裏切りとて、もう許していた。再び叛《そむ》いてくれたあの時に、長く凝り続けた蟠《わだかま》りは解けていた。なのにどうして、自分は友の手を拒んだのだろう。

問いながら、しかしその答えも既に出ている。清康の不幸はその英明にもあった。自問を受けた彼の知恵は、容赦のない回答を、目の逸らしようもなく明瞭に導き出してしまう。

忠告と対峙したその瞬間、清康は痛烈に自覚したのだ。里の者を人として見ず、人として扱わなかった自身の姿が、目的のために周囲の犠牲を是とする己のありさまが、誰よりも忌《い》み嫌った駁そのものであることを。取り返しようもなく、己は人でなしに堕《だ》していた。

人に憧憬《どうけい》し続けた清康は、だからこそ決して、己の所業を許せなくなった。抱《いだ》き続けてきた憎悪の火は我が身へも向き、彼に友との和解を、その先の未来を拒ませた。

忠吉が見せた末期の笑みは、そうした胸中を汲んでのものであったろう。それは昔よく見た笑みだった。清康のわがままを、「仕方ないな」と容《い》れる折に見せてくれた友愛の許容だった。

自ら望んだ道を断ち、忠吉の死を無為として、清康は続ける他なくなったのだ。駁の滅びを。己の滅びを。

後のことは、至極自然の成り行きである。

「知ーらねェよう。事によっちゃ、今のお前を間違いとすること自体が間違いなのかもしれねェぜ？」

禅問答めかして返した方治が、痛ましげな視線を注いだ。清康の心の内に、彼自身でさえ揺るがせられない自答があることを、方治は看破してのけている。

「だが不幸なんてのはそんなもんさ。たまらなくありふれて、少しも特別じゃあない」

言いながら、刃音を立てて脇差を抜いた。

「お前と俺は、ちょいとばかし似てらァな。だからこそ言うぜ、清康。人の不幸をどれだけ集めても、手前のかたちは見えてこねェ。他人の答えをいくらかき集めたところで、お前に当て嵌《は》まりゃしねェのさ」

「羨《うらや》ましいな、笛鳴らし。そう言えるおまえはきっと、おれが欲しいものを持っているんだ」

清康が抜き合わせる。月を映して煌く刃を、すいと我が身の横に側《そば》めた。

片目を閉じて、方治はわずかに苦笑する。よもや我が身が妬まれるとは、思いも寄らぬことだった。

「それじゃあ行くよ、方治。叶うことなら、おれを人に貶《おとし》めてくれ」

名を呼んで――

ふわりと、動き出しを察知させないものやわらかさで清康が踏み込む。後は、刃の響きが言葉に代わった。

かつて立ち合った折とは異なり、清康の剣勢は火を噴くかのようだった。

己の陰に刃を潜め、そのかたちより変幻自在の太刀を閃《ひらめ》かせてくる。或いは手本のような唐竹割りが、或いは邪道めく脛《すね》払いが、舞にも似た足運びから間断なく繰り出された。それは意識の隙間を縫うが如き太刀筋だった。注視を切らしたつもりも、目を逸らしたつもりもない。だがいつとも気づかせずに清康は動き、ゆらりと緩慢に思えるほど滑らかに、凄絶な一刀を振るうのだ。

静動の繋ぎの読めぬ剣捌きは、まるで水だった。定まった型はなく、しかし確かな理を備えた不定形の立ち回り。そのありようは、ちょうど清康自身に似る。才気に溢れながら己の欲するところはなく、ただ周囲に応じ続けるさまが、浮き彫りになるかのようだった。

この難剣を、だが笛鳴らしは躱し、弾き、また流す。

決して受け止めはしない。もし刀身を噛み合わせ、一瞬でも圧し合う膠着《こうちゃく》が発生すれば、直後、清康は五月蝿《さばえ》を為《な》すだろう。仮に我が刀ごと両断されるのを免れたとしても、接戦の最中に得物を失ったなら、のちの命運は明らかである。

かといって、こればかりに心を使うこともできない。

体の使い方が巧みなのだろう。膂力《りょりょく》に秀でたわけではない清康のひと太刀ひと太刀が重く、また鋭い。対応を誤れば、即座に致命となりかねない威を秘めている。意識の配分を誤ったが最後、秘太刀の必要すらなく斬り捨てられるが必定だった。心を削ぎ落としたそのぶんだけ、清康の斬撃は鋭さを増している。

ひたすらに守勢を続ける笛鳴らしだが、しかしこれは一方的な不利を意味しなかった。

方治は清康の剣を見、また身を以て学習している。対して清康は、笛鳴らしの太刀を風聞でしか知らぬ。彼にしてみれば、方治に攻め手を許せば何をされるかわからない怖さがあるのだ。苛烈な連撃はそれゆえであり、奇《く》しくも状況は、かつてあった方治と忠吉の剣戟に酷似した。

丁々発止。瞬間瞬間へ集中しつつ、わずかに残した心の隙間で、笛鳴らしは改めて舌を巻く。

天賦、天性とは、この剣士のための言葉であろう。

呼吸と拍子の具合が抜群に上手い。力だけ、速度だけならこれを上回る剣を方治は知る。だが双方をこの領域で兼ね備える武芸と出合うのは初めてだった。南山の竹は矯《た》めずして自ら直《なお》く、矢とすれば犀革《さいかく》をも容易《たやす》く射抜くという。清康はまさしくこれだった。刃を振るうどの瞬間を切り取っても、たまらなく艶めいている。動作の核となる肝心要を外さぬからこそ生じる華麗であろう。

けれど彼の剣を延々と方治が防ぎうるのもまた、その天稟《てんぴん》がためであった。

清康の太刀は美し過ぎる。どこまでも真っ直ぐで、どこまでも無駄がなく、だからこそ先を読むのに難くない。その姿勢から送りうる、最高の太刀行きを思い描けばそれで良かった。次の刹那《せつな》、想像とほとんど違わぬ剣がやってくる。

惜しいな、と方治は思う。

小細工も何もない素直さは、明らかに彼の経験不足を露呈するものだった。実力伯仲と斬り結ぶ、死線を経《へ》てはいないのだ。もしこの天才を磨き鏃《やじり》をつけたなら、ただ犀革を貫くのみに終わらなかったろうに。

剣と生きざまは時に相似の姿を描く。

清康には、行儀よく諦める癖があった。踏み外し仕損じながらも無様に足掻き続けることが、時に前途を開くのだと、ついぞ彼は知らずにきた。

ゆえに清康の選択は、その場その場においての最良である。けれど、先へと繋がる手ではなかった。そこに破滅の陥穽《かんせい》がある。打ち続けた最善手が、彼を行き止まりに追い込むのだ。

読み切った笛鳴らしは片手打ちに剣の起こりを封じ、空《あ》いたもう一方を清康の襟へと伸ばす。組み技を予感させ、判断を一瞬遅滞させるための仕掛けだった。その腕を、誰《たれ》の腕《かいな》と見誤ったか。清康は想定以上に身を反らし、体《たい》を乱す。好機と見て方治が繰り出す渾身の横薙ぎを、しかし清康は咄嗟に立てた剣で受け切った。互いの刃が噛み合い、停滞する。

刹那《せつな》、清康が半転した。

後《あと》の足を軸に、前の足で地を蹴り描かれる高速の半円。刃を身に巻くようにして振るう、旋回の太刀。細く痩せた月の姿を思わせる光芒《こうぼう》が走り、無数の虫の羽音めく、不吉な響きが鳴り渡る。

長脇差を半ばより断ち——しかし次の瞬間、清康の体を恐るべき戦慄が灼《や》いた。

断ったのではなく断らされたのだと、彼の天性が告げていた。

五月蠅《さばえ》は鍔迫り合いに際して生じる、押し合う力を利用した剣だ。もし技の起こりに合わせて手を緩めさえすれば、理論上斬鉄は起こらず、刃はただ払われるのみに留まる。だが当然《の》、これを実践する者はない。それは五月蠅の不発ではあるが、同時に力負けして剣を除けられた形に他ならない。死に体もいいところだった。そのような無様を晒せば、たちまち清康の太刀風が肉を裂き骨を断つだろう。得物を守って命を捨てるなど愚の骨頂である。

だから、方治はそうしなかった。

巧みな力加減により、鍔元から刀身の半ばへと斬り込みの地点をずらす。自身はぽんと後方に跳ね、刃の届く範囲を免れた。同時に稲妻の如く片腕を閃《ひらめ》かせ、折れ飛んだ刀身を指の股に掴み取る。過日、おこうが目にした曲芸の形だった。

全力の呼吸で剣を振り抜いたがため、清康の体《たい》は流れ、半ば背を見せている。斯様《かよう》に露骨な欠点を指摘する者すら、彼は周囲に持たなかった。

その孤独と白皙めがけ、笛鳴らしは刃の欠片を投げ放つ。

想像の埒外の動きに、清康は驚愕に目を見開いた。だが彼の才が、それでも体を突き動かす。飛来する切っ先を仰け反り躱し、そこへ再び、笛鳴らしの胴薙ぎが閃いた。

直前をなぞる太刀風を清康はやはり剣を立てて受け——しかし方治の一刀は、先よりもわずかに重い。剣士の学習を嘲笑う、犬笛の術理であった。

この僅差により受け太刀が払われ、清康は身の守りを喪失する。真一文字の横薙ぎが、反動を利し刺突へと姿を変えた。切っ先を欠いた刀身が清康の喉を破り、続く刃《ね》の反りが肉を裂く。生じた割れ柘榴《ざくろ》の如き傷から、ひゅーっと高く、笛めいた息の音が漏れた。

傷口を押さえて半歩退《しざ》り、清康はただ方治を見つめる。

笛鳴らしが知恵を凝らしたことを、彼は直感していた。おれに勝つために、おれのために、必死の策を弄してくれたのだと思った。この身を互角の剣士と見た上での工夫が、たとえようのない満足を胸に生む。

だが感謝を告げる暇《いとま》すらなく、ぐらりと視界が回った。

己の体が、何の感覚も伴わずに倒れゆくのを知覚して、これが死か、と清康は思う。

暗くて、寒くて、どうしようもなく独りきりで。

なんだ、と少しだけ彼は笑った。

——これまでと、何も変わらないじゃあないか。

それでも末期の情動が、狂おしく清康の体を突き動かす。

手を伸ばした。方治へと。その後背、夜天にかかる片割れ月へと。

無論、いずれにも届かない。

やがて頻闇《しきやみ》が訪れて、全ての苦痛が遠ざかり。

清康は、本当に何も感じなくなった。

骸《むくろ》を見下ろし、深く深く、方治は胸の奥から息を吐く。

血振りしてから、どうしたものかと半分になった刀身を眺め、やがて諦め顔で鞘に納めた。

　束の間の攻防に、恐ろしく疲弊していた。

　特に最後の曲芸が、方治の精神を著《いちじる》しく削いでいる。もう一度やれと言われても、到底できる芸当ではない。使わずに済むことを願いながら用意した、もしもの手札の一枚であり、簡単でも確実でもない仕業だった。だがそのような奇策を用いねば、勝機が見えぬのが駁清康であったのだ。

「無事か、居残り」

　決着を見て取った弥六郎が駆けつけ、肩を叩いた。

　整わぬ呼吸のまま頷いて額を拭う。冬の最中であるというのに、全身汗みどろだった。

「……なあ、弥六郎の旦那」

「なんだ？」

「旦那を見込んで、ひとつ頼みがある」

　顎をしゃくって清康の屍《かばね》を示す。

「あいつはよ、名無しの無縁で弔《とむら》ってやってもらえるかい。人扱いされねェまま、周りから手を合わされ続けた神様だそうだ。死んだ後まで、拝まれたかないだろうからよ」

「承《うけたまわ》った」

わからぬなりに事情を察し、問いを呑み込んだ弥六郎は重々しく首肯した。

それを見届け、ふらりと方治は歩き出す。

「おい。おい、居残り、どこへ行く」

引き止める声が聞こえたが、知らぬふりで足を進めた。町方には事後の処理があろう。弥六郎もこまも、追ってはこれまい。

＊　＊　＊

志乃は黒塚おなを、もうひとりの自分だと述懐した。

その伝で言うならば、駿清康は方治だった。一群の頭領と遊郭の居残り。聞こえも外見《そとみ》も異なるけれど、その根はひどく似通うものだった。

篠田屋という枠組みなくば、笛鳴らしもまた何者か足りえない。他人の期待を詰め込まれ、他人の理由を我が理由として生きた。そのことに少しの違いもありはしない。他の姿を継ぎ接《は》いで、辛うじて体《たい》を成す名もないあやかし。鳴き声すらも我が物ならぬそのありさまは、ふたりに共通の虚無を宿す。

ならば清康は、ありえたやも知れぬ己のかたちだ。

そう思うと、ずしりとやりきれぬものが腹に溜まった。

方治は、期待を果たせず道を踏み外して今を得た人間である。

仇討ちだけ詰め込まれた昔の自分が、もし首尾よく本懐を遂げていたなら。やはり清康と同じく、あのような形骸と成り果てたのだろうか。燃え尽きて虚脱して、幽鬼の如く行く末を見失っていたのだろうか。

問うても詮ないと知りながら、それでも問わずにいられなかった。

――人の不幸をどれだけ集めても、手前のかたちは見えてこねェ。他人の答えをいくらかき集めたところで、お前に当て嵌《は》まりゃしねェのさ。

清康に告げた囁きは、方治自身の嘲りでもある。

己もまた鵺《ぬえ》であり、ならば今宵の笛の音は、ただ間の抜けた共食いだ。

ぽかりと胸に穴が開いた心地だった。

謂れのない自責ばかりが、この洞《うろ》に流れ込んでいく。全てを無意味と観じさせる、誰もが抱えながら決して直視せぬよう目を伏せる寂寞《せきばく》が、そこに蟠《わだかま》っていた。

感傷が両肩に、ずしりと重くのしかかっている。足を引きずるようにして、笛鳴らしは夜を行く。酒か女の肌身にでも溺れねば、到底やり切れぬ心地だった。

足の重みを増すべくか、その肩にひとつ、雨粒が落ちた。ぽつりぽつりと始まった天水は、徐々に勢いを増していく。のろのろと空を振り仰ぐが雲はない。ただ、明るい月が見えていた。

「こんな時分に嫁入りたァ、迷惑な狐だぜ」

呟いて、しばし濡れるに任せ佇む。その耳が、はらりと傘を開く音を拾った。後背からしたその音は、方治の予期せぬものだった。気抜けのあまり、周辺への注意が疎《おろそ》かになっていたのだ。

反射的に柄《つか》を握りつつ振り向いて、笛鳴らしは声を失くす。

「どうした、方治。風邪を引くぞ」

笑みかけてきたのは、今、一番見たくない顔だった。

立ち竦む居残りの頭上へ、ぐっと背伸《せの》びをするようにして菖蒲が傘を差しかける。平素は高く結い上げていた後ろ髪は、下ろして簡単に背なへ流されていた。少年めいた快活さは変わらぬまま、その所為でどこか見知らぬ女のような印象がある。気後れして、方治は目を泳がせた。

「なんでお前が」

「こまが教えてくれたんだ。方治が立ち合いをする、って。慌てて駆けつけたのだけれど……これはどうやら遅参だな」

皆まで言うその前に、そう菖蒲が答えた。

確か、先刻まで空には雲があった。手にした傘はそれを見て持って出たものであり、常とは異なる町娘めいたその形《なり》は、報せを受けるなり飛び出したがゆえのものなのだろう。

「余計なことを」

「全然、余計じゃあないだろう」

またしても娘は遮り、傘を持つのとは逆の手で方治の上体を叩いて水滴を払う。

「宿はどこだ？　送っていってやろう」

「逆だ、阿呆」

気の弱りを見透かすように案じられ、居残りは負けん気だけで見栄を張った。

「小娘がうろつく時分じゃねェぞ。送ってってやるから、きりきり先を歩けってんだ」

「だけど方治は濡れてるし！」

中棒を掴んで傘を奪い取ろうとしたが、菖蒲も頑なに離さない。食い下がるのを説き伏せて、どうにか送り届けは了承させたものの、彼女が雨具を譲ることはとうとうなかった。

仕方なく、ふたりでひとつの傘を握って歩く。

後から思えば不覚だが、菖蒲を振り切りひとり歩くという選択は、この時まるで浮かばなかった。

口の重い方治を慮ってか、しばらくは菖蒲が、他愛ないことばかり話した。どうも過保護な叔父のこと。遊郭の裏方話が城中で受けがよいこと。武勇伝を求める招きが多くて辟易すること。篠田屋で習った料理が面白くなってきたこと。こまとの交友のこと。そのうち矢沢の殿様が方治に会いたがっているなどという話まで飛び出して、笛鳴らしは慌てて手を振る羽目になった。

益体もないやり取りを重ねるうちに、心の内のさざなみが、わずかずつ治まっていく。

「なあ、菖蒲よぅ」

薬効めいたものを覚えつつ、方治はやがて、勇を鼓して呼びかけた。

「ん？　どうした？」

小首を傾げて、菖蒲が隣を見上げる。笛鳴らしは夜の向こうに目を向けたまま、

「先だっては勝手に約束を押しつけちまったがよ。あんなもの、いつ破ったって構わねェからな。お前はお前の生きやすいように、好きなように生きろ」

「え、やだぞ」

「……あん？」

あまりに簡潔な拒否に、つい視線を戻した。すると彼女は得意げに、ふんぞり返って胸を張る。

「あれのお陰で、私はこまを手助けできた。私も、泣いてる人に優しくできたんだ」

「そいつは、怪我の功名だろうよ」

すると首を横に振り、菖蒲は行く手を指差した。雨に追われた白装束が、ちょうど曲がり角を消えていく。

「私にとっては、あの格好とおんなじだ。何かしなければと思って、でも、できないでいるその時、少しだけ動く勇気をくれるものなんだ。そう思えば、ああやって真似られるのだって悪くない」

言い切ってから、夜目にも明らかに赤面した。

「すまない方治、嘘を吐いた。あれはやっぱり恥ずかしい」

「しまらねェな、お前はよ」

「だって、仕方ないだろう……」

拗ねて口を尖らせる菖蒲を、我知らず笑んで方治は眺める。

――あんな約束なぞなくたって、お前はしてのける女だろうがよ。

迂闊《うかつ》に賞賛すればまたぞろ姦《かしま》しいだろうから、口には出さずに思う。そうしてこの不思議な心の持ち主に、ふと尋ねてみたい気持ちが湧いた。

「ちょいとつまらねェことを訊くがよ。鵺《ぬえ》って化け物をご存じかい？」

「ああ、知ってるぞ。清涼殿のあやかしだな」

「あれにもし正体があるとすりゃ、お前はそれを何だと思う？」

寄せ集めのひどく醜いいきものの本質を、この娘はどう見るのだろう。好奇心で問うと少女は、「んー」と唸り、

「わからないな」

あっさりと言い切った。

「おいおい、ちったァ考えろ」

「いやだって、あれは心みたいなものだろう。色んなものから成り立っていて、色んな面を持っている。だから一箇所だけを切り取って、これだけが本当と主張するのは、何か違うと思うんだ」

おとがいに指を当てて傘の裏を見上げ、菖蒲はしばし言葉を探す。

「たとえば椿組の一件の時、私は父を亡くして悲しかった。でも方治に会えたのは嬉しかった。どちらも私の本当だ。悲しいことは嫌だと思うけれど、悲しいことだって、実は悪いばかりじゃないかもしれない。苦しんで傷ついて、それでできた凹凸のぶんだけ、より深く人とわかりあえることもあるものだしな。だからなんだかよくわからないものは、無理に正体を決めつけずに、なんだかよくわからないものとして受け止めておけばいいのだと思う。だってわからないとわかるのは、これからわかっていくための一歩だろう？」

それこそわかったように結んで、菖蒲は期待に満ちた目で方治を見上げた。「上手く答えたぞ。さあ褒めろ」と言わんばかりの仕草である。笛鳴らしはこれに無視を決め込み、空を仰いだ。

「上がったな」

むくれつつも視線を追い、娘が呟く。言う通り、雨音はいつしか絶えていた。けれどそうと気づいた上で、傘が閉じられることはなかった。寄り添ったまま、ふたりはしばらく無言だった。

道行きをしながら、悟られぬよう、方治は憧憬《どうけい》の眼差しを投げる。菖蒲の言葉で、奇妙にも胸の虚《うろ》は満ちていた。

やがて、「着いたぞ」と娘が囁き、穏やかな時間は終わりを告げる。傘を畳みつつ漏らされた、「遠回りをすればよかった」との呟きは、敢えて聞かない振りをした。

戸口に立つ彼女に何か言おうとして、やめた。今のこの体たらくでは、思わぬ本音を口走りかねない。

「それじゃあ、な」

ただ頷いて別れを告げる。すると、「こら、方治！」と叱られた。

「違うだろう。そこは『また』だ」

祈るように。縋るように。真っ直ぐな瞳が見つめてくる。復唱するまで離さぬとばかり、小さな手が方治の袖を掴んでもいる。

右に左に視線を逃がし、ついに諦めて、笛鳴らしはがりがりと頭を掻いた。

「……お前は、もうおそらく覚えてねェだろうがよ。先《せん》に約束した笛な、実は作ってなくもないのさ。随分と今更だがよ、まだ、入り用か？」

「いる！　いるに決まってるだろう！」

「そうかい」

鼻先に噛みつきそうな勢いで少女は応じ、何気ない言い口に隠せない安堵を滲《にじ》ませて、方治は優しく微笑する。

「ならまた今度、届けに来るさ」

「あ――うんっ！」

再会の約定に、ぱあっと菖蒲の顔が輝いた。満面の笑みを受け止め切れず、方治はくるりと踵《きびす》を返す。背なに眼差しを覚えたが、なればこそ振り向かなかった。

上手い別れの文句は知らない。だから、歩きながら手前の笛を抜き出した。唄口《うたぐち》へ息を吹き込めば、そっと音色が滑り出す。調べが、静かに夜の隙間を埋めていく。

止んだばかりの雨の匂いが、まだ辺りに立ち込めていた。糸のような銀の光が、やわらかに行く手を浮かばせている。

好い、月夜だった。

心に沁みる日常がある――

真面目で融通がきかない
検地方小役人、江藤仁三郎。
小役人の家の出で、容姿も平凡な小夜。
見合いで出会った二人の日常は、淡々としていて、
けれど確かな夫婦の絆がそこにある――
ただただ真面目で朴訥とした夫婦のやりとり。
飾らない言葉の端々に滲む互いへの想い。
涙が滲む感動時代小説。

◉定価：600円＋税　◉ISBN 978-4-434-22983-1　◉illustration：しわすだ

二上圓
ふたがみまどか
定廻り同心と首打ち人の捕り物控
ケダモノ屋
熱血同心の相棒は
怜悧な首打ち人
ある日の深夜、獣の肉を売るケダモノ屋に賊が押し入った。また、その直後、薩摩藩士が斬られたり、玄人女が殺されたりと、江戸に事件が相次ぐ。中でも、最初のケダモノ屋の件に、南町奉行所の定廻《じょうまわ》り同心、黒沼久馬《くろぬまきゅうま》はただならぬものを感じていた……そこで友人の〈首斬り浅右衛門《あさえもん》〉と共に事件解決に乗り出す久馬。すると驚くことに、全ての事件に不思議な繋がりがあって——
この男達にかかれば
解けぬ謎なし!?
時代小説
◎定価：本体670円＋税
◎ISBN978-4-434-24372-1
◎Illustration：

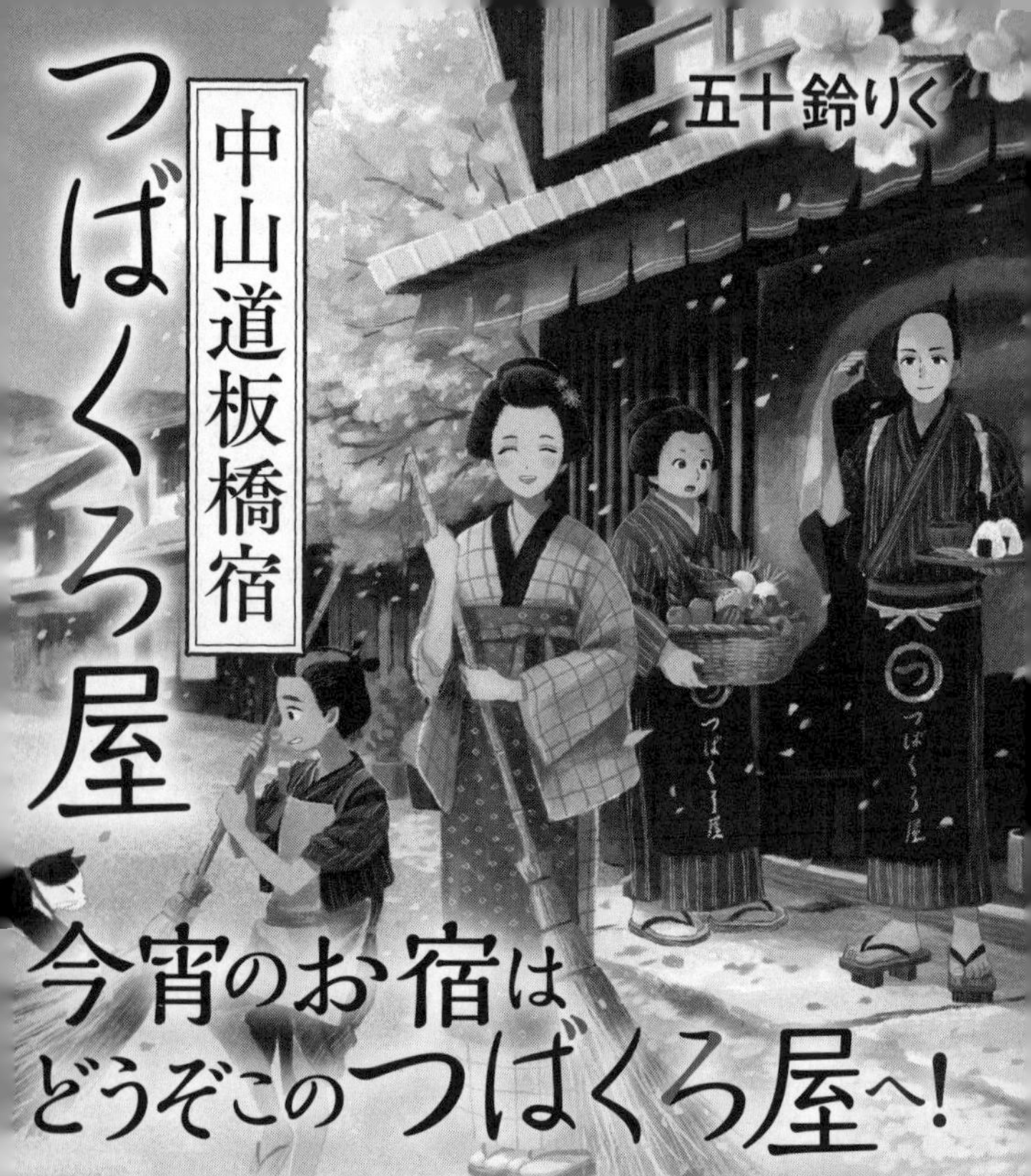

時は天保十四年。中山道《なかせんどう》の板橋宿《いたばししゅく》に「つばくろ屋」という旅籠《はたご》があった。病床の主にかわり宿を守り立てるのは、看板娘の佐久《さく》と個性豊かな奉公人たち。他の旅籠とは一味違う、美味しい料理と真心尽くしのもてなしで、疲れた旅人たちを癒やしている。けれど、時には困った事件も舞い込んで——?
旅籠の四季と人の絆が鮮やかに描かれた、心温まる時代小説。

◎定価:本体670円+税　◎ISBN978-4-434-24347-9

◉illustration:ゆうこ

東海道品川宿 あやめ屋

五十鈴りく

心温まる
人気シリーズ
第二幕

時は文久《ぶんきゅう》二年。旅籠《はたご》「つばくろ屋」の跡取りとして生まれた高弥《たかや》は、生家を出て力試しをしたいと考えていた。母である佐久《さく》の後押しもあり、伝手を頼りに東《とう》海《かい》道《どう》品《しな》川《がわ》宿《しゅく》の旅籠で修業を積むことになったのだが、道中、請状を失くし、道にも迷ってしまう。そして どうにか辿り着いた修業先の「あやめ屋」は、薄汚れた活気のない宿で——
美味しい料理と真心尽くしのもてなしが、人の心を変えていく。さびれたお宿の立て直し奮闘記。

◎定価:本体670円+税　◎ISBN978-4-434-26042-1

●illustration:ゆうこ

この作品に対する皆様のご意見・ご感想をお待ちしております。

おハガキ・お手紙は以下の宛先にお送りください。

【宛先】

〒150-6008 東京都渋谷区恵比寿4-20-3 恵比寿ガーデンプレイスタワー8F
（株）アルファポリス　書籍感想係

メールフォームでのご意見・ご感想は右のＱＲコードから、
あるいは以下のワードで検索をかけてください。

アルファポリス　書籍の感想　検索

ご感想はこちらから

アルファポリス文庫

居残《いのこ》り方治《ほうじ》、鵺月夜《ぬえづくよ》

鵜狩三善（うかりみつよし）

2020年 7月31日初版発行

編集－反田理美
編集長－太田鉄平
発行者－梶本雄介
発行所－株式会社アルファポリス
〒150-6008東京都渋谷区恵比寿4-20-3恵比寿ガーデンプレイスタワー8F
TEL 03-6277-1601（営業） 03-6277-1602（編集）
URL https://www.alphapolis.co.jp/
発売元－株式会社星雲社（共同出版社・流通責任出版社）
〒112-0005東京都文京区水道1-3-30
TEL 03-3868-3275
装丁イラスト－永井秀樹
装丁デザイン－AFTERGLOW
印刷－中央精版印刷株式会社

価格はカバーに表示されてあります。

落丁乱丁の場合はアルファポリスまでご連絡ください。

送料は小社負担でお取り替えします。


ISBN978-4-434-27625-5 C0193